ET Scrittori
282

Dello stesso autore nel catalogo Einaudi

Il messaggio razionale dell'avanguardia
Il fantasma di Mozart e altri racconti
Raskolnikov
I tre cavalieri del Graal
I casi del capitano Flores: Il mistero della sedia a rotelle
I casi del capitano Flores: Killer presunto
I casi del capitano Flores: persecuzione infernale
Attentato alla Sindone
Il principe scalzo
La sacra rappresentazione
Andante con tenerezza
Biglietto d'amore

Laura Mancinelli
I dodici abati di Challant
Il miracolo di santa Odilia
Gli occhi dell'imperatore

Einaudi

Prima edizione «Nuovi Coralli» 1981
www.einaudi.it

ISBN 978-88-06-17358-6

I dodici abati di Challant

Venafro

L'uomo che saliva a cavallo tra i boschi verso il castello di Challant mostrava di conoscere bene i sentieri perché li trovava senza alcuna difficoltà pur sotto la spessa neve dell'inverno precoce che aveva coperto tutta la vallata. Eppure era straniero. Lo dicevano i capelli neri e corti, i baffi neri, gli occhi pure incredibilmente neri. Anche il colorito del volto era sensibilmente piú scuro di quanto non fosse dato incontrare in quella valle. Il lungo mantello nero col cappuccio, da cui scuoteva ogni tanto la neve che continuava a ricoprirlo, completava la figura misteriosa.

Il suo nome era Venafro. Ma forse non era il vero nome. Nessuno sapeva nulla di lui, se non che la sua origine doveva avere qualcosa a che vedere con la bellissima e leggendaria Isabella d'Aquitania, che mai tuttavia aveva soggiornato in quei monti, pur essendo non lontanamente imparentata con i marchesi di Challant. E tutto l'aspetto di Venafro tradiva l'origine esotica. Ma di dove venisse, nessuno sapeva.

Il mistero, ed il raro sorriso sulle sue labbra, contrastavano con quella parentela illustre in cui la nobiltà della nascita gareggiava con l'impareggiabile libertà dei costumi. Si diceva infatti nelle antiche cronache provenzali che Isabella d'Aquitania, tra le molte inimitabili licenze della sua vita, consentite a bellezza e nobiltà, avesse tentato, spinta dall'amore, di stenerire il cuore di quell'uomo eccelso, ma all'amor carnale assai poco indulgente, che fu messer Bernardo, signore di Chiaravalle e abate del convento. Molto se ne parlava ancora in Aquitania, e per la gran fama di lei, che donna fu di grandissimo valore, e per la strana assai vicenda di cui fu causa e che a Bernardo fruttò, per la casta costanza, il titolo di santo, se non l'aura del martirio. Perché martirio forse non vi fu, e la questione fu a lungo dibattuta fra le scuole di Parigi e Salamanca, delle quali Salamanca propendeva per il martirio, perché intendeva che martirio fosse sottrarsi all'amore di una donna nobile e bella quale fu madonna Isabella d'Aquitania, ardente di gioia e di passione e che prigioniero lo teneva tra le bianche dolcissime sue braccia. Parigi sentenziò che non martirio era, sibben follia. Ma si legga la cronaca di Provenza *.

«In quel tranello invero cadde Bernardo il dí che si recò ad Acque Seste, ove i fanghi tepidi o bollenti sempre han curato artrosi e reumatismi molcendo col calore le giunture, sciogliendo nodi e vari indurimenti, accarezzando col tepor le membra. S'era Bernardo ridotto a tali cure per un dolore che aveva alla cervice, venuto forse dalla fredda cella in cui Seneca studiava e Cicerone, e Girolamo il traduttore ed Agostino, e Platone e Aristotele e Plotino. La mano destra pure gli doleva e gli era nato per questo un gran timore che piú non potesse scrivere sermoni che fustigassero le colpe delle genti che amano il corpo ed i piacer carnali. Solo

* [Per facilitarne la lettura abbiamo alquanto ammodernato il linguaggio].

per questo infine s'era indotto a sottoporsi a quelle cure ardenti, disteso nudo sopra un picciol letto, mentre donne vecchie vestite di nero versavano il fango in gran silenzio sopra le membra dolenti e irrigidite. E poi che s'era fatto freddo e duro, via lo lavavano con pura acqua di fonte. Ma udite del diavolo maligno bieca impresa e turpe ingannamento. Qui s'avvide un giorno il santo frate che la donna velata e vestita di nero, vecchia non era e il velo si toglieva, e scopriva volto ridente et amoroso sguardo. Mentre il fango già si rapprendeva, divenuto all'istante troppo duro, la bella donna sulla bocca lo baciava e trascorrer gli faceva per le vene quel fuoco dell'inferno maledetto che tanto aveva dal pulpito annunciato. Mentr'ella il capo coronato di perle sollevava sopra il suo misfatto, perché il santo non profferisse verbo altro fango gli poneva sulla bocca chiudendola al sacro sdegno prorompente. Allora il frate, quale guerriero audace, pronto a morire senza cedere al demonio, tentò levarsi per fuggir la peccatrice; ma a costei aveva appreso il diavolo in persona le trappole perverse dello inferno. Costei il suo corpo non col fango buono, ma con vile calcestruzzo avea coperto, che raffreddando s'era ormai indurito e come una corazza lo stringeva, inerme ed esposto ad ogni offesa. Nulla poteva se non rotare gli occhi, ardenti di fiamme sacrosante, mentre china su di lui la peccatrice, con mani audaci ed impudiche già andava accarezzando la fredda rigida corazza. E il santo, conscio del martirio, già presentiva la ferita aperta, la crosta vulnerata in qualche parte, la mano audace che, ladrescamente, gli rapinava virtute e continenza. Quasi avrebbe accettato in quel momento che fosse giusta la voce d'Abelardo, il frate spocchioso e peccatore, che predicava da un pulpito d'inganni che l'intenzione sola può peccare. E con tal dottrina lui non peccherebbe, che intenzione carnale non aveva quando, vestito dell'umile saio, era venuto a chiedere sollievo a quel dolore che gli insidiava gli arti. Ma l'immagine del monaco rivale già si sfaceva come nebbia al sole sotto lo sguardo caldo di quegli occhi che parevan penetrarlo fin dove non giunge umano sguardo. Già gli pareva che si sciogliesse il fango e la mano bianca trascorresse sulla pelle nuda, voluttuosamente».

Qui s'arresta la cronaca di Provenza. Come sia finita l'avventura di san Bernardo non si può sapere, perché alla cronaca manca, proprio in questo punto, un brandello di pergamena. La fama popolare, commossa dalla santità del frate, racconta che nell'ora invocata del martirio, a cui già il frate s'era rassegnato, venne dal cielo la colomba santa, la gran colomba dalle bianche ali, e con il becco spezzò quella corazza. La creta si coprí di crepe, il frate fece forza, e il santo fuggí via intatto ed innocente. Ma poco credito ha presso i sapienti questa ingenua voce popolare. Né importa molto a questa storia se fu salva la virtú di san Bernardo; si voleva solo raccontare che per qualche via, misteriosamente, la persona di Venafro si collega alla bella dama dei tempi andati, ma non troppo lontani. Certo però, se una qualche parentela legava il misterioso Venafro alla grande Isabella d'Aquitania, della madre non aveva certamente ereditato la gaiezza, né la leggerezza, né quell'aura d'eterna innocenza che delle belle donne fa il fascino potente e l'arte irresistibile e perversa.

Venafro era solitario e taciturno. Al castello era

stato accolto come straniero, o esule, o parente. Godeva del favore della bella castellana, madonna Bianca di Challant, e del cognato di lei, il duca Franchino di Mantova, di cui diremo piú avanti per quali strani sentieri del destino era giunto ad essere signore del castello dopo la morte del vecchio marchese Alfonso di Challant. Venafro, ma questo non era il nome vero, era giunto al castello dopo la morte del signore, quando in virtú d'una strana successione la bella marchesa di Challant, figlia legittima del vecchio signore, fu privata del feudo e del potere in favore del giovane duca di Mantova, vedovo inconsolabile della bella Eleonora, sorella di madonna Bianca, che l'aveva sposato contro il parere paterno ed era morta laggiú tra le paludi, di quel male che il Mincio produce dilagando tra i campi e nei villaggi. Si leva dal fiume impaludato un mortifero fiato, che nell'aria greve ristagna popolata di zanzare e pappatacci. Fu quell'alito morto a uccider la marchesa, il cui dolce capo, avvezzo all'aria pura che dalle cime discende per le boscose valli, al peso non resse della brumosa piana. Cosí tornò il duca al castello di Challant con il triste fardello d'una bara, e un lungo funebre corteo che dalla valle saliva fino al monte. Per il dolore morí poco dopo anche il vecchio marchese. Ma prima di morire aveva scritto un testamento.

Il testamento

Il duca di Mantova sedeva infreddolito nella sala del castello mentre il vecchio notaio Favretto, che era salito fin lassú a dorso della sua mula triste e reumatica, leggeva noiosamente il lungo testamento. Certo il duca non ascoltava. O almeno non tutto. In esso il marchese Alfonso di Challant nominava erede di tutto il feudo proprio quel duca Franchino di Mantova, duca senza ducato, che di ogni guaio era stato causa certa, e privava dell'eredità legittima la piú giovane figlia Bianca, la marchesa dai capelli neri. Ma quando si volesse conoscere l'intenzione vera che aveva dettato al marchese il testamento, si legga il codicillo e il comma dell'ultimo paragrafo con la clausola maligna e vincolante che il duca, nella fretta d'accettare, non aveva letto prima d'apporre la sua firma. La clausola diceva che l'erede avrebbe dovuto per il resto dei suoi giorni, infallibilmente fino alla morte, vivere casto senza femminil congresso.

A far rispettare l'impegno di castità del duca secondo la lettera del testamento, erano stati chiamati dai conventi della valle dodici abati che vegliassero indefessi sulla virtú del duca e sul suo onore. Ed erano venuti, lunga fila nera, con cavalli e con mule, e s'erano insediati nel castello, coi loro servi, coi loro paramenti, con messali e con altre masserizie, e con i loro strani nomi oscuri: Malbrumo, Nevoso, Foscolo,

Mistral, Umidio, Santoro, Prudenzio, Leonzio, Celorio, Ildebrando, Torchiato, Ipocondrio.

Qualche giorno dopo, una sera di settembre, quando i colchici cominciavano a fiorire nei pascoli annunciando i primi freddi d'autunno, una bella sera di settembre arrossata dal rimpianto dell'estate, era giunto anche Venafro. Chiamato, non si sa da chi; atteso, da nessuno. Era giunto solo, sul suo cavallo nero, senza seguito, senza scudiero. Aveva chiesto ospitalità alla marchesa. La marchesa aveva chinato il capo.

Ed ora Venafro viveva in quel castello, in una stanza alta della torre, che di notte si distingueva sopra l'altre per un piccolo lume che vi brillava fino a tardi, occhio di fuoco nel buio della valle. In quella stanza, la notte, quando gli uomini e gli animali tacevano nel sonno, Venafro, solo, scriveva il suo erbario. Alcuni frammenti ne sono rimasti.

> Cresce nella mia terra il lauro severo, dalla fronda scura profumata di mare, che tutto l'anno verdeggia in cima alla scogliera. È la pianta degli amori freddi e casti, che durano tutta la vita perché non si consumano mai; è la pianta che Dafne condannò a simbolo di castità, opponendo la fredda scorza di legno al caldo bacio di Apollo.
>
> Chi vuole amori piú caldi scelga il rosmarino; anch'egli verdeggia tutto l'anno, ma quando si scioglie il duro inverno, si riveste di spighe azzurre e profumate che precedono il colore e l'odore dell'estate. Come l'amore, può durare ogni tempo; ma viene sempre una stagione che lo rinnova alla radice.
>
> Chi vuole amori appassionati, scelga il verde melograno. Cresce nella mia terra al margine del pometo la sua dolcissima fronda color dell'acqua viva, che al sole di maggio fa radi fiori rossi: i fiori sono pochi, perché sono assai belli, ed ognuno in settembre dà un mirabile frutto di cristalli color sangue, che dura tutto l'inverno.
>
> Chi vuole amore eterno, oltre il tempo e la vita, trovi

la fredda albrizia, la pianta color ghiaccio che vive nelle nevi, immutata tutto l'anno. Non ha né fiori né frutti, perché non vive e non muore; la sua fronda non è verde né conosce alcun colore; non ha profumo né sapore, perché non vive e non muore. Non si moltiplica lungo le rive, perché non muore, quindi non vive.

Un altro frammento dell'erbario di Venafro è *Il calicanto o albero della gioia.*

Se passi dove fiorisce il calicanto al primo fondersi dell'inverno, spezzane un ramo e non temere. Ricresce il calicanto piú verde dove l'hai spezzato ed ha sulla tua vita un potere meraviglioso: t'insegna a godere d'una gioia rara e misteriosa, e tu potrai camminare sotto l'acqua d'agosto e non accorgerti pure che piove, correre in cima a un colle e non sapere se in salita fu la tua corsa oppure in discesa, e cosa mirabile invero ed assai rara, guardare un tramonto d'autunno con la certezza che il sole, in realtà, non tramonta mai.

Non restano purtroppo altri frammenti dell'erbario di Venafro, né sappiamo con certezza se egli l'abbia mai portato a termine; infatti accaddero nel castello, a partire dal momento in cui egli vi giunse, molti fatti misteriosi e strani.

Il duca di Mantova

Il duca Franchino di Mantova avrebbe dovuto essere piuttosto un menestrello. E lo avrebbe anche voluto, forse. Infatti era biondo, esile, con gli occhi azzurri. Esattamente come dovrebbero essere tutti i menestrelli. E perpetuamente innamorato. Anche se non sapeva amare. L'unica volta che aveva coronato il suo sogno d'amore, aveva sposato la marchesa Eleonora di Challant, ed era stato un disastro. La sua fragilità nervosa non aveva retto. Se non fosse morta prima la marchesa, sarebbe certamente morto lui. Ora si compiaceva della sua condizione di vedovo, perché il nero del lutto gli donava. E poi le donne si innamorano volentieri di un giovane vedovo, soprattutto d'un vedovo biondo. Cosí, tra sincera malinconia e compiacimento della stessa, tra gramaglie e pizzi candidi di Bruges con cui ornava i suoi abiti neri, il duca Franchino passava i suoi giorni al castello di Challant, assorto nei lunghi tramonti alpini, componendo canzoni sulla viola. E questa era veramente la sua arte, l'unica. Egli, che aveva dimostrato nell'amministrare il suo ducato tanta inettitudine da uscire fallito da una terra ricca e florida di agricoltura e commerci, da uscirne, vogliamo dire, fallito e squattrinato lui, lasciando intatta la ricchezza del suo paese che ancora lo rimpiangeva e lo amava, ebbene quel duca fallito componeva rime e ritmi sulla viola.

Spesso tutta la notte brillava il lume alla sua finestra e faceva riscontro a quell'altro lume che brillava piú in alto, nella torre, ed era il lume di Venafro che scriveva il suo erbario.

Quando aveva firmato l'accettazione del testamento, il duca Franchino stava cercando una rima difficile per una ballatetta che cominciava «il pensiero che al zefiro s'affida...», e in tale ricerca era tutto immerso al punto che non aveva inteso piú nulla della lettura del testamento. Quanto a leggere lui stesso il testamento prima di firmarlo, se n'era dimenticato. O meglio, se n'era guardato bene. D'altra parte, chi pensasse che il duca era interessato a quella eredità, sbaglierebbe di molto; al contrario, prevedeva seccature, amministrazione di beni, amministrazione della giustizia tra i nuovi sudditi, rapporti di vicinato con i signori confinanti ecc. Tutte cose per cui non aveva nessuna vocazione. Ma aveva accettato, perché gli sembrava brutto non accettare, perché di solito si fa cosí; il perché, in fondo non lo sapeva neanche lui.

Cosí ora si trovava vincolato ad un impegno grave e ineluttabile, che obbligava il suo onore, e ancor piú la sua vita perché quei dodici abati venuti apposta per sorvegliarlo, evocati dal testamento stesso del diabolico vecchio, non lo abbandonavano un istante, se non quando si chiudeva la sera nella sua camera del castello, solo.

In un primo tempo, benché alla tardiva lettura del codicillo avesse provato una stretta al cuore, non vi aveva dato molto peso. Era un momento in cui gli pareva di non avere desideri.

Ma nacquero subito, il giorno dopo, all'alba. Fu nel risvegliarsi, quando forse un brandello di sogno indugiava sulla soglia della sua coscienza, un fragile brandello, che non oltrepassò quella soglia e si sciolse in un muto senso di gioia e di calore che si sparse per le membra ancora immerse nel sonno, serpeggiò nel sangue addormentato e tutto il corpo riempí a un tratto di vita e di piacere. E il duca si svegliò come in un giorno di festa.

La festa durò fino al momento in cui il duca entrò nella sala del castello. E vide gli abati. Per la verità non tutti si occupavano di lui. Alcuni erano affaccendati in loro imprese personali e in queste completamente assorti. Ma non, per esempio, Ipocondrio. Egli scorse subito il sorriso sul volto del duca. E di dove nasce un sorriso? Dal peccato. E qual è il peccato? La carne. Il duca doveva essere un assai fragile peccatore, perché il sorriso fuggí subito dal suo volto come un uccello sorpreso dall'inverno.

Poi, la notte successiva, sognò. Sognò che seduto sulla sponda del letto svegliava una donna addormentata. Era l'alba, e quel sonno, non sapeva perché, l'offendeva. Svegliava la donna che dormiva chiamandola per nome, ma quale nome, non sapeva. Chiamava piano, a lungo, finché la donna sollevava la testa e gliela posava in grembo. E lui, allora, sentiva l'odore del suo corpo.

Nei giorni seguenti il duca Franchino si ricordava del sogno tutte le volte che era vicino a una donna, e allora aguzzava il naso per riconoscere quell'odore che aveva sentito nel sogno, ma cosí, senza darlo a vedere, da quella persona ben educata che era. Perché l'odore era la cosa che piú gli era rimasta impressa: non il volto, non lo sguardo; ma solo la poca luce dell'alba e il tiepido odore tranquillo. Ogni corpo ha un suo odore. Ogni persona che si ama, si ricorda anzitutto all'odore.

Ma chi amava il duca? Non madonna Camilla, damigella della marchesa, che lo saettava di sguardi di spregio perché vedeva in lui un assurdo straniero. E poi era magra e severa. Non la damigella Ildegonda, alta e bionda. Appunto, d'una spanna piú alta di lui. Forse Pilar, venuta dalle corti moresche di Spagna? O la bella Maraví, della corte angioina di Napoli? Stretto nel dubbio, il duca cominciò a indagare. Indagava se stesso e gli altri. Anzi, le altre. Ad ogni vicinanza, ad ogni casuale contatto, appuntiva i suoi sensi, acuiva il suo ingegno, si tendeva tutto, e spiava il viso della donna, quella che gli era accanto di volta in volta, per indovinare, scoprire la verità. Voleva sapere chi era la donna del sogno. Voleva sapere chi era la donna che amava. E aguzzava il naso per ritrovare l'odore.

Il duca ripensava a quel sogno una sera guardando il precoce tramonto d'autunno che già immalinconiva per la valle. Quando un bussare precipitoso alla sua porta lo fece trasalire. Era il giovane Irzio, paggio della marchesa e giovinetto ancora imberbe, che nella fretta d'annunciargli qualche cosa incespicava nelle consonanti e tentava di completare a gesti il messaggio. Il duca non avrebbe capito molto se non avesse udito un suono di liuto salire dal basso, dalla sala del castello. Mentre scendevano insieme le scale il paggio Irzio riuscí a dire che a corte era giunto, proprio allora, un trovatore.

Tutti si affrettavano verso la sala, dove la marchesa e le sue donne già sedevano; Venafro stava in piedi alle spalle della marchesa, e gli abati giungevano da varie parti del castello. Avevano formato un circolo, in mezzo al quale sedeva, su un basso sgabello di noce, il trovatore. E accordava il suo liuto. Quando il duca lo vide, rimase attonito. Credette di vedere se stesso, forse piú giovane, forse piú bello, forse quel se stesso che egli avrebbe voluto essere. I grandi occhi azzurri del trovatore, quando si alzarono dal liuto, erano gli occhi di un eterno incolpevole. Sorrise e intonò «can vei la lauzeta mover...» Quando la bella canzone nostalgica fu terminata, la marchesa chiese *Calenda maia*. Il duca ascoltava assorto. Allorché risonarono, appena confusi col suono del liuto, i versi audaci di Rimbaut che rinfaccia alla donna di non averla mai avuta nuda tra le braccia, il duca ebbe un sussulto e guardò la marchesa. Gli parve che lei lo stesse guardando.

Poi, a richiesta delle donne, fu suonata una danza. Venafro si avvicinò al trovatore e lo accompagnò con il suo flauto provenzale: tutte le donne, anche la marchesa, danzarono in circolo; danzò anche il duca e teneva per mano la marchesa; danzava anche l'abate Mistral, che tra gli altri abati si distingueva perché fin dal primo giorno aveva smesso la lunga tonaca nera e vestiva da cavaliere; e quale agile cavaliere amava i cavalli e la danza. Il duca di Mantova danzava con grande maestria, senonché quando la danza voleva che girasse il capo dalla parte dove stava la marchesa, egli precedeva di un attimo il tempo; quando doveva girarlo dalla parte opposta, il suo movimento giungeva in ritardo.

Finita la danza la marchesa fece preparare le tavole per la cena e volle che il giovane trovatore sedesse a capo della tavola, accanto a lei, alla sua destra, ed ella stessa lo condusse tenendolo per mano. Veloce come un giovane gatto il duca si sedette alla sinistra della marchesa, e già stava per avvicinare allo scanno della marchesa il suo che gli pareva troppo lontano, o forse non abbastanza vicino, quando, non veloce, ma con pesante determinazione l'abate Umidio pose il suo scanno tra lui e la marchesa; e altrettanto pesantemente su questo, nel mezzo, si sedette. Poi si voltò, l'abate Umidio, verso il duca che lo guardava stupito, gli alitò in faccia il suo fiato pesante, abbassò la testa sulla tavola e si immerse nel cibo.

Il duca guardò il cibo senza appetito. Alzando gli occhi vide che Venafro, di fronte, lo osservava.

La marchesa discorreva col trovatore di poesie e di danze nuove venute di Provenza e d'Aquitania: vestiva un abito color d'argento che moltiplicava la luce dei grandi lumi infissi alle pareti e li turbava ad ogni movimento delle braccia e del corpo.

Quella notte il duca non poteva risolversi ad andare a letto. Sedeva alla sua finestra e guardava la luna che imbiancava la valle. Come un anello bruno le alte e doppie mura che cingevano la corte spiccavano sul lucore intatto. Ogni cosa era immobile nella notte e nulla turbava la grande luce bianca.

A un tratto il duca vide un gran cavallo nero, montato da un cavaliere vestito di nero, che attraversava al galoppo la corte e senza rallentare s'avventava alle mura e una dopo l'altra le saltava d'un balzo. E nero s'allontanava nella valle bianca col nero mantello svolazzante alle spalle. Un raggio di luna brillò accanto a lui; un cavallo bianco, rivelato solo dall'ombra che proiettava alla luce lunare, si profilò accanto al cavaliere nero e s'allontanò al galoppo con lui.

Il duca fissava attonito la valle. L'ombra nera del cavaliere era ormai lontana e la luna raggiava intorno, immobile. Egli non era piú certo se aveva visto, o creduto di vedere, il cavallo bianco e il lucore di luna che lo montava. E chi era il cavaliere nero? Venafro? Mistral? il trovatore?

Dormí assai poco il duca, quella notte. E il suo risveglio fu quello di un uomo turbato e un po' triste. Pochissima luce entrava dalla lunga sottile finestra che si apriva nella parete. Le mura, la valle, gli alberi, tutto era sparito avvolto nella nebbia che a fitte ondate saliva e fluttuava, e un silenzio immenso gravava sulla terra. Sembrava che la vita fosse fuggita da quei luoghi. Il duca ripensò alla sera precedente, la sala splendente di lumi, il liuto del trovatore, la «branle» che aveva danzato stringendo la mano della marchesa, il suo vestito color luna... il cavaliere nero... quella fuga nella valle...

Forse nel salone avrebbe ritrovato qualcuno, forse c'era ancora il giovane suonatore, avrebbe rivisto quello sguardo azzurro, suonato con lui. Forse c'era la marchesa. Certamente ci sarebbe stato il fuoco acceso nel grande camino.

Ma quando si affacciò alla soglia del salone il duca sentí naufragare la sua speranza. Il fuoco, sí, era acceso nel camino, ma alla debole luce della nebbia sedevano dodici figure nere, sul fondo del salone, a consulto. Sedevano gli abati sugli alti lor scanni, accigliati e pensosi, con rade parole. E tutti volsero insieme la testa a guardare il duca con muto sguardo severo.

La marchesa di Challant

La marchesa di Challant aveva l'abitudine di uscire a cavallo la sera prima del tramonto, con qualunque tempo, d'estate e d'inverno, col sole, col vento, con la neve e con la pioggia. La marchesa di Challant possedeva lunghi mantelli che coprivano a metà anche il cavallo, di seta d'Arabia per le calde sere d'estate, di velluto e di lana per i primi freddi d'autunno, di folte pellicce per l'inverno.

La marchesa di Challant possedeva due splendidi cavalli, uno bianco e superbo, dal trotto lento e solenne, dal lungo collo robusto e dolcemente flessuoso. Quel cavallo si chiamava Ippomele. Quando cavalcava il suo bianco Ippomele la marchesa di Challant si vestiva tutta di bianco, bianco il mantello, bianco il velo, bianco il grande cappello posato sul velo. L'altro cavallo era nero come la notte, agile nervoso e scattante, col corpo sottile come un puledro, il collo lunghissimo e lunghissima criniera. Amava il galoppo e mal rispondeva alle briglie e al morso. Quel cavallo volava come un angelo della notte, e si chiamava Yvars. Quando cavalcava il suo nerissimo Yvars la marchesa di Challant si vestiva tutta di nero. Nero il mantello, nero il velo, e nero il cappello posato sul velo. La marchesa di Challant era assai bella.

Molti giorni trascorsero sereni quell'anno prima che la neve e il gelo si impadronissero della valle per un tetro interminabile inverno. E ogni sera la marchesa usciva, sola o in compagnia, per la sua cavalcata prima del tramonto. Qualche volta partecipava anche il duca, e allora anche gli abati, tutti o in parte, cavalcavano con lui senza perderlo di vista.

Una sera, mentre triste sedeva alla sua finestra e attendeva di vedere uscire la marchesa a cavallo, il duca fu chiamato dal paggio Irzio nel salone del castello, ché madonna voleva, subito, parlare a tutti. Quella sera la marchesa di Challant aveva rinunciato alla sua cavalcata. Ippomele e Yvars erano rimasti ad attendere nella stalla, invano. Segno che qualcosa di grave era nell'aria. Ecco infatti che cosa accadde.

Quando gli ospiti scesero nel salone trovarono la marchesa già seduta nel suo grande scanno di quel bellissimo legno di ciliegio che diventa sempre piú rosso col passare del tempo. I capelli neri erano raccolti in trecce e ad ogni treccia era avvolto un filo di perle bianche come latte. La marchesa teneva in mano un foglio e si apprestava a leggere: «Si fa obbligo e raccomandazione a tutti i signori dimoranti in questo castello che qualsivoglia pozione, distillato o infuso che essi traggano da erbe, fiori o fronde, sia custodito nelle rispettive stanze di ciascuno, e massime i veleni. In caso di inadempienza si provvederà contro le singole persone secondo che le circostanze, la natura del filtro e le conseguenze potranno suggerire. Si diffida pertanto qualsivoglia persona dal distillare o filtrare succhi sospetti o perniciosi alla vita, e ancor piú dal lasciarli incustoditi nelle sale del castello o nelle stanze altrui».

Per capire il senso di queste parole strane bisogna sapere che alcuni giorni prima era accaduto un fatto assai increscioso. Era successo che uno di questi succhi aveva causato, accidentalmente, la morte dell'abate Umidio. Fu un succo di colchici. E fu una sera d'ottobre.

La valle di Challant era ancora fiorita di quei delicatissimi fiori indaco-rosati che traggono vita da un piccolo bulbo biancastro profondamente infisso nel terreno, e da quel medesimo bulbo traggono il rarissimo colore che domina i pascoli in autunno. Non hanno alcun profumo. Si chiamano colchici, forse perché, come dicono alcuni, il loro bulbo fu portato per mare dalla lontana Colchide misteriosa, la magica terra dei veleni. Dai colchici nasce un succo velenoso.

Verso il tramonto di quel giorno sereno d'ottobre, nella luce ancora calda e mirabilmente dorata dell'astro già inclinante sull'orizzonte, la marchesa di Challant era uscita a cavallo, sul bianco Ippomele, per una lenta e quieta cavalcata. Sotto il mantello bianco indossava una tunica indaco-rosata che dal dorso del cavallo scendeva fino a sfiorare la terra. Ma quella volta non fu sola a cavalcare. Cavalcavano con lei le damigelle di corte, e le era accanto madonna Camilla; cavalcava il duca Franchino, cavalcava l'abate Mistral, e chiudeva il piccolo corteo, sul suo grande cavallo nero, avvolto in un ampio mantello di nero velluto, Venafro.

Venafro sapeva tutte le virtú delle piante e spiegava al duca quanto fosse letale il potere di quei fiori che cosí delicati sono al tatto e alla vista, ma qual benefico influsso possa avere un mortifero succo, preso in piccolissima dose, per curare certi affanni del respiro, le pericolose accelerazioni del sangue e del cuore, gli acuti dolori delle membra. Non c'è male, egli diceva, che non possa essere anche un bene, non c'è maleficio che non si possa ridurre a beneficio, non c'è cosa negativa al mondo, che non abbia anche un influsso positivo. Il duca l'ascoltava cosí filosofare, e l'ascoltavano anche le donne mentre scendevano per i poggi che dal castello di Challant digradano giú nella valle, nei pascoli fioriti di colchici. Lí giunti, tutti smontarono e passeggiarono a lungo per i prati fioriti. La marchesa sedette su una roccia e la sua tunica indaco-rosata si sparse sull'erba come un grande fiore d'autunno. Il duca sedette ai suoi piedi nell'erba, e la guardava.

Le damigelle intanto coglievano fiori nei prati ed era un gaio spettacolo vedere le lunghe vesti colorate correre sull'erba, quale azzurra e quale rossa e quale del lieto colore del sole. Fino al tramonto durò quella festa sul prato. Quando la malinconia dell'ombra dilagante nella valle le chiamò al ritorno, vennero tutte con le mani piene di quei fiori per adornarne le stanze in bei vasi di vetro e d'argento.

Sulla via del ritorno, mentre i cavalli salivano lentamente verso il castello, Venafro spiegava alle donne come si estrae il succo dai teneri colchici, facendoli bollire a lungo finché tutta la virtú medicinale sia uscita dalle fibre vegetali, che poi, spremute, si gettano via. Il succo prezioso si passa in un filtro color amaranto e mescolato a miele e zenzero purissimi diviene quel liquore portentoso che può guarire, a gocce, le tristi malattie, e può, in dosi errate, indurre il gelo della morte nelle membra.

Qualcuno forse, nella lunga sera d'autunno, avea per suo sollazzo distillato quel liquido ch'è pernicioso oppur benefico come tutte le cose della vita, che hanno a un tempo un volto gaio e uno triste, e possono donare gioia o dolore, letizia o sofferenza, poiché la provvidenza volle, proprio essa, che in tutto fossero insieme confusi il pianto ed il sorriso.

Cosí accadde che l'abate Umidio, il pio abate che di molti acciacchi di corpo soffriva, vuoi per l'età, vuoi per le fredde mura del castello e l'umido fiato delle notti d'autunno, l'abate Umidio che sempre mormorando saliva lentissimamente le scale appoggiato al suo bastone di nocciolo e che aveva nella sua piccola stanza gran dovizia di vasi e di fialette, quale piena a metà e quale fino all'orlo, di pozioni e distillati misteriosi che alleviare dovevano i dolori delle vecchie membra, e ai quali attingeva come a provvida speranza ogni sera prima di scordare nel sonno i suoi mali, l'abate Umidio, cui pochi capelli bianchi incorniciavano la testa calva e il volto corruccioso, il mattino dopo, inspiegabilmente, era morto.

Il viaggio dell'abate Nevoso

Le esequie dell'abate Umidio furono gravi e solenni, come si conveniva al suo stato e al rango dei castellani suoi ospiti. Il duca volle che nella chiesa fossero cantati i salmi di Davide trascritti per piú voci dal grande Gregorio, e la marchesa stessa con le sue bianche mani depose sulla pietra tombale, una volta richiusa a livello del pavimento nella chiesa del castello, una ghirlanda di quei fiori che s'usa intrecciare con paglie di grano ed altri erbaggi disseccati quando l'autunno bandisce dalla terra foglie e fiori. Poi gli abati si unirono in capitolo e decisero che uno d'essi scendesse a valle, al convento di Sant'Orso, da cui proveniva l'abate Umidio di buona memoria, a portare la novella della cruda dipartita del fratello Umidio, e a dire che, santamente spirato, ormai si giaceva nella pace dei giusti. A tale incombenza la sorte destinò l'abate Nevoso, ancor giovane d'anni e assai robusto e corpacciuto, ma pigro ed amante dei tepidi ozi piú che delle cavalcate nel freddo dell'autunno. Ancor meno egli amava i cavalli, dei quali anzi aveva sommo orrore, sí che per i suoi viaggi soleva servirsi di un mite e piccolo asinello su cui a fatica si reggeva la sua gran mole col peso della carne e del sapere. Assai cortesemente si offerse Venafro di essergli compagno al viaggio accidentato vuoi per i pendii erti e malfidi, vuoi per il cielo minaccioso dell'autunno.

E partirono. Venafro teneva forte con la briglia il suo grande Rabano generoso perché seguisse il passo faticoso dell'asinello che, a testa bassa, trascinava la sua gran soma. Era un asinello piccolo e grigio, e con la schiena sorpassava di poco la pancia del cavallo. Non aveva ornamenti né sonagli, neppure un fiocco, né il suo padrone gli parlava mai nel viaggio, né gli dava voce; gli dava bensí gran calci nella pancia perché allungasse il passo. Venafro lo guardava dall'alto del suo fortissimo Rabano, e pensava che alla povera bestia non era stato dato neppure un nome.

Scendeva la nebbia sui poggi boscosi mossa da un umido vento protervo, e per freddo e tristezza rabbrividivano uomini e animali. Quando si fermarono a riposare in una capanna di montanari, Venafro comprò buon fieno per il suo Rabano e lo divise in due parti uguali. Una la mise davanti all'asinello accarezzandogli il collo freddo e sudato. La bestia lo ringraziava strofinandogli il muso sul mantello.

Al convento si fermarono poco: Nevoso non volle pernottare e malgrado le bestie, soprattutto l'asino, fossero evidentemente provate dalla fatica, insistette per partire dopo aver pranzato. Ma se duro era stato il viaggio di andata, ancor piú duro fu il viaggio di ritorno. Quello era in discesa, il ritorno fu in salita. La nebbia inoltre s'era condensata in neve larga e molle che impastava i sentieri e li rendeva scivolosi. Rabano tirava gagliardamente con passo sicuro; l'asino arrancava sdrucciolando nella poltiglia fredda. Là dove cominciava la salita Venafro propose di sostare per ristorare le cavalcature. Ma Nevoso non volle, ché sperava di giungere al castello prima di sera, ché temeva che la neve gelasse sulla strada, ché smaniava di trovarsi nel calore del camino davanti una tavola imbandita. Invano Venafro gli disse che l'asino era stanco, che la strada era ancor lunga, che potrebbero anche dormire in un casolare per via. Nevoso non intese ragioni.

E l'asino tirava a testa china, inarcando la schiena sotto il grave peso dell'abate. La neve scendeva sempre piú fitta e gelida a mano a mano che i due uomini salivano dal fondo della valle. Camminavano in silenzio. Venafro era assai triste. A un tratto l'asino piegò le zampe anteriori e cadde in ginocchio. Maledicendolo, Nevoso cercò di farlo alzare a furia di calci nella pancia.

– Se non volete che l'asino muoia, dovrete proseguire a piedi, – disse Venafro. L'abate non rispose. Bestemmiando riuscí a rialzare la sua cavalcatura e montò in groppa. L'asino proseguí ansimando per qualche centinaio di metri; ma la salita diventava piú ripida e la terra gelata gli sfuggiva sotto le zampe. Quando il castello di Challant apparve alto sulla valle al di sopra della nebbia, l'asino stramazzò a terra trascinando nella caduta il suo cavaliere. A fatica l'abate si districò dalla bestia e tentava di farlá rialzare a calci. Ma Venafro scese dal suo cavallo, allontanò l'abate e trascinò l'asino sul ciglio della strada. Poiché era morto.

E non disse nulla.

Cosí giunsero al castello, Venafro a piedi tenendo le briglie di Rabano su cui stava inerpicata l'immensa mole di Nevoso.

Enrico da Morazzone, inventore

Da qualche giorno era cessato di nevicare e il sole risplendeva sulla valle innevata. Fu in uno di quei giorni di sole che Enrico da Morazzone giunse al castello di Challant. Veramente giunse al castello, assai prima di lui, un suono di campanelli che saliva dal fondo della valle e si spargeva festoso nell'aria. Tutti accorrevano a vedere, i contadini si affacciavano sull'uscio di casa, i bambini si arrampicavano sugli alberi, i vecchi si trascinavano sul ciglio della strada, i servi del castello correvano a sporgersi tra i merli delle mura, le donne s'affacciavano alle finestre. La marchesa uscí sul verone verso la valle.

Il suono dei campanelli s'avvicinava allegramente, s'avvicinava sempre piú, finché in fondo alla strada apparve un carro tirato da due cavalli al trotto, montato su una slitta e guidato da un personaggio alto, in piedi sul carro, che schioccando la lunga frusta faceva cadere dagli alberi gli ultimi fiocchi di neve impigliati tra i rami. Allora tutti videro che lo scampanellio veniva da tanti minuscoli campanellini legati ai finimenti dei cavalli.

Enrico da Morazzone era alto e magro, vestito di una palandrana verde che gli scendeva diritta dalle spalle alle caviglie e, quando alzava le braccia, gli dava l'aspetto di un lungo rettangolo verde. Schioccò verso l'alto la frusta in segno di saluto. Poi vide la marchesa al balcone e si inchinò portando la mano destra sul cuore. E si presentò: messer Enrico da Morazzone, inventore. Subito una folla di bambini, vecchietti e contadini curiosi gli si fece incontro, circondò il carro, fece tinnire i campanelli, accarezzava i finimenti di velluto, toccava gli oggetti misteriosi che si trovavano sul carro, mentre i cavalli nitrivano di compiacimento. Ma tra la folla si fece largo il paggio Irzio, giovinetto di primo pelo e unico paggio della marchesa, ad invitare, a nome dei suoi signori, l'inventore alla corte.

Era quella dolce ora del meriggio in cui piú lieti gli animi intendono all'attesa del pranzo in piacevoli conversari e amichevoli contese. E discorrendo s'inganna l'appetito con blandi sorsi di vino puro, vuoi bianco, vuoi rosso, ma sempre assai secco e generoso. A tale occupazione erano intenti i signori della corte quando messer Enrico da Morazzone fu introdotto dal paggio Irzio nel salone del castello. Si inchinò leggermente sulla soglia, poi senza esitazione si diresse verso la marchesa.

– Madonna, – mormorò inginocchiandosi davanti a lei e baciandole lungamente la mano. La marchesa sorrise e col gesto della mano rialzò lo sconosciuto. Egli poi si volse al duca e si presentò inchinandosi leggermente con la mano sul cuore, poi accennò un inchino a Venafro, poi circolarmente in giro, indi si sedette su uno scanno che il paggio gli porgeva. Sollevò la sua coppa all'indirizzo della marchesa, e bevve un lungo sorso da cui parve trarre grandissimo piacere; chiuse un attimo gli occhi poi parlò:

– Signori, v'ho detto il mio nome; ma certo esso suona nuovo alle vostre orecchie. Fin qui non giunge la mia fama. Lontanissima di qui giace una terra dolce di vigne e d'uliveti, ove d'inverno fiorisce la mimosa e il cielo riflette il colore lieto del mare. Siede una città in quella terra, ricca di chiese e di palazzi, potente di flotte e di ricchezze, una città tra il monte e il porto, che ad ogni ora si specchia nelle sue navi e nei ricchi equipaggi, nel lavoro che ferve intorno ad esse, nelle macchine grandissime e nuove che smontano le merci dalle navi, e nel velame gonfio di vento dei vascelli che salpano per il vasto mondo. Genova è il suo nome. Là io nacqui. Là vissi ricco ed onorato, fin quando la stoltezza degli uomini, o la sorte, alla mia città mi resero nemico, sí che ne fui esiliato, io, per sempre, per tutta la mia vita. Fu a causa delle mie balestre. Avevo già per la mia città costruito argani e verricelli, ponti mobili e mille altre macchine ingegnose, e a tutte i congegni inventati dalla mia mente avevan dato una potenza che ai piú pareva arcana, sí che tra i semplici e ignoranti già m'ero fatto fama di negromante. Forse l'audacia, o forse l'amor dell'inventare, mi stimolò sí che volli, in superbia, superar me stesso. E costruii quella che doveva essere coronamento alla mia scienza, macchina mirabile eppur semplice assai, che maggior potenza doveva dare alla mia terra e ai suoi eserciti, perché la macchina era da guerra, micidiale come se fosse maneggiata da giganti, ma congegnata in modo che un debole infermo, od un bambino, potevano da essa trarre strali mortali. Fu la balestra a molla, la piú bella delle mie invenzioni, da cui m'attendevo la gloria del mondo e la riconoscenza dei miei concittadini. Ma l'invidia dei potenti, e la sorte maligna, che piú offende là dove piú si spera, mi colpí con quella balestra istessa cui avevo dedicato amorose cure. È una balestra il cui arco si tende, anziché con la volgare forza delle braccia, per il mezzo d'una chiave che girando avvolge una robusta molla: si punta l'arnese, si arma, si libera la molla, e il proiettile parte come spinto dalla forza di un gigante. Anche un vecchio, un bambino, un malato, può con quella macchina portentosa combattere in battaglia contro un esercito nemico. Ma quando presentai al Consiglio la mia macchina diletta, risero quei folli, resi ciechi d'invidia, e proclamarono che le braccia dei genovesi di molle non avevano bisogno, e che senza stratagemmi avrebbero vinto ogni battaglia. Fu allora che, piagato in cuor dalla ripulsa, vendetti la balestra a quei di Pisa. Era il tempo che i pisani, piú volte sconfitti dai genovesi, pochi uomini abili avevano al combattimento, e sui ponti delle navi avean chiamato bambini e vecchierelli e chi aveva trascorso la sua vita a leggere libri polverosi. Non avean speranza di vittoria, quei pisani, se non fosse per un caso mirabile e insperato. Quel miracolo fecero le mie balestre, che a centinaia costruirono i pisani sul mio disegno. E n'ebbi trenta scudi di Francia. E da Genova fui esiliato per tutta la mia vita e bruciato in effigie, perché mai piú tornassi in quella terra che amavo. Ora vendo le mie macchine per i mercati del mondo, senza patria, senza casa, tra le nevi dei monti, lontano dal mare ch'io vedevo ogni giorno incurvarsi azzurro sotto il cielo –. Qui tacque e cupamente bevve dalla sua coppa.

– Quei trenta scudi, – soggiunse, – li spesi per comprare il carro, i due cavalli e tre misure di campanelli di bronzo.

– Tre misure di campanelli? – chiese la marchesa.

– Sí, madonna. Quei campanelli che forse udiste tinnire al trotto dei miei cavalli. Cinque scudi mi costò il carro, venti i due cavalli, ottime bestie anche da cavalcare; mi rimanevano cinque scudi, che pensai di mettere a capitale comperando campanellini di bronzo, che hanno il suono quasi dell'argento. Erano gli ultimi scudi che mi restavano e dovevo impiegarli bene.

– Non capisco, messere, – intervenne il duca, – perché pensaste di impiegarli bene comprando tre misure di campanelli...

– Poiché nulla di bello al mondo mi restava, monsignore, volli che almeno il tinnir dei campanelli mi sovvenisse la gioia passata, o accennasse alla futura, se mai alcuna per me ci sarà. E se la gioia non è nel mio cuore, devo fingere che in qualche luogo ci sia, ove non so, e che la comunichi a chi ode, perché è principio di vita e d'ogni bene che al mondo si faccia, sí che, ove gioia non c'è, è d'uopo che s'inventi, si finga e altrui s'imponga –. E dopo una pausa soggiunse: – I miei cavalli almeno godono di quei campanelli che gli allevian la fatica della salita, e la noia del viaggio nella nebbia.

Quando messer da Morazzone cosí ebbe parlato, tutti tacquero pensando al senso delle sue parole. Venafro s'alzò e a tutti mescé da bere, dicendo che poi, quando s'avesse mangiato e bevuto in pace ed allegria, egli avrebbe volentieri esaminato le macchine di messer Enrico, ché già da tempo sentiva crescere in sé grande interesse per cotesta scienza intesa ad alleviare agli uomini le fatiche dell'opre e della vita. Vennero intanto i servi ed imbandirono le mense. Ma anche durante il pranzo il discorso si aggirò sulle macchine e sul potere che esse dànno all'uomo e sulla bellezza di veder nascere il movimento, quasi tangibile miracolo, dall'allentarsi di una molla prima compressa.

– Oltre alla molla, che di tutti i sistemi è il piú

facile a porsi in opra, altri infiniti la natura ne fornisce atti tutti a produrre il movimento. All'uomo non occorre che leggere nel gran libro della natura, e ad ogni pagina che volta, può trovare insegnamento a mirabilmente operare per produrre ciò che serve alla vita, ed anche ciò che non serve, ma talmente seduce che vien creduto necessario.

– Conoscete altre sorgenti di movimento, messere? – chiese Venafro, che di tutti pareva il piú interessato a quei discorsi. Enrico da Morazzone lo guardò a lungo col suo sguardo azzurro e un po' diffidente. Indi sorrise e rispose:

– Certamente, monsignore. Basta una differenza di temperatura a generare movimento. S'accenda un gran fuoco, e l'aria riscaldata si solleverà verso l'alto come un corpo che perda peso. Nel vuoto lasciato dall'aria calda v'accorre quella fredda, che piú pesa, ed ecco attuato un movimento che opportunamente imprigionato può esser messo in opra. Quel gran fuoco che è il sole, che perpetuamente arde, già provoca questo moto nell'aria, là dove nascono i venti chiamati alisei, che incessantemente come gran macchina si muovono tra quella piú calda zona della terra che chiamasi equatore e le altre propinque ove il sole si ferma al volger delle stagioni per ritornare sopra i propri passi.

Tutti tacevano pensosi cercando di coglier colla mente tesa il senso difficile del discorso, difficile soprattutto per chi del sole conosceva il corso obliquo delle terre settentrionali e l'orizzonte interrotto dai continui monti.

– Questo movimento, – proseguí l'inventore, – si volge uniforme e senza interruzioni, sí che può dirsi esser quel tanto favolato moto perpetuo, che d'ogni scienza è sempre stato la speranza celata e il desiderio.

– Ma è possibile, – l'interruppe Venafro, – mettere in opera una macchina che perpetuamente si muova alla forza di quei venti?

– Forse, – rispose pensieroso l'inventore. – Ma richiede altissimo ingegno ed istrumenti di tanta mole da imprigionare il vento. Ed io in quelle terre mai non fui ove spirano i venti alisei. Ne udii solo parlare da gente ch'era stata alle crociate, e dagli arabi aveva la notizia. Sono cose lontane e per questo ci paion favolose. Ma facendo nel mare i miei esperimenti, dal mio vascello che aveva nome Ulisse, altro principio scoprii di continuo movimento che può attuarsi in ogni luogo ove sia dell'acqua, mare, o stagno, oppur riviera.

Qui si interruppe e guardò attentamente Venafro.

– Voi sapete quel che sentenzia Archimede sulla spinta che i corpi ricevono nell'acqua dall'elastico elemento che li spinge verso l'alto e li fa galleggiare, e tanto piú lievi galleggiano quanto piú grandi si stendono sul liquido elemento. Bene, su questo principio ho costruito macchine assai belle che costantemente muovono e generano movimento. Ma le mie invenzioni piú belle son quelle che muovono dalla molla compressa.

Quando il pranzo fu terminato messer da Morazzone presentò a Venafro la piú bella, la favorita delle sue invenzioni.

– Questa, monsignore, è la macchina da far saltar le mele –. Venafro lo guardò in silenzio. E l'inventore continuò: – È fatta d'un albero cavo in cui passa una molla; dall'albero si parton ramicelli, pure cavi e percorsi da molle internamente, che collegate sono con la molla centrale. Ogni ramicello termina con una cucchiaia che quando la molla, prima compressa con una vite, vien liberata, principia a girare e sempre vorticosamente gira finché la forza della molla non si spegne. Or se ogni cucchiaia sorregge una mela, una bella mela rossa, ogni mela salterà con bellissimo effetto, che se sette sono i ramicelli, sette belle mele salteranno insieme con movimento pari e pari forza.

– Ma a che può servire, messere, uno strumento pure sí bello? – L'inventore lo guardò con lieve sguardo di scherno. – Chi dice che debba servire a qualcosa? La macchina è bella per la sua bellezza e non occorre che anche utile si mostri. E poi, – proseguí con voce raddolcita, – anche quando le macchine son utili, tal lavoro richiedono e fatica d'uomini a produrle che essa sarà sempre maggiore della fatica che risparmiano a chi le usa. Ma è la macchina una tal sirena che avvince l'umanità e la fa sua schiava. Giorno verrà che uomini faticheranno, proprio come adesso e forse ancor di piú, per produrre macchine che allevino loro la fatica di camminare, di arare i campi, di far qualunque cosa. Giorno verrà che l'uomo, quello che ora è contadino e s'alza all'alba per andare nel suo campo con la pioggia e con la nebbia, giorno verrà, benché sia ancor lontano, che quell'uomo, non piú contadino, s'alzerà all'alba e viaggerà nella pioggia e nella nebbia in lunghe file lente per andare negli immensi opifici ove si costruiscono le macchine che dovranno liberarlo della fatica di camminare.

– E non farà dunque piú alcuna fatica?

– Farà un'identica fatica, ad avvitar bulloni, a battere lamiere e cento altri mestieri.

– Ma allora perché costruire le macchine? Tanto varrebbe continuare a camminare.

Questa volta apertamente sorrise messer da Morazzone. – La macchina è come un sortilegio; in fondo se ne potrebbe fare a meno. Eppure si mostra piú necessaria del pane, necessaria come l'aria che respiriamo coi polmoni. Ma passerà molto tempo, non preoccupatevi, monsignore.

Cosí dicendo traeva dal carro una specie di grossa cesta montata su un telaio di ferro.

– È una slitta a molla, monsignore. Molto indicata per chi non ama montare a cavallo quando la neve è alta, e non si può viaggiare a piedi. Si parte in slitta dall'alto di un pendio. Il congegno meccanico è fatto in modo tale che la molla si carica da sé durante la discesa e tanta forza accumula da poter spingere la slitta su in salita. Cosí con la forza della molla supera le salite e si ricarica nella successiva discesa per poter di nuovo superare altre salite.

Qui tacque l'inventore, mentre Venafro andava considerando quella slitta e pensieri suoi volgeva nella mente.

– Quanto ne volete, messere?

– Venti scudi di Francia, – azzardò l'inventore. Ne ebbe dieci e se ne partí contento.

Quella sera Venafro fece dono della slitta all'abate Nevoso, proprio pensando quanto l'abate odiasse andar nella neve e quanto poco amasse montare a cavallo ora che il povero asinello infelice era morto per via. Nevoso volle provarla subito l'indomani, né volle ascoltare i consigli di prudenza che Venafro gli dava, poiché l'inventore era partito e il congegno, diceva, poteva forse non essere perfetto. Nevoso partí sulla slitta dall'alto del pendio che porta verso il fiume, superò felicemente alcuni dossi, poi, come volle Iddio, precipitò nell'acqua che scorre in fondo alla valle.

Venafro dovette scendere molto lungo il fiume per ritrovare i resti della slitta avvolti nel fango e nelle ramaglie dure. L'abate invece fu ritrovato assai piú vicino. Morto, naturalmente.

Le esequie

Le esequie dell'abate Nevoso furono degne del defunto e di coloro che lo compiangevano. Madonna Bianca e le sue dame vestivano tutte in bianco, colore che può significar lutto, quando si voglia, e che ben s'addiceva al silenzioso biancor della valle coperta di neve. Il giorno delle esequie non nevicava, ma il cielo era bianco come la terra innevata: il corteo delle dame si confondeva con la terra tranne che per l'artificiosa eleganza delle vesti. La marchesa, che apriva il corteo sul suo bianco Ippomele, vestiva un mantello di bianchissime volpi, lungo da ricoprire in parte anche il cavallo. In testa portava un largo cappello pure bianco, da cui scendeva un candidissimo velo che le copriva interamente la lunga nerissima capigliatura.

Pastori e contadini stavano a guardare lungo il percorso, felici in cuore dell'occasione che forniva loro quel raro piacere della vista. Il corteo delle dame era apprezzato sopra ogni cosa; in secondo luogo il corteo dei neri abati, rimasti in dieci di dodici che erano; poi il seguito dei signori, il duca e Venafro, entrambi vestiti di nero, il paggio Irzio, camerieri e scudieri. Tutti rimasero a guardare finché la cavalcata scomparve nel gran portale del castello. E la valle ritornò deserta. Unico segno rimase la neve calpestata e le frequenti tracce, fumanti, dei cavalli.

Quando il ponte si fu rialzato alle spalle del nobile corteo, tornarono a separarsi i due mondi che prima avevano avuto un fuggevole contatto: fuori rimaneva il freddo, la fatica e lo stento, alla muta meraviglia succedeva muto rancore mentre l'ammirazione illusoria si spegneva insieme con il breve giorno d'autunno. E l'autunno cedeva all'inverno.

Dentro il castello furono accesi tutti i lumi e ognuno si ingegnava di scacciare la noia con ogni mezzo: si giocava a dadi e agli scacchi, si suonavano canzoni e si discorreva.

– Ho udito dire, – disse la marchesa, – che un artigiano di Francia scolpisce i piú bei pezzi degli scacchi che mai si sian veduti. Li scolpisce in ebano e in legno di rosa, e son sí grandi che quasi uguaglian la persona umana, e per scacchiera si usa il giardino, o la terrazza o il piú grande salone del castello.

– Sarebbe assai bello, madonna, se cotali scacchi noi potessimo avere, – disse il duca, – e giuocar con essi come con persone umane. Noi dovremmo, – soggiunse volgendosi a Venafro, – appena le strade si potran percorrere a cavallo, andare a cercar codesti scacchi ove si sia, foss'anche in Francia.

– Ed io ho udito, – intervenne madonna Maraví, – che assai splendidi giuochi di birilli si fanno in una città chiamata Arezzo, che assai lungi si trova, oltre Po e Appennino. Ho udito dire che un artigiano assai famoso scolpisce quei bersagli di fattezze umane, e di aspetto e di misura, sí che dirgli si può a chi il bersaglio deve assomigliare –. E sí dicendo madonna Maraví, che veniva dalla corte angioina di Napoli, scuoteva sorridendo i ricci rossi che, raccolti alla sommità del capo, scendevano a ciocche lungo il collo.

I signori furono tutti d'accordo che non appena

fondesse un poco la neve, si manderebbe qualcuno ad Arezzo e in Francia per fornire la corte di quelle meraviglie.

S'avvicinava l'ora del pranzo. Il paggio Irzio venne ad annunciare alla marchesa che, cosí com'ella aveva ordinato, il bagno era pronto per lei, il bagno con cui voleva della cavalcata, della fatica e delle esequie cancellar dal suo corpo le tracce. Cosí mentre i servi preparavano le tavole, madonna Bianca se n'andò alle sue stanze accompagnata dal paggio. Per ingannar l'attesa Venafro diede ordine che si preparasse in un gran paiolo vino caldo aromatizzato: egli stesso nel camino della sala si occupò della faccenda, versò nel vino cannella e garofano e miele in abbondanza, mentre il vino rosso e generoso alzava il bollore e un fumo profumato si spargeva dal camino per tutta la sala. Vennero le grandi coppe d'argento e a tutti fu servito vino dolce bollente, che scacciò dalle ossa il freddo e dall'anima la tristezza. Bevuta una prima coppa Venafro ne riempí una seconda e uscí dalla sala. Andò a bussare alla porta della marchesa che doveva a quell'ora essere uscita dal bagno. E la trovò infatti sdraiata su un comodo giaciglio di pelli, vestita d'una bianca camicia, coi lunghi capelli disciolti che il paggio Irzio andava pettinando con un pettine d'avorio. Tutta la stanza era piena d'un profumato vapore, caldo e dolce sí che pareva che l'inverno cessasse fuor della porta. Era profumo d'acqua di rose e la stanza era abbondantemente illuminata da ceri impastati con essenza di rose. Venafro s'inchinò e porse la coppa alla marchesa, la quale bevve guardandolo e sorridendo. Un lieve rossore le si sparse sul volto mentre il calore del vino le accendeva le membra ristorate dall'acqua.

– Venite, madonna, la cena è pronta, – disse Venafro tendendole la mano.

– Occorre che mi vesta, – rispose lei prendendo tuttavia la mano che l'uomo le porgeva.

– No, venite cosí. Siete molto bella, madonna.

Lei lo guardò incerta per un attimo; poi rise, si gettò sulle spalle la lunga pelliccia di candide volpi e uscí condotta da Venafro per la mano. Quando entrò nella sala il profumo dell'acqua di rose si mescolò al profumo dolce del vino e un vapore caldo si sparse nella sala. Il duca condusse la marchesa al suo seggio al capo della tavola e avvicinò il suo scanno tanto che ne sfiorava la veste e ne sentiva il calore.

Frattanto gli abati, ammutoliti, si guardavano in viso esterrefatti. Poi subito dal gruppo si staccò il grosso abate Torchiato, verboso e zoppicante, e con molte parole prese a rimproverare la marchesa per il suo abbigliamento, per i capelli sciolti, per il profumo e infine: – Un bagno, – disse, – e a quest'ora!

Tutti volsero gli occhi a lui. La marchesa lo lasciò parlare quanto volle. Quando l'abate rosso e ansimante, poi che di eccesso di sangue soffriva, si tacque, la marchesa lo guardò sorridendo, alzò un poco verso di lui la sua coppa e disse:

– Non dovreste mai dimenticare, messere, che su di me non avete alcun potere.

Torchiato ammutolí, si guardò intorno cercando lo sguardo dei suoi confratelli; capí il suo errore e si sedette mortificato. Mortificato soprattutto da quel «messere», umiliante, detto a bella posta, in presenza di tutti.

Il duca non sembrò essersi accorto di nulla. Guardava la marchesa con sguardo appannato. Ne aspirava il profumo e rivolgeva nella mente, forse, i versi di un madrigale. Mangiò poco e non parlò per tutto il pranzo. La sua vita era tutta raccolta negli occhi. Anche Venafro era piú silenzioso del solito, e guardava la marchesa con occhi pensosi, un po' tristi, com'era sua abitudine. Ogni tanto sembrava che s'accendessero d'un bagliore, ed era quando incontravano quelli della marchesa. Ma se questo accadesse spesso, non lo so.

In quella strana cena silenziosa c'era ancora un uomo che non distoglieva che assai raramente gli occhi dalla marchesa, occhi grigi guizzanti di riso, occhi che sembravano attratti da un punto della veste dove il mantello di pelliccia si stringeva intorno allo scollo della bianca camicia, e il bianco pelo delle volpi giocava sulla bianca pelle della gola; e s'accendevano di bagliori al corso, forse, di pensieri segreti e un impercettibile sorriso rimbalzava da essi alle belle labbra, ai sottili baffi spioventi, sí che tutto il viso sembrava esprimere piacere e malizia. Il giovane abate Mistral bevve molto quella sera, ma non con la passione con cui beveva il duca, né con la pacata mestizia di Venafro. Mistral beveva con aria di interiore baldanza, come beve il guerriero vittorioso alla fortuna d'una battaglia futura, e ad ogni battaglia si accende di maggior desiderio di combattere ed è certo che vincerà, con gioia e senza pena, e anticipa nel pensiero il piacere della vittoria. Allora esulta l'animo del guerriero e gli occhi dicono la tensione dell'amante e la calma certezza, insieme, del vincitore.

La compagnia si sciolse presto quella sera, dopo la strana cena silenziosa; la marchesa si ritirò nelle sue stanze ed anche gli altri si accomiatarono a poco a poco. Rimase solo il duca, seduto nel suo scanno e come trasognato. L'immagine della marchesa lo possedeva ancora, né distoglieva gli occhi dal seggio ov'ella era stata seduta. Poi si alzò, si accostò a quel seggio e prese a percorrerlo con la mano, come se l'accarezzasse, come volesse coglierne una traccia del calore di lei, del suo profumo. S'inginocchiò a terra di fronte a quel seggio e vi pose sopra il capo, e cosí rimase a lungo, mentre l'unico lume che era rimasto acceso dava gli ultimi guizzi e lentamente si spegneva, perché nessuno aveva pensato di rifornirlo d'olio.

Molti giorni passarono in questa strana atmosfera di rattenute passioni, di speranze e di sconforti. Furono giorni cupi, di scarso sole velato, di silenziose nevicate, poveri di luce, lunghe le notti e insonni per molti ospiti del castello. Furono tristi aurore tarde, giorni pallidi e stanchi, crepuscoli precoci e sere interminabili di noia. Quasi nessuno usciva dal castello, né signori né servi. Pareva che il mondo si fosse ristretto a quelle mura merlate, richiuso su desideri e passioni che in esso covavano sepolte.

Il duca Franchino aveva cura che tutte le finestre venissero chiuse prima che egli entrasse in una stanza. E a tale scopo si faceva precedere dal paggio Irzio che aveva il compito di controllare che ogni apertura sull'esterno fosse accuratamente chiusa con il suo chiavistello. Il duca se ne stava interi giorni rannicchiato nel suo scanno, avvolto in pellicce, a mormorare contro la sua sorte che l'aveva sbattuto in quel mostruoso angolo della terra, dove arrivava la primavera quando altrove è l'estate, e giunge l'autunno prima che l'estate sia cominciata. E a tutti raccontava della fertile pianura ov'era nato e dei frutti meravigliosi che si producevano in quelle terre, ove la vigna maturava insieme ai fichi dolcissimi e grossi, ove l'estate lunga e ardente riempie le vene di calore per tutto l'anno e il breve, pur rigido, inverno è rallegrato da infinite piacevoli opere. Si ammazzano i grassi maiali e se ne cuoce il sangue fumante, e molte altre saporitissime parti, e si salano le carni migliori in molte gustosissime guise; si staccano dai tralicci i grappoli d'uva leggermente appassiti che ancor piú dolci sono che non freschi; si tagliano le grandissime zucche dalla polpa gialla e dolce e se ne fanno mille pietanze e dolci a non finire.

– Sapete, madonna, – disse rivolgendosi alla marchesa che aveva proprio allora aperto una finestra per offrire il roseo volto al freddo vento invernale; e in quella il duca richiuse la finestra, – sapete che dalle zucche gialle i cuochi di corte han tratto la piú buona minestra e raffinata che mai per palato umano si sia gustata? Tanto era preziosa quella vivanda che per uso le si accostava una poverissima pietanza dei contadini mantovani che si fa con gli scarti del porco quando si uccide. Allor che tutta la carne del porco è cotta oppur salata, rimangono i visceri caldi e sanguinanti, avvolti in una membrana grassa e ricca: è da questa membrana che i nostri contadini estraggono la loro umile ghiottoneria. La mettono a fuoco e ne struggono il grasso, che poi s'adopera per tutto l'anno; ciò che rimane vien gettato in una gran padella ardente e ne escono brevi pezzetti di carne, che rosolati e caldi si cospargono di molto sale e si mangiano subito. E allora si accorgono le genti che, accompagnati nello stomaco da quel vinello brusco, che appunto chiamasi lambrusco, son cosa sí buona da sodisfare il palato dei signori e dispongono lo stomaco alle preziose vivande che seguono e seguiranno. Si mangiano, appunto questi ciccioli caldi, nei giorni piú freddi per riscaldar lo stomaco all'inizio del pranzo. Poi si fan seguire da quei guancialotti di zucca, che son la piú raffinata vivanda che si faccia con la zucca.

Qui il duca tacque, rapito nei suoi ricordi. Si riscosse soltanto quando la marchesa gli pose una mano sulla spalla e disse amichevolmente:

– Anche noi abbiamo porci, e zucche, e si potrebbe fare questa cena alla moda della vostra terra, monsignore, e pure bere quel vino brusco che voi dite, che farem venire dalle pianure del Po, e vi consoleremo d'esser qui, in questo paese freddo e inospitale...

Il duca guardò a lungo la marchesa, poi le prese la mano e ancor piú a lungo la baciò.

– Certamente, – intervenne Venafro, – noi dobbiamo fare questa cena e riscaldarci il cuore col cibo e col vino per scacciare l'inverno e dimenticare le pene che ci opprimono la mente.

Alle parole di Venafro tutti sembrarono destarsi, e il duca, Venafro stesso e il paggio Irzio si posero subito in faccende per procurare l'occorrente. Di porci erano ricche le stalle del castello; grandissime zucche furono fatte venire dalla pianura, verdi e bitorzolute di fuori, gialle e tenere di dentro. La cosa piú difficile fu avere il lambrusco, poiché tutta la terra che si stende ai piedi di quei monti produce vini prelibati assai piú del lambrusco, ma non produce lambrusco. E quello voleva il duca. Intervenne in questa faccenda il vecchio abate Torchiato che assai grande intenditore era di vini, ma il lambrusco ancor non conosceva, come colui che mai non era uscito della valle. E subito si fece carico di procurare una gran botte di quel vino perché voleva, cosí disse, colmare quell'imperdonabile lacuna nella sua scienza e assaggiar di quel vino, cosí disse, prima che la morte spegnesse in lui i sensi del piacere. E poiché gli abati hanno gran poteri nel mondo che son negati a principi e signori, mandò servi e messaggeri sulle strade coperte di neve, mobilitò conversi e confratelli che di convento in convento si passaron la notizia, finché, alla fine di sí gran ricerca si scoprí, nella cantina di un oscuro prete di San Vincente una gran botte intatta di lambrusco. Quella fu tolta, pagata, trasportata, e giunse infine al castello di Challant su un solido carro tirato da due lenti giudiziosissimi cavalli, che senza scosse, senza turbare il fondo denso della botte, salirono su per l'erta che mena al castello, sí che altrettanto dolcemente dodici servi levarono la botte e la portarono nella sala del castello, su una gran tavola ove dimorò, senza che alcun la toccasse, una settimana intera, sí che lentamente il vino, se un poco nel viaggio s'era turbato, nella quiete si decantasse per ritornare all'antica limpidezza. Con occhi d'amore il buon Torchiato lo vegliò per lunghi giorni d'attesa, mentre intanto l'altre opere fervevano. Le grandi zucche furono arrostite intere nel focolare della cucina e il duca stesso ne fece cavare con un lungo cucchiaio di legno la polpa tenera e dolce. Poi fece pestare nel mortaio mandorle dolci e mandorle amare, che andarono aggiunte alla polpa delle zucche pur essa pestata nel mortaio. Indi pesò con le sue stesse mani le preziosissime spezie, noce moscatella, pepe e polvere di cannella, e il profumato impasto diviso in tante masserelle fu avvolto in una pasta di puro uovo sale e farina sí da formare tanti uguali guancialotti, gonfi e profumati, gialli e tenerelli. Intanto i servi fondevano il grasso dal sacco che involge gli intestini del porco: fu un lavoro lungo, a basso calore perché nulla bruciasse nel paiolo. Poi quanto rimaneva, masserelle di carne, filamenti ed altre cose, fu gettato in una padella di rame arroventata sui carboni; qui sfrigolarono, fumarono, scoppiettarono, mentre l'ultimo grasso si scioglieva; saltarono nella padella dal lunghissimo manico abilmente agitata da robuste villosissime braccia, e si ridussero a bruscoli croccanti che, bollenti, furono cosparsi di abbondante sale e pepe pestati insieme nel mortaio. Questi bruscoli ardenti furono versati in un grande vassoio di rame e subito portati in tavola dove i signori già attendevano e dove Venafro già aveva spillato dalla botte molte coppe di vino che aveva distribuito in giro a tutti i commensali. Quando vennero i ciccioli ardenti e fumanti nel vassoio di rame, tutti allungarono ad essi mani vogliose e i ciccioli salati e pepati andarono a spegnere il sapore aspro del vino, e a destare nuova sete di vino. E furono nuove coppe, e nuovi vassoi di ciccioli ardenti che andarono a placare la prima fame destata dal vino nello stomaco. Quando molte coppe furono vuotate e molti vassoi mostrarono scoperto il loro fondo, ecco che furon portati in tavola altri piú grandi vassoi, altrettanto fumanti, ripieni a montagna di profumati guancialotti che in brodo erano stati bolliti e poi scolati e sparsi di burro fuso e polvere di cannella e cacio grattugiato. Vennero in tavola spargendo un grato odore che a tutti mosse le mani armate di lunghe forcine, e i guancialotti dai grandi vassoi passarono nei piccoli piatti d'argento che ognuno aveva innanzi e di lí negli stomaci vogliosi che il vino aspretto aveva eccitato. E come un vassoio veniva vuotato, subito era sostituito da un altro ricolmo, né mai vedevasi in tavola un vassoio vuoto o una coppa assetata, e a mano a mano che cibo e vino riscaldavano i corpi, cresceva il vocío, che, nato come bisbiglio stupito, era già, ora, quasi rombo continuo che intronava la vasta sala dall'alto soffitto di ben connesse travi d'abete. Mille luci da tutti i canti la illuminavano di guizzi sanguigni mentre le ombre della sera precoce invadevano gli angoli piú riposti e assediavano le alte finestre. E come piú dense si facevano le ombre, piú alte guizzavano le lingue di luce dall'olio dei lumi, piú acute le voci dei commensali, piú intensamente calda l'aria accesa dal vino. Poi vennero molte carni arrostite, tra cui la timida marmotta, il fuggiasco capriolo, lo stambecco maestoso e il violento cinghiale. Ma già le voglie saziate si erano, e lente giungevano le mani a carpire quelle carni che dalla fredda neve, in cui tre lunghi giorni dimorate si erano, poi che tutta una notte in vino rosso s'erano macerate, erano passate agli acuti spiedi e ai carboni ardenti del focolare. Molti discorsi a gara s'intrecciavano tra i commensali, molte pellicce già dalle spalle erano state gettate sul pavimento, quando la marchesa s'allontanò dalla sala per ritornare tosto recando in mano una grande ampolla di limpidissimo vetro in cui un'acqua chiara brillava al luccichio dei lumi. Sorridendo la pose sulla tavola e chiese nuove coppe di puro argento, che subito i servi s'affrettarono a recare, e sempre sorridendo versò a tutti di quell'acqua chiara. Un'aria di mistero riposava sul bel volto chiuso in una lucente benda d'argento che nascondeva coi capelli tutta la fronte, sotto la quale gli occhi neri scintillavano di rattenuta malizia. Tacquero tutti sospesi guardando affascinati quell'acqua chiara che nulla pareva racchiudere in sé di misterioso ed inconsueto, eppure non era acqua di fonte.

– Bevete, signori, alla mia salute, – disse la marchesa levando leggermente la sua coppa. Tutti s'alzarono in piedi e bevvero alla salute della bella castellana. Si levò, tremolante, anche il vasto abate Torchiato, che dietro la botte quasi nascosto era dimorato fino a quel momento. Anche lui alzò tremante la sua coppa e bevve con gli altri. Fuoco ardente, fuoco di piacere, fuoco che fin gli ultimi visceri accese di caldi sensi, scorse per la gola a tutti i commensali, e fu spavento, gioia e piacere, fu anche smarrimento per la gran novità di quell'acqua ardente, e poi fu riso, e scoppi di voci, e quasi un gridare ed altercare tra tutti quei signori altrimenti sí gravi e sí severi. Furono recate altre ampolle di quell'acqua chiara, e la marchesa spiegava come essa si ricavi distillando in grandi alambicchi di rame il vino generoso che producono i balzi rocciosi della valle.

Ma già qualcuno aveva messo mano ai flauti, all'arpe e ai grandi liuti, e furono musiche e canti confusi, e accenni di danze diverse e contrastanti tra scoppi di voci ridenti ed irridenti. Poi flauti, tamburelli e trombe s'unirono a suonare un saltarello che madonna Maraví danzò col ritmo sfrenato del saltarello lombardo e col calore del suo sangue meridionale. Anche Venafro e il duca misero mano ai loro flauti mentre l'abate Mistral suonava un gran liuto d'Arabia.

Io non so dire fino a quando durò quella festa: so che i servi stanchi s'addormentarono con la testa appoggiata alle tavole della cucina, e il silenzio tornò nell'ampia sala quando la pallida aurora invernale, vincendo gli ultimi lumi che guizzavano rossastri, illividí la sala piena di disordine, gli scanni rovesciati, la lunga tavola ancora imbandita, le coppe lucenti, la grande botte montata nel mezzo della tavola e, in tanta confusione, la nera mole dell'abate Torchiato che giaceva esanime col capo appoggiato alla tavola da cui tanto piacere aveva tratto nel corso della sua lunga vita.

Il filosofo

Chi la mattina di quel tredici di gennaio si fosse affacciato ad una qualsiasi delle finestre del castello avrebbe avuto l'impressione che il mondo fosse scomparso: sprofondato, sparito, spariti gli alberi, le montagne, sparita la terra su cui il castello sorgeva, sparito il cielo, gli uccelli, i cani, i buoi, i pastori, le capre, le mucche, sparite le case col fumo, con i tetti, le stalle, i fienili, sparito tutto insomma, e che soltanto il castello galleggiasse nel vuoto, come un'isola galattica, in un oceano di niente, bianco, silenzioso, incredibilmente opaco e denso. Solo dopo aver superato il primo sbigottimento e l'angoscia di quel muro bianco, si sarebbe accorto che quel niente era anche incredibilmente umido, ed entrava a folate dalle finestre aperte come se volesse inghiottire anche le stanze e tutto il castello nella sua fredda nullità.

– Maledetta nebbia, – brontolò il duca guardandola con astio. – In nessun'altra parte del mondo la nebbia è cosí maligna.

Mentre il duca brontolava cosí nella sua stanza, Venafro, nella sua, guardava pensieroso fuori della finestra, dove non c'era proprio nulla da vedere. Ma piú che guardare, seguiva certi suoi pensieri... Era uno di quei giorni assurdi in cui il mondo appare tanto lontano che ci si dimentica persino che esiste.

E invece il mondo esisteva, urgeva anzi alle porte

del castello, e si fece sentire ben presto sotto forma di un frastuono eccezionale di colpi battuti generosamente alla porta della corte, accompagnati da grida di richiamo e sonorissimi schiocchi di frusta. Si sarebbe detto che un esercito intero premesse contro quella porta, o almeno un gigante. E invece i servi che s'affacciarono alle finestrelle non videro nulla, nulla se non la grande spuma bianca della nebbia.

Ma il frastuono non cessava, segno evidente che il «mondo» era ancora lí, alle porte del castello, con tutta la sua forza di autoaffermazione. Gli eremiti, che per fuggire il «mondo» e dimenticarne l'esistenza, si ritirano nel deserto o su monti impervi e disabitati, e notte e giorno trascorrono in preghiera, soffrendo la fame e il freddo e privazioni d'ogni specie, macerando il corpo e umiliando la carne, gli eremiti sanno quanto sia potente il «mondo». Perché anche là, dove non arrivano strade né sentieri, dove la mano dell'uomo non ara campi né pianta le viti, là su riviere dove nessun pescatore ha mai teso le reti e nave alcuna ha mai solcato il mare, là dove la natura è vergine come Dio l'ha creata, ebbene ancor là giunge la potenza del «mondo» con le sue tentazioni e le sue profferte lusinghiere. E allora accade che al santo eremita, il cui petto incavato e la canizie precoce testimoniano l'ardore dell'ascesi, di notte il «mondo» si insinui nei brevi sonni, a lusingarlo e tormentarlo, sotto forma di sogni voluttuosi, immagini di stoffe profumate che scoprono nudità lucenti e sguardi impuniti. Tale è la malizia del «mondo» che esso si cela in oggetti apparentemente innocui, ma atti a suscitare nostalgie peccaminose, come un tenero virgulto di palma o un giovane capriolo fuggente, o una coppia d'insetti in amore o un semplice frutto del melo, o un fiore, un odore del prato, un colore del cielo. Tanto è potente, e malizioso, il «mondo».

Questa volta il «mondo» irruppe cosí fragorosamente, non nelle vesti di uno sterminato esercito assalitore, né d'un gigante o un mostro in cui spesso cela la sua forza maligna, ma nelle vesti di un giovane chierico, montato su un ronzino, avvolto in un mantello su cui stava piantato, presuntuosamente, un cappelluccio a punta di quelli che sogliono portare gli studenti, ornato di due penne lunghissime ondeggianti: una verde-gialla di galletto, e una, candidissima, di cigno. Né il chierico era gigantesco, bensí di media statura; né terribile in volto, ma poco piú che un ragazzo biondo. Cui contrastava però, singolarmente, la furia con cui s'avanzò nella corte e s'inoltrò poi nell'atrio del castello, apostrofando i servi in quella lingua estrania che si parla oltralpe, in quel di Francia, e propriamente nella gran Parigi.

Nell'atrio era acceso un bel fuoco nell'immenso camino rivestito di rame che moltiplicava il calore e lo spandeva all'intorno. Qui il chierico sedette e parve calmarsi al tepore e al dolce lume del camino, e smise pure di parlare francese mentre una giovane serva gli porgeva una tazza di vino caldo. Allora apparvero i suoi occhi giovani e azzurri, protervi e spocchiosi. Beveva il vino caldo generosamente e il suo volto livido per il freddo riprendeva colore. I servi gli stavano intorno guardandolo con curiosità e ciascuno si domandava, mutamente, come diavolo avesse fatto quel giovane esile a giungere fino al castello senza finire in un burrone, senza cadere esausto e congelato nella neve, senza che il suo misero ronzino scivolasse sul ghiaccio. Tanto piú che egli appariva nuovo del posto, nessuno l'aveva mai visto, e certamente non conosceva le strade né i sentieri né i mille pericoli che una valle di montagna cela sotto la neve e dietro la nebbia.

Quando si fu scaldato e rinfrancato chiese dei signori del castello, chi erano e se erano ospitali, e quando si fu informato a sufficienza chiese di essere introdotto alla corte. Qui, senza inginocchiarsi ma solo inchinandosi leggermente di fronte alla marchesa, dichiarò, senza pur rivelare il suo nome, di essere filosofo, laureato a quella gran scuola di logica che è la Sorbona di Parigi. Un mormorio attraversò tutta la corte, donne e signori si guardarono sorpresi e pieni di curiosità: era la prima volta che giungeva in quel castello un filosofo.

Venafro fu il primo a rompere il silenzio: – Intendete dire, messere, che voi avete licenza e potere di aprire una scuola ed insegnarvi logica e teologia?

Il filosofo sembrò riflettere un poco guardando il pavimento, poi rispose: – Sí. Diciamo che «avrei» licenza e potere di farlo –. E dopo una pausa soggiunse: – Ma non l'ho.

– Spiegateci meglio, – disse la marchesa prendendolo per una mano e conducendolo ad uno scanno. Il filosofo si accomodò sulle pellicce che ricoprivano lo scanno e alquanto addolcito dal calore delle pellicce e dal gesto benevolo della marchesa, continuò: – Il fatto è, madonna, che sono stato scacciato da Parigi. Anzi sono fuggito. Sono fuggito perché mi hanno condannato per eresia –. Un brivido corse per tutta la compagnia dei signori, poiché ognuno sapeva qual era la sorte che attendeva gli eretici.

– Siete forse seguace di Abelardo? – chiese Venafro.

– Da Abelardo, – rispose il filosofo, – partí il mio

pensiero. Egli mi fu maestro, se pur solo attraverso i suoi libri poiché già da tempo si era spenta la sua vita infelice quando io entrai negli studi. Furono proprio i libri di quel logico sommo che mi indussero a dubitare della logica. Intendo dire della logica aristotelica. E precisamente fu là dov'egli dice che una medesima parola può assumere significati diversi in discorsi diversi. Cosí, onestà, castità, fedeltà non hanno un senso univoco e immutabile, ma relativo all'argomento di cui si parla. Cosí il sommo Goffredo di Strasburgo, che di Abelardo fu grande ammiratore, poté dire della sua Isotta ch'essa era casta e fedele oltre misura. Ma casta non la direbbe un confessore. E neppure fedele. Voi conoscete il romanzo di Goffredo? – chiese guardando negli occhi la marchesa.

– No, messere, – rispose la marchesa. – E avrei assai caro di conoscerlo. Ma voi non avete libri...

– No, signora; ma avrò cura di raccontarvelo seguendo la memoria che assai bene mi soccorre in queste cose. Alcuni passi vi dirò anche alla lettera –. Qui tacque, sempre guardando la marchesa con occhi intenti senza sorriso. Poi distolse lo sguardo e continuò: – Orbene, questo fu il punto che avvinse il mio pensiero, perché se Isotta è casta, e casta è la Vergine Maria, castità si dice di due diverse cose, che possono persino essere tra loro contrastanti. Isotta è casta perché ama sinceramente Tristano e gode del suo corpo interamente; la Vergine Maria perché non conosce amore d'uomo. Ma Isotta è anche adultera perché preferisce all'amore del marito quello dell'amante. E se adulterio e castità posson convivere insieme, cade il principio di non contraddizione –. Il filosofo fece scorrere gli occhi sul suo uditorio, e poi aggiunse: – Voi vedete, signori, che qui cade il primo pilastro della logica.

Tutti assentirono, anche se molti dei presenti piú che alla logica pensavano alla favola di Tristano e Isotta, di cui fino a loro era giunta la fama. Venafro, dopo aver un poco riflettuto, disse: – Ma non può esser che un'obiezione, anche se cosí importante, valga a demolire i fondamenti su cui da sempre s'è costruito ogni sapere.

– Certo, monsignore. Anch'io mi dissi questo, e il mio impegno era da principio di dimostrare che la logica resiste anche a questi difficili passi. E tutto il sapere antico andai indagando per cercare sostegni alla mia fede. Ma là dove credevo trovar sostegni, trovai invece motivi nuovi di dubbio. E piú ricercavo, piú i dubbi si facevano profondi, come ferite vive nel pensiero. Tutti i fondamenti della nostra logica mi parvero attaccabili in qualche punto, e la certezza in una logica assoluta, un principio di conoscenza indiscutibile e sicuro, che non nell'esperienza umana poggiasse le sue basi, ma a priori ci fosse dato quasi dono di Dio, questa certezza mi sfuggí di mano come pugno di sabbia su cui passi l'onda del mare –. Qui tacque.

– Ma dovrebbesi allora concludere, – intervenne Venafro, – che tutto il sapere costruito su quei fondamenti, è falso?

– Non necessariamente. Io non dissi che la logica a noi venuta dal pensiero antico e su cui sempre abbiamo costruito arte e scienza, sia falsa. Essa può essere valida. E può anche non esserlo. È valida nella misura in cui è utile. Ma soprattutto io dico che esistono altre logiche possibili, anch'esse valide, che si basano su principî che non sono quelli di Aristotele e s'accompagnano a procedimenti del pensiero che non sono quelli del nostro mondo occidentale.

– Vi confesso, messere, che sono un po' confuso, – disse Venafro.

– Anche a me sono oscure molte cose, che vado e andrò indagando nei miei lavori. Per ora sono approdato a questa conclusione, in cui credo piú che non tengo per dimostrata: ogni tipo di pensiero segue una «sua» logica, ogni comunità di genti, ogni tempo, ogni cultura, ha un «suo» tipo di pensiero. Il fine che mi propongo è di mostrare che tutti sono validi anche se in contraddizione tra di loro.

Intanto era scesa la sera e già i servi accendevano i lumi e preparavano ogni cosa per il pranzo. Qualcuno taceva pensieroso, molti interrogavano il filosofo sul suo viaggio, sul processo d'eresia, sulla lontana Parigi misteriosa. Il giovane narrò come sostenne in un libro le sue tesi sulla logica e come queste furono discusse in un'aula dello studio di Parigi e giudicate eretiche perché trascinavano nel crollo della logica, cosí fu detto, tutta quanta la teologia ed intaccavano le verità della fede. Invano egli aveva sostenuto che non ne derivava la falsità della dottrina cristiana, ma solo dell'affermazione che la dottrina cristiana è l'unica vera. Raccontò che a questo punto maestri ed abati si alzarono gridando che in tal caso si dovrebbe ammettere che anche un'altra religione può essere «vera», persino quella di Maometto. E poiché proprio questa era la conseguenza a cui voleva giungere, qui il filosofo, prudentemente, aveva taciuto, fingendo d'esser sorpreso lui stesso dell'audacia di tale affermazione. E questa simulazione lo salvò. Guardò i maestri con aria stupita e innocente, e quelli giudicarono che egli non avesse previsto a quali gravi conseguenze avrebbe portato il suo pensiero e non ritennero necessario imprigionarlo mentre veniva istruito il processo.

Quella notte stessa il filosofo aveva lasciato segretamente Parigi. Voleva scendere in Italia, che era la sua terra d'origine e in cui voleva continuare i suoi studi. Aveva soggiornato per circa un mese nel convento di Sant'Orso, dove cibo e ricovero gli erano offerti in abbondanza. Ma preoccupato di nascondere la sua identità e i suoi studi che avrebbero parlato per lui, aveva deciso di partire quel mattino, prima dell'alba, diretto alla pianura che placida si stende alla foce del fiume. Qui s'era ad un tratto smarrito nella nebbia e ritrovato su una strada che saliva fortemente, e ch'egli aveva seguita sperando che portasse in qualche luogo ove trovar rifugio. Cosí era giunto a quel castello.

– E qui potete rimanere quanto vi piace, – disse madonna Bianca, che aveva seguito il racconto coi grandi occhi pensosi posati sul giovane filosofo. Ed egli se n'era accorto certamente, poiché la fissava spesso parlando, col suo sguardo azzurro senza sorriso.

Gli stessi discorsi continuarono durante la cena. Il duca parlò assai poco, un po' perché non s'interessava di filosofia, un po' perché era occupatissimo a seguire gli sguardi di madonna, che sembravano fuggire sempre nella stessa direzione e incontrarsi muti con quelli dell'ospite, che altrettanto muti parlavano con lei. Il duca era di cattivo umore.

Terminata la cena, quando la conversazione languí, la compagnia si sciolse. Il filosofo fu accompagnato alla sua stanza, il duca nella sua, sorvegliata dagli abati. Venafro salí nella torre a scrivere il suo erbario.

La marchesa, nella sua stanza, sedeva dinanzi ad uno specchio e si scioglieva pensosamente la lunga chioma nera.

Un colpo deciso fu bussato alla sua porta. S'alzò di scatto, e già sapeva chi era. La mano sul chiavistello tremava un poco.

– Sono venuto a raccontarvi la favola di Isotta, – disse il filosofo.

– Non siete stanco, signore?

– Dopo riposerò, – disse l'uomo chiudendo la porta alle sue spalle.

La padella dei Challant

Dopo la lunga notte invernale l'alba si levò su un mondo affondato nella neve. La nebbia non c'era piú, aveva lasciato il posto ad una neve fitta e larga che, silenziosamente aveva costruito cumuli morbidi e bianchi su tutte le cose. Il filosofo la sentí, svegliandosi, prima ancora di vederla, la intuí dalla luce lattea che entrava dalla stretta finestra e dall'immenso silenzio del mondo. Una prepotente voglia di latte caldo lo spinse ad alzarsi.

I camini erano ancora spenti nel castello addormentato. Il filosofo si diresse dove sentiva deboli rumori di vita; scese una lunga scala che diveniva sempre piú stretta ed oscura, s'inoltrò in un corridoio pure stretto in cui circolava un tepore profumato di fumo e di latte e si ritrovò in una immensa cucina illuminata in parte da un gran fuoco che ardeva nel camino. Appeso ad una robusta catena bolliva un paiolo pieno di latte e attorno ad esso erano affaccendati alcuni garzoni.

– Buon giorno, – disse Venafro accennando ad alzarsi dalla panca su cui sedeva a cavalcioni. Allora il filosofo scorse tutto un lato della cucina che, per essere troppo scarsamente illuminato dal camino, prima non aveva visto. Infiniti paioli e padelle di rame d'ogni misura pendevano a robusti ganci infitti nella parete; un lungo pesantissimo tavolo d'abete correva lungo la medesima parete affiancato da due panche altrettanto lunghe. Sulla panca esterna sedeva Venafro e beveva latte caldo da una scodella. Il filosofo gli si sedette accanto.

– Volete latte? – gli chiese Venafro, e poi, dopo aver fatto cenno ad un garzone di servire l'ospite, disse: – Ma allora cade anche il principio che, data una certa premessa, deriva una certa conseguenza.

Il filosofo rifletté un momento, poi rispose: – Non dico che cada; può essere vero, come può anche essere vero il contrario. Per esempio, – continuò il filosofo indicando la piú grande delle padelle appese al muro, una padella dal manico lunghissimo che mandava bagliori rossastri nel buio, – un robusto gancio regge quella padella, quindi la padella non cade: questo dice il principio di causalità, non è vero? ebbene siamo sicuri che la padella non cada? – A questo punto si udí un fruscio nel buio, e il filosofo s'avvide che proprio sotto la padella stava seduto sulla panca uno degli abati; stava lí un po' rannicchiato, forse perché soffriva di freddo che, come ognun sa, è una malattia del sangue. Il filosofo accennò un saluto distratto in direzione di colui che prima per il buio non aveva scorto, e proseguí: – Io dico che può accadere che cada, anche se il gancio è robusto; per qual motivo non so, ma può accadere che cada –. Le sue parole furono seguite da un altro piú forte fruscio, e i due uomini distinsero nella penombra la sagoma dell'abate che si alzava e, senza salutare, se ne usciva dalla cucina.

– Ma chi è? – chiese il filosofo a Venafro.

– L'abate Celorio, un vecchietto malato di freddo. Se ne sta sempre qui nella cucina perché questo è il camino piú grande del castello ed è sempre acceso, anche di notte. E siede in quel punto, proprio sotto la padella maggiore perché lí gli arriva piú diretto il calore del fuoco. Ma ditemi, in questo caso, se la padella cadesse ci sarebbe una causa, una causa che forse noi non conosciamo. Quindi il principio di causalità è salvo.

– Ma non nella proposizione che io dissi, – obiettò il filosofo, – che in tal caso dovrebbe dirsi cosí: benché la padella sia sorretta da un robusto gancio, essa cade. E quale ne sarebbe la causa?

– Già, quale ne sarebbe la causa?

– Ma il diavolo, monsignore! – disse il filosofo ridendo. – È sempre il diavolo, quando succede qualcosa che secondo la nostra logica non si spiega!

I garzoni, sentendo nominare il diavolo avevano interrotto il loro lavoro, ed ora guardavano sorpresi il filosofo.

– E poi il diavolo – continuò questi sorridendo, – non alberga forse volentieri nei camini? come in ogni luogo ove guizzano fiamme. E non isolati, ma a gruppi; smuovete la cenere e ne saltano fuori a dozzine; gettate acqua sul fuoco, e li sentirete stridere di rabbia; e tanto piú inviperiti, se nei pressi del camino c'è un uomo di chiesa.

I garzoni guardavano le fiamme impauriti. – Fate rinforzare quel gancio, monsignore! e forse il principio di causalità reggerà! – Cosí dicendo il filosofo si avviava alla porta insieme a Venafro.

– Splendida padella però! – diceva dandole un ultimo sguardo dalla soglia.

– Splendida davvero, – confermò Venafro. – E sarebbe un gran peccato che cadendo s'ammaccasse.

– Ma a che serve quel manico cosí lungo?

– A far saltare le frittelle, – rispose Venafro. – Oggi stesso, credo, potrete vederla in funzione. È un bello spettacolo vedere i garzoni che sorreggono in due il manico e, dandosi il tempo con la voce, gettano verso l'alto la padella e fan saltare ciò ch'essa contiene. Oggi si cuoceran frittelle, perché ho visto intridere farina di castagne con il latte.

– Voglio vedere questo spettacolo, – disse il filosofo avviandosi alla sua stanza.

Piú tardi, quando già si avvicinava l'ora che aguzza negli stomaci l'appetito, Venafro bussò alla stanza del filosofo per avvertirlo di scendere se voleva vedere la padella in funzione. E fu davvero uno spettacolo superbo. La cucina era tutta illuminata da rami resinosi infissi nelle pareti e piena di gente in grande animazione. Un canto sonoro scandiva un ritmo ben marcato sottolineato a tratti da un altissimo «ohè». Due robusti garzoni con le braccia ignude reggevano per il manico la gran padella su un fuoco vasto e vivacissimo che altri stimolavano di continuo con lunghi arnesi di ferro. Altri due garzoni sbracciati come i primi attendevano di sostituire quelli che reggevano la padella in un alterno avvicendarsi. Il canto, cui tutti i servi della cucina davano voce, s'alzava assordante e ad ogni «ohè» scandito a piena gola i garzoni gettavano verso l'alto la padella e le frittelle roteavano nell'aria in uno scintillio di grasso ardente per ricadere capovolte nella medesima padella tra infiniti spruzzi scoppiettanti. Al canto si mescolavano le risa in un frastuono lieto ed assordante. Venafro e il filosofo, fermi sulla soglia, guardavano sorridendo la scena avvolta di fumo e di calore. L'abate Celorio sedeva al suo solito posto.

Quando, piú tardi, in caldissimi vassoi di rame, le frittelle furono portate in tavola, i commensali si trovarono di fronte ad una vivanda di rara squisitezza. Il delicato dolce della polpa di castagne, sottolineato da grani di uva passita assai piú intensamente dolci e dal severo sapore delle noci rotte in pezzi alquanto grossi, era coronato dall'esser fritto in strutto salato, che creava, col dolce, e contrasto ed intesa raffinata. Le frittelle caldissime furono servite con gran boccali di vino bianco frizzante e asprigno, freddo di neve, che, meraviglioso potere del vino, invece di raffreddare i corpi dei commensali li riscaldava ed eccitava ancor di piú.

Tutti godettero a lungo di quell'insolita pietanza che sembrava saper vincere il freddo dell'inverno, il grigiore del cielo, la tristezza e la noia. E sia per la virtú della pietanza, sia per la gran virtú dell'allegrissimo vino, discorsi lieti s'intrecciavano lungo tutta la tavola, si scontravano e si sopraffacevano in un chiacchierio indistricabile e fitto di cui risonava, io credo, tutto il castello. E già la marchesa teneva in mano la limpida ampolla per mescere a tutti quell'acqua di vita che tanto beneficio fa, nel crudo inverno, e agli animi e ai corpi. Quand'ecco nella sala apparve, pallido, sbigottito, il paggio Irzio, e piú che di consueto la sua lingua inciampava nelle parole.

– Madonna, monsignore... la padella...

Il duca s'alzò di scatto: – La padella?

– La padella... monsignore... madonna... la padella...

Poiché piú oltre il giovinetto non poteva dire e quasi veniva a meno per l'affanno, Venafro lo fece sedere e con voce suadente lo calmò.

– Parla figliuolo; che ha fatto la padella?

– La padella, monsignore... è caduta!

– Oh! e si è ammaccata? dimmi, si è ammaccata?

– Non lo so, monsignore; ma l'abate... ah, madonna, l'abate è morto!

Allora d'un tratto si avvidero tutti che l'abate Celorio non sedeva a tavola coi commensali. Per la novità delle frittelle nessuno se n'era accorto.

– Morto? – interloquí il duca.

– Morto, monsignore, morto con la testa spaccata, là sulla panca, l'hanno trovato i garzoni, è stato il diavolo hanno detto, ci sono tanti diavoli nei camini, almeno mille, dicono i garzoni, e li hanno anche visti, che stavano tutti nascosti nella cenere, e poi saltavano su appena li toccavano con l'attizzatoio... – e in preda a una crisi di nervi il paggio si gettò ai piedi della marchesa e nascose il volto, singhiozzando, nel suo grembo. Mentre la marchesa cercava di calmare il paggio accarezzandogli la testa, il duca e Venafro si dirigevano alla cucina per vedere l'accaduto.

– Temo proprio che si sia ammaccata, monsignore, – diceva Venafro.

– Eh sí, – rispose il duca. – Peccato... la migliore padella dei Challant.

Alcuni giorni dopo, terminate le esequie del povero abate Celorio, che solenni furono al pari delle altre, anche se ormai sensibilmente era diminuito il numero delle voci che cantavano i salmi talché il duca, rivolto a Venafro, aveva detto durante la cerimonia: – Sapete, Venafro? penso che dovremo chiamare dei coristi: i vuoti di voce cominciano ad essere molesti, – la stessa sera delle esequie il filosofo giaceva su un basso giaciglio col capo in grembo alla marchesa, e lei, chinando la testa sul volto di lui, diceva:

– Dimmi, filosofo, perché devi partire?

– Non lo so, marchesa; io non posso fermarmi.

Lei, in silenzio, gli accarezzò il volto. Lui le prese le mani e le baciò.

– Il tuo corpo è stato per me il centro dell'universo. Non mi importa chi sei. Mi basta che tu esista. Non m'importa che non possa amarti per tutta la vita; un po' piú a lungo, forse, sarebbe bello... Ho sentito il tuo piacere come se fosse il mio, ho goduto del tuo piacere come del mio. Ho amato il tuo corpo come il mio.

Ora l'uomo stava in piedi e prendeva la destra di lei, e accostandola al suo viso la baciava, mentre lei, accostando al suo viso la mano di lui, nello stesso tempo la baciava.

La saggia pretessa

– Come mai da qualche giorno si mangia cosí male in questa casa? – chiese il duca guardando madonna Camilla, che per essere la piú anziana delle dame della marchesa fungeva da dispensiera e sovrintendeva alla cucina. Madonna Camilla sembrava aspettare quella domanda perché disse d'un fiato:

– Giustappunto, è ora che si faccia qualche cosa. Come credete che si possa cucinare senza focolare? e i servi non vogliono piú saperne di avvicinarsi al focolare. Ma che cosa devo fare se la signora marchesa dice che sono tutte sciocchezze e non vuole che si chiami l'esorcista?

Il duca non realizzò molto da questa risposta ma si pentí immediatamente di averla provocata, perché si ricordò di colpo dello stato di conflittualità permanente in cui madonna Camilla viveva con tutte le altre donne del mondo, e in particolare con quelle che la sorte aveva messo sul suo cammino. A parte questa peculiarità del suo carattere che le dava quel particolare tono asprigno con cui parlava, taceva e viveva, era una bravissima donna e una dispensiera avveduta, e per nulla al mondo la marchesa si sarebbe privata del suo aiuto. In modo particolare amava la cucina: si sarebbe detto che quella dolcezza e amorevolezza che le erano precluse in tutti gli altri campi del vivere, le riversasse lí, nel predisporre e allestire vivande, per cui teneva un gran libro, segretissimo e sottratto agli occhi di chicchessia, da cui traeva ispirazione per pranzi che voleva particolarmente raffinati e in cui andava scrivendo cose sue riservatissime intese a migliorare una vivanda già nota o a fissare nella memoria la composizione d'una nuova.

– Madonna Camilla vuol dirvi, – intervenne la marchesa, – che i garzoni da qualche giorno si rifiutano di sostare a lungo nella cucina, e soprattutto accanto al camino: devono aver sentito dire che nel camino albergano i diavoli e dopo la misteriosa morte del povero abate Celorio...

– Io l'ho detto piú volte che bisogna far esorcizzare il camino; madonna però non vuol saperne, – disse secca la dama.

– Mi sembra un'esagerazione, – replicò dolcemente la marchesa. – Quei ragazzi devono aver presa sul serio una cosa detta per scherzo; che diavoli volete che ci siano nel camino? son tutte chiacchiere...

– Diavoli o non diavoli, non possiamo ridurci a mangiare pane e formaggio per tutto il resto della nostra vita, – disse il duca. – Quindi, se è per tranquillizzare quei ragazzi e mangiare meglio, faremo esorcizzare il camino. E chi è che fa queste cose? – Nessuno degli abati presenti possedeva il dono di saper fare esorcismi e fu deciso allora di chiamare la saggia pretessa.

– La saggia pretessa? – chiese il duca; – e chi è?

– La piú grande esorcista della valle, – disse la marchesa. – Vive in un casolare chiamato «Fin du monde», non molto lontano di qui, ritirata in gran solitudine. Si dice che possegga molti libri e passi giorno e notte a studiarli. Si dice anche che discenda da una antica stirpe di esorcisti. Non so perché la chiamano pretessa, forse è la vedova di un prete.

– Come dite? la vedova di un prete? ma i preti non hanno mai vedove, – intervenne vivacemente l'abate Foscolo. E aggiunse severamente: – State attenta, madonna, certe cose non si dicono neppure per scherzo –. La marchesa, che l'aveva detto seriamente, lo guardò sollevando le sopracciglia, e tacque.

Parlò invece madonna Camilla: – E come si fa a farla venire? la saggia pretessa non va a cavallo, e con queste strade sarà impossibile mandare una carrozza.

– Una portantina, si mandi una portantina. Avremo bene una portantina da qualche parte? no? – disse il duca.

– Monsignore, – intervenne la marchesa, – la portantina c'è e ci sono anche i portatori, ma affonderanno nella neve fino al ventre. Non permetterò mai che né i miei servi né altri affrontino questo rischio e questa fatica. Meglio tenerci i diavoli nel camino... almeno fino al disgelo.

Di fronte al tono deciso della marchesa il duca tacque, pur chiedendosi angosciato quando mai sarebbe venuto il disgelo in quelle montagne incrostate di ghiaccio e quanti giorni di tristezza gastronomica gli stessero ancora innanzi.

– Faremo una slitta, – disse Venafro, – una piccola portantina a slitta con ciò che rimane della slitta dell'abate Nevoso. E andrò io stesso a prendere la saggia pretessa.

Tutti accolsero di buon grado la proposta di Venafro. Furono chiamati due fabbri e in capo a due giorni la portantina a slitta, una grossa cesta montata sui pattini della slitta a molla, fu messa al traino del bel Rabano. Venafro accarezzava il collo del suo cavallo e gli parlava sottovoce pregandolo che non si offendesse vedendosi usato come un cavallo da traino e promettendogli che ciò non accadrebbe mai piú. Rabano volgeva il lungo collo crinito a guardare quella cosa strana che gli stava agganciata ai finimenti e poi guardava negli occhi il suo padrone. Partirono di buon mattino e tutta la corte li salutò augurando buon viaggio. Rabano teneva un trotto veloce, agile e diligente. La marchesa li guardava con un'ombra negli occhi da una finestra della torre.

Fu lei la prima a scorgerli sulla via del ritorno. Agitò un grande velo bianco da quella stessa finestra da cui li aveva visti partire. Venafro rispose al saluto guardando e sorridendo verso l'alto. Rabano procedeva, questa volta, al piccolo trotto: la slitta apparve subito incredibilmente carica. Servi e scudieri furono lesti ad accorrere, il duca stesso aiutò la saggia pretessa a scendere dalla portantina. Scesa la pretessa, la slitta apparve ancor piú carica di prima: era ingombra infatti di una montagna di ceste e di fagotti, che i servi scaricarono delicatamente e portarono nell'atrio del castello. L'ultimo, ben avvolto in uno scialle di lana, non era un fagotto, ma un gatto. I servi staccarono la slitta dal cavallo e Venafro partí al galoppo sul suo bel Rabano, fece piú volte il giro del cortile e poi fu visto galoppare, abbandonate le briglie, abbracciato il collo stesso del cavallo, velocissimo verso la doppia cinta di mura e saltarle una dopo l'altra come fossero state cespugli. La marchesa sentí un brivido correrle per la schiena, quasi fosse stata lei, sulla nera groppa di Rabano.

La saggia pretessa fu accolta nel castello con tutti gli onori, ristorata con latte caldo e panini al miele, e piú tardi condotta nella cucina. Il gatto, che si rivelò per un soriano quasi gigantesco, dall'aria pigra e sussiegosa, la seguiva con passo solenne. I servi si ritirarono; si ritirarono anche gli abati, perché non era chiaro se ciò che lí si sarebbe fatto si conciliava con gli insegnamenti della Chiesa: si ritirarono anche le dame della marchesa temendo che nella cucina si sarebbero svolte scene infernali. Rimasero solo la marchesa, il duca e Venafro. Il duca parlò per primo:

– Vedete, signora, – disse indicando il camino, – si dice che vi siano dei diavoli.

– «Si dice» non dice niente, – rispose la pretessa guardando severamente il duca. – O ci sono, o non ci sono. In primo luogo bisogna accertare questo –. Rovistò a lungo in una cesta che aveva portata con sé e ne trasse una lunga cappa intessuta di piume, che dal capo, cui si adattava con una specie di cappuccio, scendeva fino ai piedi avvolgendo nella sua ampiezza il robusto corpo della pretessa e nascondendone i capelli fulvi e crespi. Poi trasse dalla cesta una ciotola di terra e un'ampolla di vetro che conteneva, visibilmente, dell'olio. Poi da un'altra ampolla, il cui contenuto restava misterioso perché il vetro era accuratamente affumicato, versò nella ciotola una specie di acqua chiara. Si accostò al camino, in cui il fuoco era spento, ma le braci ardevano sotto la cenere, mosse dolcemente la ciotola a lungo, in gran silenzio.

– Ci sono, – mormorò, – oh se ci sono! – e mostrò le gocce d'olio che si erano disfatte tutte e tre. Poi improvvisamente gettò il contenuto della ciotola sulla cenere, e tra fumo e scoppiettii si levarono lingue di fuoco e faville a migliaia mentre le braci stridevano e crepitavano.

– Avete visto se ci sono? – si rivolse ai presenti. – E tutti diavoli di prim'ordine –. I presenti guardavano in silenzio. – Ora bisognerà scacciarli. Attizzate il fuoco, aggiungete legna di abete e lasciatemi sola. Io stessa vi chiamerò quando sarà il momento perché possiate vederli con i vostri occhi –. Il duca e Venafro fecero quanto la pretessa aveva ordinato, poi tutti uscirono.

Trafficò a lungo nella cucina deserta e quando richiamò i signori la scena era nuova e sinistra. Tutti i lumi erano stati spenti e la stanza era illuminata solo dal fuoco che ardeva nel camino. Ovunque erano state poste croci fatte con ramoscelli d'ulivo; a pochi passi dalla soglia era stata tracciata una linea che la pretessa indicò agli altri ordinando loro di non oltrepassarla per nessuna ragione al mondo; lei stessa, interamente avvolta nel mantello di piume, stava nel mezzo di un circolo disegnato col carbone sul pavimento e teneva nella sinistra un turibolo che andava agitando e da cui proveniva un forte odore di incenso: nella destra teneva un aspersorio e in terra stava la ciotola. Sulla superficie del liquido galleggiavano quattro foglioline d'ulivo in forma di croce. La grande tavola della cucina era ingombra di ampolle diverse; in mezzo alle ampolle, statuario, stava il gatto della pretessa. Sulla soglia i signori, raccolti in gruppo, guardavano in silenzio. Nel camino crepitava un gran fuoco d'abete.

La pretessa s'inginocchiò nel suo circolo e parve pregare o meditare a lungo. Poi immerse l'aspersorio nella ciotola, si alzò e gridò con voce tonante:

– Gabbaal, Sabbaal, Mitternaal, abitanti delle tenebre, vi ordino di andarvene! – e cosí dicendo spruzzò le fiamme con l'aspersorio. Quelle crepitarono, e si alzarono fino alla sommità della cappa in un nugolo di scintille.

Poi nuovamente la pretessa si inginocchiò, meditò, intinse l'aspersorio, si levò, spruzzò le fiamme e gridò:

– Veddaal, Sindaal, Babeldaal, figli delle tenebre, vi ordino di andarvene! – nuovo crepitio, nuove fiamme fino alla sommità della cappa e nuova sventagliata di faville. Infine la pretessa si alzò lasciando in terra il turibolo, sollevò con le due mani la ciotola ancora piena di liquido al di sopra della testa e disse con voce terribile:

– Anche tu, chiunque tu sia, signore delle tenebre, con tutti i tuoi figli e i tuoi nipoti, per il potere che il cerchio magico mi dà, ti ordino di lasciare per sempre questo camino e questa casa! – cosí dicendo scagliò la ciotola nel focolare. Le fiamme si alzarono altissime rombando, le scintille crepitarono in tutte le direzioni e un fumo acre riempí la cucina. In quell'attimo a tutti scorse un brivido per la schiena, e rimasero a guardare affascinati la scena avvolta di fumo, la pretessa immobile in mezzo alla cucina con le braccia alzate, le fiamme che salivano altissime nel camino crepitando in una miriade di scintille. Solo quando il fumo si fu dissipato e le fiamme ritornarono alle dimensioni solite, la pretessa si volse verso la porta e disse:

– È finito, signori. Sono fuggiti fino all'ultimo –. Rimise le ampolle, le croci di ulivo e il turibolo nella cesta e s'avviò verso la porta seguita dal suo grosso gatto, spettatore e forse partecipe silenzioso di quel grande mistero.

La marchesa stessa volle accompagnare la pretessa nella stanza che le aveva destinata nel suo stesso appartamento, e si fermò a discorrere alquanto con lei dopo aver posato il lume su un tavolo accanto al quale le due donne sedettero. Ma la marchesa non si era accorta che mentre accompagnava la pretessa era stata seguita dal suo minuscolo gatto nero, un gatto piccolo di razza ma anche, e forse piú, perché doveva aver sofferto la fame nei suoi primi giorni di vita. La marchesa lo aveva trovato al margine di un bosco durante una delle sue passeggiate a cavallo verso la fine di ottobre, nascosto sotto le foglie secche d'un albero, dove cercava evidentemente di scaldarsi. Un gatto sperduto, o fuggito da qualche pericolo. Se l'era portato a casa e l'aveva chiamato Mirò. In quei tre mesi che aveva trascorso al castello aveva mangiato moltissimo, ma era cresciuto assai poco, almeno di peso. Era invece cresciuto molto nelle sue propensioni per la vita di società: vale a dire non sopportava di essere ignorato quando c'erano degli ospiti. In questo caso poi l'ospite era un gatto, e grosso per giunta, che ora se ne stava pigramente appallottolato davanti al camino.

Mirò gli fece alcuni giri attorno valutandone il peso, il sesso, l'età e infine l'intelligenza. Stabilito che era del suo stesso sesso, e che quindi erano subito da escludersi certi interessi, stabilito che doveva essere piú vecchio di lui e quindi piú sapiente, stabilito che era piú grosso e quindi piú importante, restava da provarne l'intelligenza. E su questo punto Mirò decise di sfidare l'avversario. Fece alcuni assaggi fingendo noncuranza, si molleggiò sulla linea della schiena, prese la rincorsa e finí a piedi fermi scivolando sul pavimento; ripeté l'esercizio in senso inverso andandosi a fermare proprio a pochi centimetri dai baffi del rivale che fu costretto ad aprire gli occhi già quasi chiusi nel sonno; allora giudicò che fosse venuto il momento di annichilire il grassone con le sue prove di abilità. Saltò sul tavolo, finse di gettarsi giú e s'aggrappò al bordo con una delle zampe anteriori, si spenzolò nel vuoto oscillando, ritornò di slancio sul tavolo e ripeté l'esercizio, si gettò a terra e fece una capriola, rimbalzò sul tavolo, prese la rincorsa verso il lume e si fermò a pochi centimetri, poi si gettò di sotto e riprese ad oscillare appeso ad una sola zampa. Intanto il grassone, sempre immobile davanti al camino, anziché raccogliere la provocazione, dopo averlo guardato senza interesse per un po', volse la testa dall'altra parte e si mise a dormire. Quello che accadde allora si spiega solo con una logica tipica del gatto nevrotico. Mirò rimase ad oscillare ancora un poco, appena il tempo di vincere la perplessità a cui l'aveva indotto l'atteggiamento dell'avversario, poi fece un lungo balzo ben aggiustato e giunse ad unghie sfoderate sulla schiena del dormiente. Il quale si svegliò di scatto stridendo, sbatté a terra Mirò e ve lo tenne inchiodato con una zampa. Riacquistata la calma, stava meditando come punire l'importuno quando la marchesa, che si era precipitata di corsa, gli tolse Mirò di sotto le zampe e lo portò in salvo.

– Vi chiedo scusa, signora, – disse alla pretessa; – è un gatto un po' complessato perché ha sofferto molto da piccolo –. E le due donne ripresero la loro conversazione, mentre Mirò, piú avvilito che mai, andava a recuperare la dignità perduta appollaiandosi in una coppa d'argento cesellato in cui la marchesa soleva, nell'estate, tenere i fiori del gelsomino per profumare la stanza.

– Vedete, marchesa, non vi chiederei questo favore se la «Fin du monde» non fosse cosí isolata da rendere impossibile ad uno studioso di quel genere ogni specie di attività ed ogni contatto col mondo. Vi rendete conto che cosa vuol dire lasciare la scuola di Salerno nel fior degli anni per un sospetto di eresia? e finire in mezzo a queste montagne?

– Me ne rendo conto, non dubitate, – rispose la marchesa, – e vi ripeto che non c'è nessun problema. Il castello è grande e possiamo senza alcuno scomodo ospitare questo giovane studioso: anzi sarà un piacere per noi conoscerlo e conversare con lui. Quanto al sospetto di eresia, non preoccupatevi: gli abati che avete visto girare per questo castello hanno altro a cui pensare...

– Allora siamo intese, marchesa: quando domani monsignor Venafro mi accompagnerà a casa, condurrà qui messer Goffredo da Salerno.

– E sarà il benvenuto, non dubitate, – rispose la marchesa.

Il giorno dopo, nelle prime ore del pomeriggio, Venafro entrava nella corte di ritorno dalla «Fin du monde» a cavallo del suo bel Rabano e con la solita slitta legata ai finimenti. La marchesa stessa, avvertita dai servi, scese nella corte a riceverlo. Nella slitta sedeva un uomo di mezz'età, dal volto bello, ricoperto in parte da una folta barba; lisci capelli castani ricoprivano parte della fronte sfuggendo al pesante cappuccio del mantello. Si scoprí il capo di fronte alla marchesa e le baciò in silenzio la mano. I servi intanto scaricavano una pesantissima cesta piena di libri. Erano i libri su cui Goffredo da Salerno conduceva i suoi studi. Ma alla prima cesta ne seguí un'altra, ancora piú grande e ancora piú pesante.

– Questo, – disse Venafro, – è un dono della pretessa. Un bellissimo dono, di cui son certo che tutti noi godremo –. Cosí dicendo toglieva la pezza di tela che copriva la cesta. Agli occhi dei presenti apparvero bellissimi pezzi degli scacchi, torri, alfieri, cavalli e tutto l'occorrente, scolpiti in prezioso legno d'ebano e di rosa, proprio come la marchesa li aveva desiderati.

– Ma sono splendidi, Venafro! – gridò la marchesa coprendosi con le mani la bocca quasi a soffocare la gioia e lo stupore; e poi andava toccando ed estraendo dalla cesta i pezzi, che erano di bellissima fattura e di grandi dimensioni, raggiungendo ognuno il mezzo metro d'altezza.

– La pretessa ci ha fatto uno splendido dono, Venafro! come potremo mai sdebitarci con lei?

– Ecco, veramente, madonna... c'è un'altra cosa che non avete ancora visto e che la pretessa vi prega di accettare e tenere con voi. Se la «Fin du monde» non fosse troppo solitaria, l'avrebbe tenuto con lei, lassú. Ma teme che sarebbe cresciuto troppo selvatico –. Mentre parlava aveva tratto fuori dalla slitta un fagotto avvolto in uno scialle e andava svolgendolo delicatamente. La marchesa ebbe un sussulto:

– Ma Venafro! questo è un bambino!

– Sí, signora, è un bambino – e dall'apertura dello scialle usciva intanto una testa bionda che guardava curiosamente intorno, poi una manina che s'allungava cautamente ad afferrare alcuni peli dei baffi di Venafro e li tirava con tutta forza.

– Si chiama Cicco, signora. Nemmeno la pretessa sa chi sia. Dovrebbe avere dai due ai tre anni: gliel'hanno portato che era piccolissimo. Vi raccomanda di averne cura e vi fa sapere che verrà a vederlo ogni tanto, – e cosí dicendo Venafro cercava di difendere i suoi baffi girando la testa dall'altra parte.

I regali della saggia pretessa piacquero molto; a qualcuno piacquero piú gli scacchi, a qualcun altro piú il bambino. A madonna Maraví piacque soprattutto Goffredo da Salerno. Anzi non l'aveva ancora visto che già ne era innamorata. L'aveva sentito parlare e aveva riconosciuto la lingua elegante che parlano a Salerno le persone di cultura. Quando poi lo vide, la sua persona le piacque ancor piú che la sua parlata.

Nel complesso Cicco andava d'accordo con tutti,

tranne con Mirò: i due litigavano di cuore come litigano spesso le persone che si amano ma non vogliono capirlo. Cosí si rubavano le pigne da giuocare e i panini al miele che madonna Camilla faceva cuocere apposta per loro; talvolta addirittura si picchiavano e poi Mirò si nascondeva a consumare in silenzio il suo dolore e Cicco correva piangendo dalla marchesa o da qualche damigella o dallo stesso Venafro per cui aveva una gran predilezione.

L'unico che ebbe a ridire sulla presenza di Cicco fu l'abate Foscolo, prete saccente e autoritario che vedeva nel bambino un figlio del peccato.

– Marchesa, – disse un giorno affrontando l'argomento, – non potete tenere in casa vostra uno che non sapete chi sia.

– Perché? – chiese madonna Bianca.

– Perché non sapete chi sia.

– A maggior ragione lo tengo, – rispose la marchesa, – pensate che potrebbe essere un principe, anzi dev'essere un principe di sicuro; oppure il figlio del papa, oppure il figlio di qualche santo importante –. L'abate Foscolo interruppe questo discorso da cui capiva di non poter ricavare molto. Si limitò a guardare il bambino con occhi malevoli, ma lui non se ne accorse perché non aveva nessun motivo di guardare l'abate Foscolo. Accadde anzi ben presto una cosa incredibile: Cicco e Mirò diventarono amici: giuocavano insieme con le pigne e mangiavano insieme i pasticcini di madonna Camilla e tale fu il loro rapporto che divennero ben presto inseparabili.

Era il mese di febbraio e il sole cominciava a riscaldare la neve. La marchesa riprese la sua antica abitudine di uscire a cavallo nelle ore tiepide del pomeriggio e Venafro le era spesso compagno in queste cavalcate. La marchesa sceglieva di preferenza il suo cavallo Ippomele e Venafro doveva trattenere con la briglia il focoso Rabano perché portava seduto davanti a sé, ben avvolto in uno scialle di lana o in una coperta di pelliccia, il piccolo Cicco, mentre la marchesa portava sul suo cavallo il piccolissimo Mirò. Ma intanto un dramma maturava tra le mura del castello.

Un dramma d'amore. S'è già detto che madonna Maraví aveva provato un tuffo al cuore sentendo la parlata di Goffredo da Salerno. E per tutta la sera era rimasta ad ascoltarlo immobile e muta mentre lui, durante la cena e nelle ore che precedevano la notte, discorreva col duca il quale era particolarmente interessato a certe iniziative chirurgiche di messer Goffredo, quelle appunto in grazia delle quali s'era buscato l'accusa di eresia. Si trattava di trapianti. Maestro Goffredo aveva teorizzato che, quando un organo del corpo si dimostra guasto e non piú recuperabile con le usuali cure, vuoi di erbe, vuoi di unguenti, si può ritagliare via dalla sua naturale sede e sostituire con un analogo organo d'altro animale. All'uopo egli aveva allevato nella sua casa di Salerno alcune bertucce, che non erano, a suo dire, molto diverse dall'umana specie. Aveva già fatto esperimenti trasferendo organi da una bertuccia all'altra e qualche volta, non molto spesso a voler dire il vero, il trapianto era riuscito. Adesso era giunto al punto che si tentasse qualche operazione sul corpo dell'uomo, ed egli aveva già trovato in Salerno un vecchio signore senza denti a cui aveva disegnato di trapiantare tutti i denti d'una scimmia con la mascella intera e forse anche il palato. Ma la sua teoria aveva destato scandalo. Non per il rischio, tutt'altro che trascurabile, che il paziente morisse durante il trapianto, né per il dolore che egli avrebbe patito durante l'operazione, il quale per gli uomini di scienza non suole essere cosa rilevante né offende i principî della fede religiosa: i dotti signori della scuola avevano sentenziato che ciò offendeva l'umana dignità poiché era connubio d'uomo e d'animale, né piú si sarebbe potuto chiamare uomo colui che fosse vissuto con un organo d'animale.

Mentre Goffredo da Salerno cosí le sue calamità andava raccontando, due persone particolarmente, tra l'attenzione generale, pendevano dalle sue labbra: il duca che, soffrendo molto e da molto tempo di una acuta colite, covava in fondo al cuore il desiderio di possedere un intestino nuovo, tutto o in parte, che gli permettesse di mangiare e di affrontare gli spifferi d'aria senza dover temere sempre terribili conseguenze; e madonna Maraví, che s'era accorta quale bella bocca messer Goffredo avesse nella barba, ed era tanto assorta a guardar quella, che per tutta la sera si dimenticò di scuotere i riccioli ramati.

Quella notte, mentre nel castello tutti, chi piú chi meno, dormivano sepolti nel gran silenzio, il duca e madonna Maraví si rigiravano insonni tra le coltri rivolgendo nella mente gran pensieri. Pensieri assai diversi in verità. Il duca, ormai conquistato all'idea di possedere un intestino nuovo, valutava i rischi di una simile operazione, e si domandava se era il caso che ne parlasse l'indomani con messer Goffredo. Ma in fondo al cuore lo rodeva un pensiero tetro, che avvelenava ogni speranza: da quelle parti non s'era mai vista una scimmia. Madonna Maraví invece pensava quale vestito avrebbe potuto indossare per attirare l'attenzione di quell'uomo che, per dire il vero, benché si fosse dimostrato assai benigno e garbato e il suo viso non disdegnasse di sorridere con gli occhi e con la bocca, tuttavia le pareva un pochino riservato, e forse anche ritroso.

Poco prima dell'alba di quella notte insonne i due personaggi avevano preso le loro decisioni: il duca aveva deciso di aspettare qualche giorno prima di parlare al chirurgo di quella sua difficile intenzione. E finalmente si addormentò. Madonna Maraví invece aveva deciso di dare avvio subito, quel giorno stesso, alla sua iniziativa e di indossare qualche abito che non potesse passare inosservato. E già prima dell'alba era in piedi, inginocchiata per terra, ed estraeva da una grande cassa i suoi abiti piú belli.

Quel giorno stesso la marchesa scelse una saletta, non grandissima, ma ampia tuttavia, e fece dipingere sul pavimento una bella scacchiera a campi bianchi e neri. Era una saletta quadrata, con due belle finestre incavate nella parete del castello, che guardavano proprio sulla corte. Nello spessore del muro ai lati delle finestre erano poste delle panche di legno ricoperte di morbidi cuscini, dove la marchesa amava sedere a leggere o ricamare o conversare con le sue donzelle al sole del tramonto, perché quelle finestre si volgevano ad occidente. Fu proprio in quella saletta che madonna Maraví apparve, poco prima dell'ora di cena vestita dell'abito che aveva scelto per andare alla sua guerra. Era un abito di raso rosso ciliegia, bordato allo scollo e alle maniche, che terminavano assai ampie ed aperte, di un sottile giro di candido ermellino; di candido ermellino era bordato anche l'orlo in fondo alla veste, che un poco sollevata sul davanti sí da mostrare le scarpine dello stesso raso del vestito e scoprire persino fino al malleolo la caviglia, scendeva dietro in un lungo strascico serpeggiante. Il rosso dell'abito accentuava il rosso dei capelli e il candore del collo e del seno che generosamente appariva dall'ampia scollatura.

Quando madonna Maraví entrò nella saletta fu come se entrasse una fiammata: il duca, che stava giuocando agli scacchi con l'abate Mistral e proprio allora spostava un cavallo d'ebano in uno dei campi neri, non si sa come, lo lasciò cadere e ci inciampò dentro. L'abate Mistral strinse leggermente gli occhi grigi per meglio vedere e dal gruppo degli altri abati partí un leggero sibilo: doveva essere stato l'abate Leonzio, ormai noto al castello per la sua propensione per le donne, vuoi dame vuoi serventi. Messer Goffredo da Salerno si inchinò leggermente verso la giovane donna e sorrise.

Al momento di andare a tavola, con abile diplomazia madonna Maraví intrattenne messer Goffredo sulle bellezze di Salerno e del suo golfo, ch'ella ben conosceva poiché veniva dalla corte angioina di Napoli, ed ottenne cosí di avvicinarsi al tavolo con lui e sedersi accanto a lui. Ognuno sa quanto è importante il posto a tavola nelle faccende d'amore. Nell'allegria generale, madonna Maraví era la piú allegra.

Il giorno dopo aveva il raffreddore. Ma chi pensasse che madonna Maraví fosse scontenta di sentire mal di capo e l'impulso di tossire, si sbaglierebbe di molto. Si vestí d'un abito di velluto nero, tutto accollato e che l'intera persona fasciava fino ai fianchi perdendosi poi in molle ampiezza fluttuante. Si sbiancò accuratamente le guance con polvere di creta, annodò i capelli piú in basso sulla nuca e assunse un'aria languida e sofferente. Non sapremo mai che cosa dicesse a messer Goffredo mentre sedeva accanto a lui sulla breve panca nel vano della finestra, là nella sala degli scacchi. Parlava forse della sua malattia. Ser Goffredo l'ascoltava compunto e comprensivo e forse, cosí sembrava ma poteva essere un'impressione sbagliata, anche un pochino imbarazzato. Non era un'impressione comunque che messer Goffredo si restringesse sempre piú sulla breve panca e sempre piú perplesso guardasse il pavimento.

Qualche giorno dopo madonna Maraví era ancora piú malata.

– Il vostro raffreddore peggiora, Maraví, – le disse la marchesa vedendola entrare in quella stessa sala degli scacchi, deserta in quel momento se si tolga la marchesa che sedeva ricamando accanto alla finestra. Il raffreddore, come ognuno sa, è una malattia dell'anima, e madonna Maraví era molto malata, nell'anima. Lo dicevano chiaramente gli occhi rossi e un po' gonfi, le labbra screpolate e l'acconciatura trascurata. La battaglia per messer Goffredo era perduta. Quando il maestro aveva capito l'intenzione sottile della damigella – e ciò era accaduto assai presto – si era fatto piú sfuggente, anche perché era ormai assorbito dal problema del duca Franchino, il quale si era finalmente deciso ad aprirgli il suo cuore.

– Non potete costringere una persona ad amare, – le diceva pacatamente la marchesa. – O ama, o non ama. È come il sole: o c'è, o non c'è, ed è nuvolo.

– Ma ci vorrebbe cosí poco, – si ostinava la damigella, – che cosa gli costa? Si starebbe cosí bene... e non se ne pentirebbe, ne sono sicura. E invece che cosa fa? mi sfugge, come se avesse paura di me –. E si asciugava gli occhi e il naso con un bel fazzoletto ricamato. – Ecco vedete, madonna, – diceva spalancando la finestra e sporgendosi fuori, – vedete, eccolo là che passeggia con gli abati, a tal punto mi disprezza che preferisce la compagnia di quelli... – e mentre la marchesa si affacciava a sua volta alla finestra e diceva:

– Ma siete sicura, Maraví, che sia proprio lui? – madonna Maraví in un impeto di sdegno aveva afferrato una torre degli scacchi e l'aveva scagliata furiosamente dalla finestra. L'uomo, colpito, cadde e rimase immobile. In quel momento si udí sulla porta della stanza la voce di ser Goffredo che diceva al duca: – Effettivamente una difficoltà c'è, monsignore. Qui non abbiamo scimmie –. E mentre il duca obiettava: – E gli orsi? un intestino d'orso non potrebbe andare ugualmente bene? – madonna Maraví si voltò di scatto e rimase senza fiato.

– Avete sbagliato persona, Maraví, – diceva la marchesa sporgendosi dalla finestra. – Se la vista non mi inganna avete colpito l'abate Foscolo.

Il giorno seguente questo nuovo lutto che cosí crudelmente andava ad aggiungersi alla fatale serie che già aveva colpito il castello, la marchesa sedeva con la damigella a quella stessa finestra e diceva:

– Vedete, Maraví, l'amore è un rapporto, non un possesso. E un rapporto è reciproco e libero, non si impone. Né si può pretendere che duri nel tempo: può durare oppure essere brevissimo. Ma nel momento in cui si attua realizza la libertà di tutti e due gli amanti. Il possesso invece dura anche tutta la vita, ma uno dei due è schiavo –. E dopo una pausa soggiunse: – Vedete quelle orme che si perdono verso la valle? sono di qualcuno che se n'è andato. Ma potrebbe anche tornare. E se torna, è perché lo vuole –.

Cosí dicendo la marchesa prese un grappolo d'uva dolcissimo e appassito da un cestino di frutta e cominciò a piluccarlo porgendolo contemporaneamente a madonna Maraví. Mentre questa, asciugandosi gli occhi, allungava dubitosa la mano alla dolce leccornia, arrivò velocissimo come un piccolo topo il piccolissimo Cicco e altrettanto velocemente prese a piluccare dal grosso grappolo succoso i piú succosi chicchi e i piú maturi. E per raggiungerli meglio si arrampicò in grembo alla marchesa. Mirò, dopo aver dato una sbirciatina, si mise a sonnecchiare. L'uva, ai gatti, non è mai piaciuta.

E poi venne il favonio che spezza il ghiaccio atroce in un giocoso alternarsi di vento e primavera e desta gli animali dal sonno invernale e li fa uscire dal chiuso come cuccioli ebbri in cerca di sole. Nessuno se l'aspettava, nessuno l'aveva previsto. Marzo era incominciato tra nebbia e gelo. Ma, un mattino, il favonio era arrivato. Nebbia e gelo scomparvero, le grondaie del castello sgocciolarono allegramente la vecchia neve dei tetti, la corte divenne un impasto di fango e neve fondente. Il cielo era di un tenero azzurro solcato di strisce bianche e i capelli della marchesa, quando s'affacciò alla finestra, furono investiti da un'ondata d'aria tiepida e molle.

– È il favonio, – disse sorridendo, e issò la bella persona a sedere sul davanzale della finestra. Venafro, che giungeva a cavallo da chissà dove, vide la sua bianca camicia sventolare nell'aria, e sorrise.

In quel momento Cicco correva piangendo nella corte incontro a Venafro, e indicava singhiozzando un punto del tetto. Venafro lo prese in braccio e fissò lo sguardo seguendo il dito del bambino; seguí contrafforti, guglie e grondaie, e scorse, infine, una piccola sagoma nera che si muoveva cautamente tra le lastre di pietra del tetto. Saliva e scendeva, silenziosa e circospetta in cerca di qualcosa, in traccia di qualcuno.

La tragedia nella vita ha molte facce. Per Cicco aveva la faccia di un gatto traditore, che l'aveva abbandonato solo nel letto per andarsene in cerca di avventure amorose. A nulla valsero i panini di madonna Camilla, né l'uva appassita della bella marchesa. Cicco continuava a singhiozzare avvinghiato al collo di Venafro, il quale, imbarazzatissimo, non trovò di meglio che installare il bambino sul cavallo avanti a sé, e andare in direzione del bosco pietroso chiazzato di sole.

– Vedi, Cicco, è arrivato il favonio, ed è quasi primavera. I gatti vanno in amore; per questo Mirò gira per i tetti in cerca di una gatta.

Il bambino lo guardava con grandi occhi spalancati nel viso bagnato di lacrime.

– Anche gli uomini hanno bisogno d'amore quando soffia il favonio. Ma sono meno saggi dei gatti, e spesso non sanno trovarlo.

Il bambino non gli toglieva gli occhi dal viso, come se capisse.

– Invece Mirò troverà la sua gatta, non dubitare.

Poi scesero dal cavallo e si inoltrarono a piedi nel bosco. Ad un tratto Cicco liberò la sua mano da quella dell'uomo e corse verso un mucchietto di foglie di faggio accumulate dal vento. Si fermò a guardare chino, con le mani sulle ginocchia: il mucchio di foglie sussultava, tremolava, come se qualcosa si muovesse là sotto. Poi il bambino allungò una mano e cominciò a frugare tra le foglie. All'improvviso qualcosa schizzò fuori dal mucchio verso il bambino. Cicco fu svelto a serrare le braccia sul petto e si trovò tra le mani un animale dalla pelliccia folta e calda, che gli si agitava tra le braccia e allungava il muso fornito di denti aguzzi verso la sua faccia.

– Bene, Cicco, hai preso una marmotta! – disse Venafro; – e ora che ne farai? la marmotta non verrà mai a letto con te.

Il bambino lo guardò dubbioso, poi, di fronte a un nuovo tentativo dell'animale di mordergli il viso, allentò la stretta e lo lasciò fuggire.

Tornarono insieme al castello, un po' tristi tutti e due. Frattanto le damigelle, mobilitate dalla marchesa, avevano cucito una sagoma di pelliccia nera, con collo, zampe e coda, e l'avevano riempita di paglia. Stavano proprio allora attaccando una palla della stessa pelliccia con due fili di paglia cuciti sul davanti, che voleva essere la testa con i suoi baffi. La diedero al bambino con grandi feste, mentre Venafro sorrideva dubbioso. Cicco prese tra le braccia il gatto di pelliccia guardandolo con aria perplessa; ci strofinò contro una guancia e stette a vedere che cosa succedeva. Non successe niente. Con Mirò invece qualcosa sarebbe successo. Ma poi sembrò pensare che un gatto di pelliccia era sempre meglio che niente, e se ne andò tenendolo tra le braccia.

Il favonio però continuava, Mirò non tornava e Cicco era triste. Anche molti uomini e donne erano tristi e nervosi mentre il bosco sembrava scuotersi baldanzoso e dispettoso nella precoce primavera. E i larici già si riempivano di pennacchi rosati.

Allora Venafro decise di insegnare a Cicco a suonare il flauto. Non fu un'impresa difficile, una volta superata la prima difficoltà tecnica di disporre le dita nei buchi; anzi mai allievo si dimostrò cosí diligente. Sedevano a lungo insieme, maestro e allievo, mentre la neve aveva ripreso a cadere sul mondo ritornato bianco e grigio. La marchesa spesso stava a guardarli con il viso nel cavo delle mani, i gomiti appoggiati alle ginocchia. In capo a pochi giorni Cicco sapeva suonare un'intera pastorella.

E suonava quasi tutto il giorno girando per il castello o seduto sulla panca nella corte, quando non era troppo freddo, e imparando sempre nuove musiche e sempre meglio. Venafro non avrebbe potuto avere scolaro migliore. Il giorno che ricomparve Mirò, magro, spelacchiato, e con segni visibili di risse notturne, Cicco fu il primo a vederlo e non poté trattenere un grido. Ma poi, invece di slanciarglisi incontro, prese il suo flauto e incominciò a suonare una gavotta: il gatto lo guardava attonito e ammirato avvicinarsi a lui solenne accennando un piccolo passo di danza. Fecero la pace; ma Cicco ormai sapeva suonare il flauto.

Un giorno di fine marzo, che la neve era cessata già da una settimana e la strada della valle era quasi completamente sgombra, giunse al castello, inaspettata, la pretessa. Fu accolta con grandi feste da tutti, in particolare dalla marchesa che subito le diede notizie di Cicco. La pretessa era venuta a piedi per vederlo, senza tutte le sue solite ceste ma con un unico cestino in cui c'erano noci, nocciole, e una grande focaccia impastata con miele e ricotta e tutta cosparsa di semi di finocchio. Tutti regali per Cicco.

Ma nella confusione Cicco era scomparso. Qualcuno credette di averlo visto affacciarsi nel salone mentre tutti attorniavano la pretessa incalzandola di domande. Ma poi piú nessuno l'aveva visto. Lo cercarono dappertutto, invano. Infine, poiché la pretessa era stanca, sedettero nel salone a conversare mentre lei si ristorava. Era un po' contrariata dalla scomparsa del bambino, e delusa, perché si aspettava delle grandi feste da lui; tanto piú che gli portava tutti quei regali. Mentre conversava con la marchesa, Venafro, il duca e messer Goffredo, ecco che si udí dietro il muro a lato del camino, come da una perfetta cassa di risonanza, un piccolo suono di flauto che, dopo aver tentato note diverse, si lanciava nel piú lieto saltarello che mai castello avesse udito: il buco nel muro, che era servito un tempo come deposito di legna da ardere ed era stato poi chiuso dalla parte del salone con un assito intonacato a calce che lo rendeva invisibile, ampliava e approfondiva il suono del piccolo flauto dandogli vigore e potenza. Tutti tacquero sorridendo. Quando il saltarello fu finito si videro uscire dal camino, scivolando davanti alle fiamme, Cicco, il gatto Mirò e il gatto di pezza, tutti neri di fuliggine e bianchi di cenere. La pretessa prese in braccio il bambino e lo baciò, poi tutti e tre, bambino, gatto vero e gatto finto furono messi in una tinozza di acqua tiepida e lavati. Cicco, già ricco come un principe perché possedeva un flauto, un gatto vero e un gatto finto, ora fu ancora piú ricco perché ebbe in dono una focaccia col finocchio. Se la mise sotto il braccio e quando madonna Camilla gli chiese se voleva mangiarne una fetta, la guardò con il suo sguardo piú cattivo. Alla sera lo misero a letto con i gatti, con il flauto e la focaccia.

– Quel fanciullo non dovrebbe possedere un flauto.

Tutti si voltarono a guardare chi aveva parlato. Lui era là, sulla porta, tutto avvolto nella grande tonaca nera lunga fino ai piedi, alto e giallo perché soffriva di bile, l'abate Ipocondrio. Tutti lo guardarono interrogativamente, in silenzio.

– Nessun fanciullo dovrebbe possedere un flauto, – ribadí l'abate.

– Perché? – chiese Venafro, e intanto pensava che tutti i bambini dovrebbero possedere un flauto, o un piffero, o un'ocarina.

– Il flauto non dovrebbe nemmeno esistere, – ampliò il suo pensiero l'abate avanzando nella sala; – e non solo il flauto, ma la viola, il liuto, i tamburelli e tutti i maledetti istrumenti seduttori.

Il duca Franchino pensò alla sua viola e sorrise.

– Mille volte dannato sia, chi inventa uno strumento da far musica, poiché anime perdute sono quelle che amano suonare e cantare. Anche il canto conduce a perdizione.

– Ahimè, monsignore, il grande Gregorio non pensava come voi, – intervenne la marchesa leggermente irritata.

– Il grande Gregorio fece canto da farsi in chiesa. In chiesa può farsi canto ed anche musica, signora, ma fuori dei luoghi consacrati è bene che siano banditi l'uno e l'altra, perché son arti del demonio. È il demonio stesso che insegna a modulare i toni, che suggerisce i suoni sensuali e seduttori che si traggon dagli istrumenti e che la perversa razza dei poeti lega alle canzoni stolte e licenziose sí che ogni suono, ogni nota, ogni parola, diventa veicolo di lussuria. E il diavolo si desta, e s'accosta non visto a suonatori ed a cantanti, e presta il suo potere diabolico alla lor arte, accende i cuori di chi fa musica e di chi ascolta, e impure fiamme serpeggiano nel sangue e accendono desideri innominabili che trascinano uomini e donne nell'abisso del peccato.

Tutti ascoltavano in silenzio, tranne la marchesa che domandò:

– Quei desideri innominabili, monsignore, sarebbero forse desideri d'amore?

– Madonna non fatemi dire parole impure. Ricordate che il demonio è sempre pronto alle nostre spalle. E ricordate che suoni e parole sono i veicoli che lo lasciano entrare in noi. Per questo tutti i suoni e certe parole si possono fare e dire solo nei luoghi consacrati, dove il demonio non può entrare, ma resta confinato sulla soglia a divorarsi di rabbia. Allora suoni e canti diventano veicoli di emozioni pure, linguaggio per parlare con Dio. Ma guai a chi li porta fuori delle chiese, guai a chi con essi offre al demonio il mezzo per sedurre gli altri. Non oso pensare che cosa può essere un flauto nelle mani di un ignaro fanciullo, o d'una donna, che di saggezza è pari ad un fanciullo. Non oso pensare che cosa diventerebbe il mondo se un giorno ogni uomo, donna o fanciullo potesse maneggiare uno strumento da far musica, per cantare e per danzare e fare tutte quelle cose stolte e sconce che dal canto sono alimentate e dalla musica. La seduzione correrebbe per le strade, la lussuria scivolerebbe per ogni vena e all'uomo pio non resterebbe che esser cieco e sordo per sfuggire alle tentazioni e salvare l'anima sua.

Il vecchio Ipocondrio tacque chinando la testa sul petto. Poi la rialzò con scatto guerriero e disse:

– Perciò dico che domani si tolga il flauto a quel fanciullo.

– Provateci voi, – disse calmo Venafro che già mentalmente aveva fatto il conto dei flauti, pifferi, ocarine e di tutti gli strumenti che c'erano nel castello. La marchesa, pallida di sdegno, s'alzò e lasciò la sala senza dire nulla.

– Ma voi credete veramente ai diavoli, monsignore? – chiese dolcemente la pretessa a Ipocondrio. Quello era troppo perso nelle sue visioni e non alzò neppure la testa né rispose. Fu il duca Franchino invece che a quella domanda della pretessa la guardò aggrottando le sopracciglia, e stava per farle una domanda; ma poi lasciò perdere. Venafro sorrideva tra sé.

Quando l'indomani il sole, dopo aver lottato alquanto con nebbiette rossastre che indugiavano sui monti, raggiunta forza e limpidezza, dilagò attraverso le finestre nelle stanze del castello, l'abate Ipocondrio, nella sua lunghissima tonaca nera, apparve sulla porta della sala e chiese alla marchesa:

– Dov'è quel fanciullo?

– Cercatevelo, – rispose la marchesa con insolita malagrazia.

E lo cercò, il vecchio, per tutto il castello, chiedendone a chi incontrava. Ma nessuno, né Venafro, né la pretessa, né maestro Goffredo, sapeva dove fosse. Cercò per tutto il castello, nella cucina, nelle stalle, infine uscí nella corte, sollevando con le mani la lunghissima tonaca per non infangarla. Il bellissimo gallo del pollaio, che girava per la corte rizzando quanto piú poteva la superba coda rossa e nera, gli andò incontro e gli fece il suo piú sonoro chicchirichí. L'abate fece l'atto di allungargli una pedata e in quella mostrò le calze a righe rosse e nere. Qualcuno rise allegramente a una finestra, sembrava un riso di donna; l'abate guardò in su ma non vide nessuno. Si aggirò per la corte un po' sperso, guardando qua e là, cercando di distinguere, tra i mille fruscii e cinguettii di creature nascoste nei buchi tra le pietre, se per caso sentisse il passo d'un bambino o qualcosa del genere. Intanto s'era avvicinato alla doppia cinta di mura merlate.

Fu qui che, improvvisamente, udí un breve suono di flauto. Due note soltanto, che si ripetevano uguali a intervalli e che sembravano il verso del cuculo. Sí, dicevano proprio, ma a intervalli e provenendo da punti sempre diversi: cucú, cucú, cucú. Mentre volgeva rapidamente la testa di qua e di là in cerca del colpevole sorprese un garzone e una ragazza che uscivano abbracciati dalla stalla delle vacche: lui reggeva con la destra un grande secchio di latte, e mentre circondava col braccio libero il collo della ragazza per baciarla il secchio si sbilanciò, il latte traboccò e la ragazza rise; gli tolse il secchio, lo posò in terra, gli prese entrambe le mani e se le allacciò dietro la vita abbracciandogli poi il collo e baciandolo.

– Spudorati! – gridò Ipocondrio e si sollevò la tonaca per correre verso di loro. Interruppero il bacio, guardarono verso l'abate e fuggirono ridendo. Giunto sul luogo, Ipocondrio non trovò che il secchio pieno di latte schiumoso. Intanto una viola accompagnava un'alba struggente di sensuale malinconia: era il duca Franchino, seduto a cavalcioni del parapetto del verone, e guardava verso la finestra della marchesa. Cucú, cucú, cucú: questa volta il flauto era vicinissimo, alto sulla prima cinta di mura. Certamente il piccolo suonatore insolente si nascondeva nel camminamento che orlava la prima cinta di mura, che era la piú alta. O forse non aveva bisogno di nascondersi perché era cosí piccolo che il muretto lo copriva.

– Iddio misericordioso! – gridò Ipocondrio aguzzando gli occhi verso l'alto. Non vide nessuno, ma si ricordò che lí vicino c'era la scala che portava al camminamento. La raggiunse, salí e una violenta vertigine lo turbò tutto. Il muretto gli giungeva appena alle ginocchia. Nondimeno, coraggiosamente, sollevò la tonaca e cominciò a muovere cauti passi verso il luogo di dove era provenuto il suono.

– Cucú, cucú, cucú, – ma questa volta proveniva dalla parte opposta. Deciso, Ipocondrio diede un forte colpo alla tonaca e ruotò su se stesso invertendo il senso del cammino. Sí, questa volta il suono era davanti a lui, ma non era il solito cucú. Il piccolo suonatore aveva attaccato una gavotta e suonava camminando davanti a lui perché il suono lo precedeva sempre. Anzi a un certo punto lo vide, il piccolo furfante: non camminava né correva, ma procedeva ballando come un piccolo dio dei campi, leggero e sicuro al riparo del duplice muretto del camminamento. Ipocondrio guardò in giú, soffocò un grido di paura e, col coraggio della dedizione al dovere, allungò il passo.

– Se lo raggiungo... – mormorò, e si sforzò di correre. Ma era troppo alto e il muretto non era per lui sufficiente riparo. La tonaca, poi, gli scivolava attorno alle gambe fasciandolo pericolosamente. Ma avanzò, malgrado tutto. Terminata la gavotta ci fu un silenzio abbastanza lungo. Ipocondrio continuava ad avanzare, benché disorientato da quel silenzio, quando, improvvisamente, un salterello indiavolato gli scoppiò alle spalle.

– Ha fatto il giro delle mura, il delinquente... – mormorò l'abate con voce affannata, e si voltò indietro per correre in senso opposto; nella fretta lasciò scivolare dalle mani la tonaca, ma incurante di tutto si slanciò all'inseguimento della musica che si allontanava saltellante e sempre piú veloce ed allegra... e cosí cadde, nell'adempimento del dovere, dalla cinta piú alta delle mura, l'altissimo abate Ipocondrio. Qualcuno dalle finestre del castello vide la grande tonaca nera svolazzare lungo il muro e ammucchiarsi poi, immobile, al suolo.

Il trovatore

– Veris ad imperia, eya,
renascuntur omnia, eya,
. . . .

Aprile era nato sotto il segno della pioggia, pioggia calda e sciroccosa che inturgidiva i rami degli alberi e gonfiava i semi nella terra. Una mattina, che il cielo era solcato da nuvole gravide di umori tiepidi e tempestosi, la marchesa di Challant fu destata dal canto di una strofa accompagnata dal liuto, giú nella corte. La pioggia intorbidava la luce che filtrava dalle finestre e il vento portava la canzone confondendone la voce umana che la cantava. Ma la marchesa la riconobbe, quella voce, e corse alla finestra e di dietro i vetri investiti dalla pioggia vide il cantore, avvolto in un mantello scuro, coi capelli biondi incollati sulle tempie e sul collo e gli occhi azzurri rivolti verso di lei. Appoggiò le mani aperte alla finestra, e con le mani tutto il corpo, come se volesse penetrare il vetro e uscire fuori, confondersi con la pioggia e con l'aria e volare incontro al cantore. Lui, guardando in su, dovette vedere quell'immagine bianca dietro il vetro bagnato di pioggia, perché la voce gli tremò nel canto e poi tacque, mentre la mano abbassava il liuto. La pioggia raddoppiò d'intensità e cancellò la figura della donna dietro il vetro, e quella del trovatore giú nella corte.

Quando la marchesa scese nell'atrio del castello, lui era là in piedi, col mantello bagnato e i capelli incollati al viso.

– Vi ho portato un regalo, marchesa – e, aperto il mantello, mostrò un cestino di ciliege. La marchesa lo prese, stupita.

– Ma v'è dunque un luogo, – disse, – dove le ciliege sono già mature?

– V'è un luogo, madonna, dove le viti già mettono i loro piccoli grappoli, dove la malva fiorisce negli orti, dove i frutti sugli alberi già prendono il posto dei fiori.

La marchesa gli tolse dalle spalle il mantello bagnato, lo fece rivestire di panni asciutti e lo invitò a sedere davanti al camino. Al calore del fuoco, porgendogli una coppa di vino, gli chiese di quel luogo dove allora, mentre al castello di Challant le grondaie sgocciolavano l'ultima neve, maturavano quelle ciliege grandi e rosse.

– Lasciai le nevi della Savoia all'inizio del disgelo, – incominciò il trovatore, – che le montagne erano ancora piene di ghiacci. Dal castello di Chambery sono partito una mattina nella gran nebbia della valle per andare in cerca di sole. Scendevo verso sud e mi volgevo a guardare il castello in cui avevo trascorso tutto l'inverno; salutavo le torri di lontano col pensiero e spronavo il cavallo verso l'azzurro mare. Poi venne il bosco e coprí tutto al mio sguardo, coprí il cielo, il monte ed anche il castello. Camminai a lungo nell'immensa foresta ancora triste d'inverno e di neve, e sempre pensavo all'azzurro mare su cui splende il sole di Provenza. Ma, ahi, madonna, dov'era il mare, e dov'era il sole? Vagavo come un cieco nel bosco e nella nebbia e già scendeva la notte senza stelle della cupa foresta. Se avessi trovato una capanna, un fienile, una tana, mi sarei gettato a dormire, come un re nel suo letto di lana: ma non trovai nessun asilo, o la foresta era tanto buia e fitta che io non lo vidi. Camminavamo tristi, io e il mio cavallo, e nostro albergo, quella notte, fu solo il mio mantello. Già senza forze giacevo sulla sua groppa, stremato dal freddo dalla paura e dalla fame, quando sentii il cavallo animarsi sotto il mio corpo, dare uno scarto, e ravvivare il passo. Sollevai la testa e tra le stanche ciglia vidi un chiarore tra i nudi rami del bosco, un pallido livido chiarore come d'alba che stenti tra le nubi. La foresta s'andava diradando, il chiarore si fece di grigio lievemente biancastro e quando il buon cavallo m'ebbe portato fuori del bosco io mi ritrovai in una gran pianura aperta, e nella nebbia chiara di sole sorgente udii un fresco frusciare di acque. La nebbia si sciolse sul lago di Bourget mentre il disco del sole appariva rosso sull'orizzonte e scopriva i monti ancora bianchi di neve e ancora piú bianca, al di là del gran lago, la serena visione di un bianco convento. Là dirigemmo i nostri passi stanchi e là ci accolsero le fide mura orlate di brina. Un giorno ed una notte riposammo nel convento e poi scendemmo giú lungo il fiume che dai monti di Savoia discende verso il mare. Il cielo si faceva sempre piú azzurro, la campagna sempre piú viva; circolava per l'aria un profumo di fiori, un caldo profumo dolce-amaro che andavo aspirando senza capire donde venisse. Poi, infine, li vidi, fioriti tra le torri d'Avignone, i bianchi mandorli dal profumo dolce-amaro, quei mandorli fioriti sotto cielo benigno che conosce il sole anche nell'inverno. La città era piena di fiori, narcisi e lunghi giaggioli dorati, legati a mazzi ai tronchi delle querce che, pigre, non avevano ancora la loro fronda verde. Ma l'azzurro mare mi chiamava verso il sud e lasciai Avignone tra balli e canti che festeggiavano la primavera, ed ecco, a un tratto sotto le zampe del cavallo verdeggiava la Camargue chiazzata di eriche viola e bianchi gigli d'acqua profumati. Le cavalle pascolavano con i loro puledrini dubitosi sulle scarne lunghe zampe e i cavalli selvaggi correvano a torme tra i roveri e i biancospini appena rifioriti. Le cicogne nel cielo viaggiavano verso settentrione.

La marchesa ascoltava rapita e vedeva negli occhi azzurri del trovatore le nebbie di Bourget e le torri di Avignone, le cavalle della Camargue e i mandorli fioriti.

– A un tratto, madonna, sentii il suolo farsi molle sotto gli zoccoli del cavallo; larghe chiazze di fango si alternavano alla prateria, stagni colorati di verde a dolci colline dorate di giaggioli. E un odore nuovo sentivo nell'aria, un molle profumo di terra salmastra misto al piú dolce sentore di mimosa. Finché a un tratto lo vidi, dall'alto di una verde collina, confuso nei vapori della sera, il mare azzurro e silenzioso.

– Il mare, trovatore? dimmi, com'è il mare?

– Il mare è la grande coppa del cielo, l'interminabile viaggio dei delfini, l'azzurro crogiuolo di limpidi cristalli. Un fremito continuo lo percorre incessantemente, come un immenso corpo che goda di un'infinita carezza.

– E là, trovatore, sono maturate queste ciliege?

– Sí, madonna. Là i fiori del mandorlo sono già stati portati via dal vento, e quelli dei peschi, e quelli dei ciliegi. Là i tralci delle viti già inturgidiscono e mettono grappoli, là i primi frutti maturano sui rami, là io raccolsi fragole, madonna, e queste ciliege, per voi.

Tacque guardando la marchesa che toccava dolcemente con le mani le belle ciliege nel cestino.

– Grazie, trovatore, – disse alzando gli occhi e guardandolo a sua volta, – non potevi farmi regalo piú gradito. Ma se laggiú era cosí bello, dimmi, perché sei tornato a questi monti?

– Cercherò di spiegarvi, madonna, quello che mi accadde. Quando vissi l'inverno a Chambery, tra i monti pieni di neve, ero triste, ma pensavo che l'inverno sarebbe passato e al primo tepore di primavera sarei partito verso il sud in cerca della mia felicità. Ed era tanto viva l'attesa che non aspettai nemmeno il fiorire della stagione e lasciai il castello ancor sepolto nelle nebbie invernali. Ed ero felice nella tormenta e nel freddo perché pensavo che laggiú mi attendeva il sole, il mare e il cielo piú azzurro del mondo. Quando mi smarrii nella foresta, avevo paura ma non ero infelice perché sapevo che dovevo sopravvivere per quello che il mio cuore attendeva, la felicità promessa e sicura. E il mattino che la nebbia si sciolse sul lago, rabbrividendo nel mio mantello bagnato, io ero felice come un re. E felice discesi giú per la bella Provenza di castello in castello, come guerriero alla conquista del mondo: e la primavera si faceva ogni giorno piú viva e piú calda. Quando giunsi ad Avignone splendeva su ogni ramo, su ogni erba, splendeva nell'aria del giorno e della notte, nell'alba e nel tramonto: io guardavo dalle torri della città la campagna piú bella del mondo, ma allora mi accorsi che non ero felice... Avevo le mani piene di gigli, e non sapevo a chi offrirli. Il mio liuto taceva piú silenzioso di quanto mai non fosse stato nel crudo inverno della montagna. Le eriche azzurre della Camargue mi struggevano la mente, i tramonti mi facevano soffrire fino a desiderare di piangere, e piú il mondo diventava bello, piú il cielo era azzurro e caldo, piú la campagna rideva... piú era triste il mio cuore. Giunto al mare, sedetti su una roccia, là sulla riva, e guardavo la mia immagine riflessa nell'acqua che era limpida e quieta come quella d'un lago. Fu là, madonna, che potei misurare tutta la mia pena allorché in quell'acqua di puro cristallo vidi la mia immagine, sola. D'un tratto l'acqua si mosse sotto di me, ebbe un piccolissimo fremito: io piangevo, madonna –. Qui il trovatore tacque e guardò la marchesa.

La marchesa sorrise in silenzio. Prese dal paniere un grappolo di ciliege e le offrí al trovatore nella sua bianca mano. – Mangiamo, trovatore, – e cosí dicendo ne portò una alle labbra.

– Allora, – continuò il trovatore mangiando le ciliege che gli porgeva la marchesa, – volsi il mio cavallo verso il nord e risalii per altra via verso le montagne. E a mano a mano che ritrovavo la natura aspra del nord il mio cuore si apriva al canto e alla speranza, il mio corpo si riscaldava a mano a mano che l'aria diveniva piú fredda. Quando giungemmo in vista di queste mura camminavamo baldanzosi e lieti, io e il mio cavallo, sotto la pioggia come se fosse sole, e il cielo grigio era azzurro per noi, e le nubi erano astri d'argento e il fango della strada era molle tappeto di fiori. Quando cantavo sotto la vostra finestra, la pioggia era per me la piú calda carezza di primavera, ed ora, madonna, sono qui e vi guardo...

– Lasciate, madonna, che baci i vostri piedi, – disse il trovatore inginocchiandosi innanzi alla marchesa che sedeva nell'ampio scanno coperto di pellicce. La pioggia era cessata e la luna saliva dietro i monti illuminando la stanza della marchesa di una pallida luce bianca. Non v'erano altri lumi nella stanza. La donna gli prese il volto tra le mani e disse:

– Alzati, trovatore, non m'importa che mi baci i piedi. Bacia piuttosto la mia bocca.

Il trovatore la guardò pensoso:

– Non voglio profanare il tuo purissimo corpo.

– Tu non profani nulla. Il mio corpo, anche dopo, sarà purissimo come prima; e piú felice. Vieni a me, germoglio che ti desti al suono della mia voce, virgulto che ti levi al calore della mia mano, fiore che sbocci al bacio della mia bocca. Vieni e scaccia la tristezza dal mio corpo e dal tuo.

Il giorno seguente era un vero giorno di primavera. Nel sole del mattino che inondava la corte il trovatore sedeva sul suo cavallo e accordava il liuto. Cicco lo guardava dal basso con gli occhi sgranati: non aveva mai visto un liuto. Quando lo strumento fu accordato, il trovatore si chinò dal cavallo verso il bambino, e disse: – È per te, Cicco –. E intonò quella ballata che incomincia «A l'entrada del temps clar», che qualcuno aveva composto per salutare la primavera e la sua regina. Il bambino guardava ridendo e batteva le mani alla fine di ogni verso quando il cantore gridava a piena gola il suo «eya» esultante.

Ma alla fine della prima strofa il trovatore tacque guardando innanzi a sé: a pochi passi il duca Franchino lo squadrava, immobile, con uno sguardo che non lasciava dubbi.

– Partite, trovatore? – chiese il duca con tono secco.

– No, monsignore; resto, col vostro permesso, – rispose il giovane a bassa voce.

– Vi sbagliate, messere: voi partite, – e cosí dicendo il duca girò sui tacchi e rientrò nel castello.

Il giovane rimase a lungo silenzioso; poi prese il liuto e rabbiosamente cantò il ritornello della sua ballata con quanto fiato aveva in gola:

Via di qua, via di qua, voi gelosi,
. . . .

Ma ormai non era piú felice e lacrime di rabbia gli spuntavano tra le ciglia. Tacque pallidissimo in volto e mormorò verso la porta di dove era scomparso il duca: – Maledetto, maledetto, maledetto.

Cicco guardava senza capire nulla di quell'improvviso cambiamento d'umore. Il trovatore si chinò verso di lui e lo sollevò sul dorso del cavallo:

– Vieni, Cicco, vieni con me, – e galopparono verso la foresta. Nessuno aveva assistito a quella scena, nessuno aveva visto partire l'uomo col bambino. Piú tardi nessuno sapeva dove erano e tutti li cercavano. Il duca tacque.

Essi erano nel bosco e si aggiravano fra i tronchi degli alberi esaminando il suolo.

– Qui, Cicco, corri qui, ce n'è uno grandissimo, – gridò il trovatore. Il bambino accorse e si chinò sul mucchio di terriccio di un formicaio enorme. Grosse formiche nere si muovevano in tutte le direzioni per le loro strane faccende. Con dita abilissime l'uomo e il bambino cominciarono a catturare formiche chiudendole in una scatola di legno che l'uomo aveva con sé e che era servita, in altri tempi, a custodire la chiave per tendere le corde del liuto. Quando ritennero di aver catturato un numero sufficiente di insetti, la scatola fu chiusa accuratamente e i due poco dopo comparivano nella corte sul cavallo del trovatore.

– Cicco, giura sul tuo onore che non parlerai con nessuno di questo, – disse il trovatore picchiando con la mano sulla scatola che risuonò nella tasca che portava a tracolla. Il bambino lo guardò con un cenno d'intesa, serissimo.

Quella sera, alla fine di una giornata tempestosa e tormentosa per alcuni di coloro che vivevano nel castello, quando tutti si furono coricati e già stavano per abbandonare nel sonno le cure della vita, un urlo d'angoscia risvegliò di colpo il castello, un urlo che proveniva dalla stanza del duca e che neppure gli spessi muri bastarono ad attutire: tutti balzarono in piedi e si precipitarono verso il luogo dell'urlo, ma già gli abati, che dormivano nelle stanze attigue a quella del duca, erano accorsi da lui e guardavano esterrefatti le bianche lenzuola di lino formicolanti di insetti neri. Nessuno riusciva a rendersi conto di quello che era successo. Il duca aveva un sospetto, ma tacque. Qualcuno, pur avendo sentito l'urlo, non si mosse dal suo letto e soffocò il riso nel cuscino. Cicco aveva cercato di rimanere sveglio per vedere come andava a finire la faccenda delle formiche, ma non c'era riuscito e, ahimè, neppure l'urlo del duca l'aveva svegliato.

– Cuci, marchesa, la pietra cristallina sul mio giustacuore, cucila qui dove batte la pompa del sangue, dove il muscolo della vita irrora le vene del mio corpo. Cucila accanto all'assurdo carbonchio dalla luce nera, accanto al prezioso rubino che porta sventura –. Cosí l'abate Mistral pregava la marchesa di Challant, che lo guardava muta e pensierosa. – Io voglio partire, madonna, da questo castello e andare per il mondo a cercare ventura.

– Perché vuoi partire, Mistral?

– Perché ho guardato nei tuoi occhi, e ho visto l'amore. Ma non era per me. Cuci la pietra di cristallo con le tue mani, perché possa sentirla sul petto quando sarò lontano. – Gli occhi grigi dell'abate Mistral non sorridevano questa volta, ma erano tristi e profondi.

– La primavera non porta fortuna a questo castello, Mistral. Tu hai visto l'amore nei miei occhi, Mistral, ma non ti sei accorto che c'era anche del pianto.

– Accade spesso che l'amore si accompagni col pianto. Ma non necessariamente, marchesa. Ti auguro che il vento asciughi presto le tue lacrime. E se pure non si dovessero asciugare, sappi che è meglio piangere perché si ama, che non piangere perché il cuore è vuoto.

La marchesa prese il giustacuore che Mistral le

porgeva per cucirvi il puro cristallo di rocca che nasce nel cuore della terra. In quel momento entrò il duca Franchino e il volto della marchesa divenne di ghiaccio. Il duca parve confondersi e arrossí:

– Dovete capirmi, madonna, quel ragazzo mi ha mancato di rispetto, qui nella mia casa.

La marchesa lo guardò a lungo con occhi duri:

– Voi sapete bene che non è per questo che lo scacciate.

– Perché? vi sembra poco riempirmi il letto di formiche? a me?

– Le formiche sono state tolte fino all'ultima. Via, duca, sapete bene che già prima gli avevate ordinato di andarsene.

– E va bene, – disse il duca arrossendo violentemente, – avete ragione; ma voi sapete anche perché gliel'ho detto... non fatemi dire di piú; anche la mia sensibilità ha i suoi diritti.

La marchesa lo guardò a lungo, poi disse:

– Non dovreste mai dimenticare che una donna ha il diritto di scegliere l'uomo per cui soffrire –. E cosí dicendo uscí.

Il duca rimase solo con l'abate Mistral, che gli si rivolse grave e pensoso:

– Permettetemi di dirvi, monsignore, che se il trovatore ha commesso una scorrettezza nei vostri riguardi, voi avete commesso un grave errore con la marchesa. Vi consiglierei di pacificarvi con quel ragazzo e rendergli la vostra ospitalità. Vorrei che lo faceste prima della mia partenza.

– Perché? voi partite, Mistral?

– Sí, monsignore.

– Ma la vostra partenza mi rattrista, sinceramente. Perché volete partire? e per dove?

– Il perché preferirei non dirvelo, – sorrise Mistral; – per dove, non posso dirvelo, perché non lo so.

– Capisco, – disse il duca chinando la testa.

Quella stessa sera il duca Franchino chiamò in disparte il trovatore e gli disse che, se voleva, poteva fermarsi al castello e lo pregava di dimenticare che gli aveva ordinato di partire. Il trovatore lo ringraziò, ma rispose che ormai aveva deciso di partire anche di propria volontà, e prese congedo dal duca. Piú penoso fu congedarsi dalla marchesa. Ella non capiva le sue ragioni e continuava a dire che non erano ragioni.

– Se resti, trovatore, il duca sarà infelice, non ne dubito; ma se tu parti sarà infelice ugualmente, ed oltre a lui sarò infelice anch'io, e forse anche tu. Ci sarà piú infelicità al mondo, ecco tutto.

– Il vostro ragionamento può anche essere giusto, ma io non posso piú restare. Non so spiegarvi perché, ma non voglio essere felice sentendomi colpevole.

– Tu forse non ti sentirai colpevole, partendo, perché sarai infelice; ma in realtà sarai molto piú colpevole.

Quando il trovatore partí, il mattino dopo, la marchesa non lo accompagnò fino alla soglia. Restò nella sua stanza a guardarlo di dietro i vetri.

Lui usciva solo e lento verso le mura sul suo cavallo e col suo fagotto legato dietro la sella. Ad un tratto Cicco uscí dalla soglia e lo rincorse: agitava qualcosa in mano, qualcosa che aveva un lungo manico a cui erano legati dei nastri. La marchesa aguzzò gli occhi e riconobbe il liuto del trovatore: l'aveva dimenticato. Cicco glielo porse e l'uomo sembrò ringraziarlo, gli fece una carezza, poi sciolse i nastri dal manico del liuto e li diede al bambino dicendogli qualcosa.

E partí. Poco dopo Cicco entrava nella stanza della marchesa e le consegnava i nastri. Aveva il viso triste, il bambino. E la marchesa piangeva.

Quella sera partí anche Mistral. La marchesa lo aiutò ad infilarsi il giustacuore su cui aveva cucito, con le sue mani, la limpida pietra di cristallo.

– Vi vedo triste, madonna. Ma so che non lo siete per me.

– Vi sbagliate, Mistral. Per il trovatore io sono amareggiata, triste sono per voi –. Mistral già sul suo bel cavallo, il nero Souveral nato nelle praterie selvagge della Camargue, si chinò a prenderle entrambe le mani e le baciò a lungo.

– Dove andrete, Mistral?

– Non lo so, marchesa. In cerca di ventura –. Si rizzò sul cavallo e si volse di profilo contro il sole che tramontava. – Credete che possa ancora piacere a qualcuna? – chiese guardando di sottecchi la marchesa e sorridendo.

– Certamente sí. Siete un uomo molto bello.

– Grazie, madonna. Credo che andrò a sedurre la regina di Francia. Ma se non mi riuscisse, riprenderò la mia veste di abate e mi farò incoronare papa; e se anche questo andrà male, ho qui la mia spada, – disse battendosi sul fianco, – e mi conquisterò un impero –. La marchesa rise tra le lacrime.

– E se tutto mi andrà male, madonna, – continuò a voce piú bassa, – tornerò in questo castello per rivedervi sorridere, e se voi mi accoglierete, sarò felice che tutto mi sia andato male –. Cosí detto spronò il cavallo e uscí dalle mura.

Il mercante veneziano

Il mercante veneziano era un uomo imponente, di forse cinquant'anni, con le tracce di una recente bellezza nel viso mobilissimo e negli occhi espressivi. Era giunto su una grande e bella mula con alcuni garzoni e diversi somari carichi di bagaglio. Ma ciò che piú colpiva era il fastoso abbigliamento composto di lunghe calze di velluto nero su cui ricadeva un'ampia giacca di panno rosso le cui pieghe erano rattenute in vita da un'alta cintura; sopra portava una corta mantella nera come le calze e amplissima. Abito cosí elegante non s'era mai visto in quelle valli. E la cosa piú sorprendente era la grande fibbia della cintura, tutta di oro massiccio, in cui il mercante aveva per uso di infilare le mani quando parlava, in un atteggiamento solenne che gli dava immancabilmente il tono dell'oratore. Tutto rivelava in lui l'uomo abituato all'agiatezza, vissuto in ambiente mondano e raffinato quale la Venezia del suo tempo.

Era giunto nel primo pomeriggio di uno splendido giorno di maggio e s'era fatto precedere e annunciare da uno dei garzoni, talché trovò al suo arrivo i signori riuniti a riceverlo nella sala del castello. Per questo il suo arrivo fu piú solenne di quanti altri mai e la cosa parve dargli non poca soddisfazione, sicché entrando si guardò intorno compiaciuto. Scorse subito la marchesa e le si inchinò baciandole la mano.

Poi salutò tutti i presenti secondo il rango, senza commettere il minimo errore di valutazione gerarchica, come se conoscesse da sempre gli abitanti del castello. Parve anche scorgere sul volto dei presenti le tracce delle recenti tempeste, in particolare sul volto della marchesa che era infatti straordinariamente pallido.

– Madonna, – le disse galantemente, – di assai lungi avevo sentito parlare della vostra grande bellezza, ma la realtà vince ogni immaginazione. E invero penso che quando voi sorridiate, tutto sorrida intorno a voi. Spero che avrò la ventura di vedervi sorridere.

– Vi ringrazio, signore, – disse la marchesa. – Io mi auguro che il vostro soggiorno in questo castello non sia troppo triste; da noi sta fiorendo l'estate e se voi lo vorrete, vi mostreremo il nostro roseto: la vista dei fiori può rallegrare il cuore, forse, anche a chi l'ha pieno di tristezza –. A quelle parole il duca chinò la testa e Venafro guardò la marchesa con uno sguardo intenso.

– La primavera, marchesa, – continuò il mercante, – è spesso piú crudele dell'inverno, perché accende con la rinnovata bellezza i sensi addormentati nel cuore. Ed è tanto piú bella quanto piú triste è l'inverno, e fa tanto piú soffrire quanto piú è bella. È una legge di natura, signori, – esclamò girando lo sguardo circolarmente sui presenti e infilando le mani nella fibbia della cintura. E dopo una pausa soggiunse:

– Nella mia terra, che s'apre sul bel mare Adriatico, non è sí grande il divario tra l'inverno e la bella stagione poiché sempre verdi allori e cipressi ornano i giardini della mia città superba, né men dolce può essere il cielo nel severo gennaio che nel maggio colorito.

– Ho spesso udito dire, – disse dolcemente la marchesa, – che la vostra città è incomparabilmente bella.

– Piú bella, madonna, di quanto possiate immaginare. Ogni giorno e ogni ora il mio cuore si strugge ripensando i bianchi palazzi di marmo che si specchiano nell'acqua dei canali, le fide calli segrete dove ogni pietra può essere preziosa scultura di antichissima mano, i superbi velieri che vengon d'Oriente portando mirabili cose preziose.

– Ma perché, signore, – intervenne Venafro, – avete lasciato una terra cosí dolce per venire a questi monti?

– Ahi, quanto m'è penoso rinnovare il pensiero di sí triste sorte che opprime in questi tempi la mia terra! Se ho lasciato le ricchezze e gli agi, il mio palazzo e la compagnia dei cari amici, non è certo, signori, senza grave cagione. Tanto grave che m'è duro anche il solo pensarvi. Ma poiché tanto amabilmente voi m'avete accolto, me esule lontano dalla patria, costretto a vivere vendendo piccole cose, ornamenti ed esotici profumi, come povero merciaio vagabondo, io che fui tra i piú grandi mercanti di Venezia, vi dirò, signori, quale immensa sciagura s'è abbattuta sulla mia città sí da sgomentarne il popolo e la gente, talché ognuno pallido e dubbioso guarda, incontrandolo, l'amico con sospetto –. Bevve un lungo sorso dalla coppa di vino che gli era stata servita, sospirò e riprese: – Voi dovete sapere, signori, che un terribile morbo finora sconosciuto si è abbattuto improvvisamente sulla città e la sua terra, un morbo sí tremendo da atterrir tutte le genti e a cui i sapienti han dato un nome mai finora udito.

– Quale nome, signore? – chiese messer Goffredo,

che alle ultime parole del mercante aveva preso grande interesse al suo discorso.

– L'hanno chiamato: onfalopatia.

– Onfalopatia? – sillabò messer Goffredo.

– Sí, signore. È una malattia che attacca e uccide l'ombelico –. Tutti si guardarono trasecolati.

– Uccide l'ombelico? – chiese ancora, piú interessato che mai, messer Goffredo.

– Uccide l'ombelico, lo fa disseccare e cadere come foglia morta d'autunno, e l'infelice che ne è colpito si ritrova col ventre intatto e liscio, come se mai fosse nato di madre –. Un mormorio corse per la sala. – È una malattia misteriosa, miei signori, di cui non si conosce né la cagione né il modo in cui si trasmette. Soltanto sappiamo che si trasmette, ahimè, con gran facilità. Io e i miei garzoni siamo tra i pochi che se ne son salvati. Tutto cominciò il giorno che la bella contessa Mariola s'accinse a giacersi con l'amato sposo. Di nulla s'era accorta, la bella donna, né spogliandosi né guardandosi, com'era suo costume, nello specchio per controllare che rughe o solchetti non deturpassero il bel collo e il petto. Pericolo questo d'altra parte assai inconsistente, dal momento che io stesso faccio venire d'Oriente quella pomata dalle mirabili virtú che s'ottiene dai genitali del castoro, costosissima e rara e la cui manipolazione sempre mi riempie di tristezza al pensiero di quelle bestiole graziose ed innocenti che se ne vanno mutile nel mondo senza poter piú godere il premio dell'amore. Ma che mai non si fa per bellezza di donna? e tal pomata, v'assicuro, delle rughe cancella anche il ricordo. La bella contessa adunque nel talamo attendeva il dovuto compenso alla sua devozione, ma proprio nel talamo il consorte tosto scoperse la crudel mutilazione. Dove credeva trovar l'amato segno che già tanto piacque a Salomone, sentí solo la pelle liscia e tesa; credette dapprima aver sbagliato luogo e alquanto in silenzio andò cercando con la mano già tremante e ansiosa; poi si fece a seder sul letto e prese un lume, l'accostò al ventre della moglie e rimase muto di sgomento e meraviglia. A quella vista la contessa si rizzò a guardarsi il bianco corpo credendo scoprirvi ruga o macchiolina, ma ammutolí tosto d'orrore vedendo il ventre tutto igualmente liscio. Pianse a lungo amaramente e fu solo con somma riluttanza che l'indomani fece chiamare il piú illustre chirurgo di Vinegia, cui fece giurare, prima di esporgli il caso suo, che a nessuno avrebbe rivelato il terribile segreto. Ma non ci fu scienza o panacea che potesse guarire la contessa e ridarle il pregio del bel ventre. E per colmare la sua gran sventura credette la bella donna il dí seguente, quando uscí a passeggiare per Vinegia, scorgere un sorriso di scherno o compassione sul volto d'ogni persona che incontrava. Ma se il chirurgo avea parlato mancando al suo dovere, n'ebbe subito la trista ricompensa, ché spogliandosi una sera vide cadere in terra una piccola foglia di colore oscuro; atterrito si guardò allo specchio: anche a lui s'era morto l'ombelico. Cosí a tutti fu palese che la malattia era sommamente contagiosa. In breve la città ne fu infettata. Nessuno ne parlava per la gran vergogna, ma si capiva dai volti cupi o falsamente allegri che la grande sventura già s'era abbattuta. Le donne belle e gaie d'altri tempi, divennero a un tratto assai pudiche e volevano giacersi con l'amante tutte vestite come andando in chiesa. Ma nessuno piú cercava amore, o perché uomini e donne temevano il contagio, o perché arrossivano di mostrare il ventre liscio, senza il dolce segno che il pollice di Dio avea lasciato allorché fece il primo uomo, nel sollevarlo quand'era morta argilla per metterlo al sole ad asciugare. Chi s'avvisò per tempo fuggí via. Io prevenni il morbo maligno perché mi stavo allora coi miei famigli nella bella isola di Cipro a comprar perle da vendere in Vinegia –. Qui si tacque il mercante tristamente.

– Ma non provoca quel morbo altro danno se non il disseccar dell'ombelico? – chiese messer Goffredo.

– Nessun altro, messere. Ma vi par poco danno esser privo di quel segno? Vorreste voi vivere, – proseguí rivolto alla marchesa – vorreste vivere, madonna, senza aver l'ombelico?

– Ahimè sí, piuttosto che morire, – rispose pensosa la marchesa.

Ma quella trista sventura di Vinegia non voleva ad alcuno uscir di mente, e pur sedendo tra le vivande e il vino, continuavasi a parlare del morbo misterioso.

– Marchesa, – disse il mercante per stornare quei discorsi troppo severi, – volete che vi mostri un pezzo assai raro di mia mercanzia, che vien della Cina e quasi opra di magia si crederebbe? – E trasse della veste un occhiale di fattura strana, con vetri tersissimi e assai spessi, tagliati come fossero diamanti.

– Questo occhiale, – disse tenendolo tra due dita, – ha la virtú preziosa di moltiplicar per nove ciò che vi si guarda. Nove volte vi vedo, – disse fissando la marchesa attraverso l'occhiale, – e nove volte voi stessa mi vedreste. Nove volte la luna può vedersi nel cielo sereno e nove volte una gioia che sia preziosa e rara. Nove volte l'amante può vedere l'amato volto, ancor che un solo gli sia dato di baciare. Volete voi stessa far l'esperimento? – e porse alla bella l'occhiale misterioso. La marchesa lo prese con dubitosa mano e vi guardò per entro, e vide nove volte sorridente il mercante, e ogni cosa ch'ella vi guardava appariva sempre nel numero di nove. Tutti vollero far l'esperimento e per tutti fu grande maraviglia, e guardavan tutti l'oggetto o il volto che piú caldo suscitava in cuore il desiderio. Molti sguardi fissaron la marchesa, molti messer Goffredo, però celatamente. L'abate Leonzio fissava madonna Pilar, damigella andalusa gaia e bella.

L'abate Leonzio era rosso e corpulento, rosso di pelle e rosso di capelli, e gli occhi aveva stranamente divergenti, quasi con uno volesse guardar tal cosa, e con l'altro tal altra. Ben che non si potesse dire quale oggetto fissasse, tuttavia s'avvisò la marchesa dei molti sguardi che gettava a Pilar e per fargli cosa di gentil gradimento divisò comprare dal mercante l'occhiale miracoloso per donarlo all'abate, al fin ch'ei potesse saziar cosí la vista, ancor che altri sensi saziar non potesse. Tolte le mense madonna Bianca trattò segretamente col mercante e, acquistato l'occhiale, lo donò a messer Leonzio per sua consolazione. Ma, ahimè, ancora una volta il destino crudelmente s'accaniva contro il castello di Challant e il dono gentile malignamente trasformava in arma perfida e mortale. Accadde, come volle Iddio, che per gioco la bella Pilar invitasse Leonzio a passeggiar con lei per il roseto per goder con quell'occhiale la vista delle rosse rose della marchesa. E lí tra discorsi e sorrisetti s'accesero i sensi dell'abate, che sanguigno e caldo era di natura e portava l'occhiale che la marchesa gli avea donato. Non passò gran tempo che, come Iddio volle, non potendo piú reggere l'abate di solo vedere i nove volti di Pilar, anco colle mani volesse alcuna cosa strignere et abbracciare, e piú volte alla desiata forma la man tendesse, ma pur mai quella vera cogliesse, sibben vana parvenza e inconsistente. Et allora a correr si diè in diverse parti, dietro le immagini che cangiavano continuamente e alcuna volta scomparivano poi che la bella Pilar, per gusto di giocare, dietro un cespo di rose si celava e in altra parte riappariva da quella ov'era prima. E Leonzio correva d'un cespo all'altro molto ferendosi le mani sugli spini, e cadeva tra i cespugli e tutto affannoso si rialzava per ricominciar sua vana caccia mentre ovunque nel roseto squillava il riso della bella, fin che stremato e soffocato al cuore tra i cespi si giacque né piú si rialzò.

– Non è da stupirsi, madonna, se alcune cose altro fine sortiscono da quello del loro intendimento, – diceva il mercante il giorno dopo passeggiando con la marchesa nel roseto. – Come quando una rosa voi cogliete, – continuò cogliendo un fiore, – per farne dono ad un gradito amante, et ei si punge con lo spino che v'è celato, cosí una cosa che si fa con buon intendimento può riuscire di danno alla persona che volevate lieta. In quel che accade c'è qualcosa che a noi rimane oscuro et al nostro volere si sottrae come cometa dal cielo sereno. Non tutto ciò che accade noi causiamo, d'una gran parte è causa il fato, oppure il caso –. Sí dicendo toglieva le spine alla rosa ch'aveva colto e la porgeva alla marchesa.

Ma la primavera non avea finito di compiere sue stragi nella dolce terra dei Challant quasi a riprova ch'avea detto il vero colui che sentenziò ch'ella si fosse stagione infida e assai crudele. Udite dunque il caso che avvenne all'abate Prudenzio, abate gentile e di galante aspetto, cui le donne guardavan con piacere e che sempre aveva alle labbra sorrisi seduttori. Egli era edotto in studiati atteggiamenti al fin di piú piacere alla gente, e tanta consuetudine aveva a detti atteggiamenti che parevano frutto di natura. Bello della persona era et elegante e sapeva danzare e cavalcare a meraviglia. Ma ancor che molti, femmine e maschi, lo guardasser con piacere, e in molti cuori dolci propositi e celati desideri fossero nati per lui, non si conosceva alcuno tuttavia a cui piú che sorrisi e studiate parolette l'abate Prudenzio donato avesse. E correva voce tra la gente che si difendesse con molti accorgimenti dal concedersi altrui, quasi invidiasse ad altri il piacere del suo corpo e il godimento che di lui poteva trarsi. Delle donne soprattutto temeva l'approccio e se accadeva che una donna, vinta dal bel volto seduttore, a lui tentasse avvicinarsi o la man gli prendesse o lo toccasse mai furtivamente, ritraevasi quasi per ribrezzo, sia che volesse sua castità serbare e fuggir le tentazioni della carne, sia che altrove volgesse i suoi desiri.

Or avvenne in una cavalcata, che tutta la corte faceva per festeggiare la fioritura dei ciliegi, dei quali la valle era assai ricca, che accanto a Prudenzio cavalcò madonna Ildegonda, dama solenne venuta d'oltralpe, grande bionda e bella, ancor che certe asprezze avea nel portamento e alcuna durezza nella voce. Or tra discorsi e piacevoli motti, fosse il profumo dei fioriti ciliegi, e il ronzar dell'api o la brezza stuzzicante, accadde che alla vergine Ildegonda tutti s'accesero i sensi per l'abate, sí ch'ella piú non sapeva come frenar sue voglie e tenerle altrui celate. Noi non sappiamo s'egli s'avvisò di questo fatto e andasse tra sé già ragionando come sfuggire all'insidiatrice. Certo si era che la donna un piano nella mente già faceva per sorprendere l'abate in guisa tale che, per schivo e ritroso che si fosse, non potesse sfuggirle in alcun modo. Accadde infatti che, tornata al castello tutta quanta la cavalcata, mentre ognuno cercava riposo nella sua fida stanza, Ildegonda dietro un pilastro si nascose presso la porta dell'abate, e allor che egli giunse e fece per entrare, ella di dietro lo sospinse et entrò con seco lui, e tanto destra fue che la porta richiuse alle sue spalle. Quel che dentro fu fatto non sappiamo; se lotta ci fu, fu aspra e dura, poi che la dama in prestanza superava il casto abate. Ma questi a tal segno avea perfezionate sue difese che l'alcova aveva posta in una nicchia et al fin che nessuno la violasse una griglia di ferro a punte aguzze scendeva dall'alto al premer d'una leva, sí che inviolata fosse l'alcova e chi l'insidiava potesse dalle acute punte esser trafitto.

Ma udite quel che accadde e come la giustizia divina volle punire colui che troppo di sua virtú era geloso e poco si curava d'umana carità. Accadde dunque che Prudenzio già s'era rifugiato nell'alcova e già premuta avea la leva che faceva scendere la griglia, quando Ildegonda un supremo tentativo facendo per possedere l'abate, cercò a viva forza trarlo dell'alcova senza pensare al periglio ch'ella correva né riguardo avendo alla sua vita stessa. Allora Prudenzio per sfuggire all'insidiante s'aggrappò alle coltri dell'alcova e mentre ella traeva ei facea resistenza, fin che d'un tratto la pesante griglia trafisse con le acute punte il corpo dell'abate e l'inchiodò al suolo, sí che tosto ei ne fu morto.

Questo et altro accade a chi si rifiuta alli amorosi desideri delle donne, e sia di ammaestramento alli uomini tutti che avari son dei lor favori, poi che tal vendetta contro di essi dispose la divina potestate che delle lor stesse difese saranno essi le vittime cruente.

L'astrologo

Nelle sere di giugno la marchesa amava uscir sola la sera prima del sorger della luna, sul suo bianco Ippomele, avvolta nel suo bianco mantello di seta. Amava recarsi su un poggio roccioso ove non c'erano alberi, ma solo radi cespugli di pinastri. Di fronte si levava un monte ancor coperto di neve, che rifletteva la luce come bianchissimo marmo. Lí attendeva il sorger della luna. Un chiarore lattigno indicava il punto in cui l'astro sarebbe sorto, e s'andava sfumando dolcemente all'intorno e disegnava la sagoma del monte come scura sembianza di pietra. Poi, quando il chiarore s'era fatto piú intenso e quasi sfavillante, d'un tratto la luce s'espandeva sopra il crinale e scivolava giú lungo il monte come bianco torrente e la montagna diventava un luminoso grandissimo diamante.

Una sera che la marchesa attendeva sul poggio il sorgere della luna, accadde che quando la luce si sparse al di qua del monte, illuminò la figura di un uomo avvolto in un mantello azzurro, montato su un cavallino grigio, che stava immobile a guardare anch'egli il sorgere della luna. La marchesa gli si avvicinò incuriosita e, prima ancora che gli rivolgesse la parola, l'uomo scosse la testa e brontolò:

– Ecco, è finita, ora non si vede piú niente. Ha visto che luna? non si vede piú niente.

– Mi pare il contrario, – rispose la marchesa, – ora si vede tutto.

– Non si vedono piú le stelle, ragazza mia. Piú niente. E pensare che sono queste le notti piú serene, almeno nella bella stagione.

– Siete un astrologo? – chiese la marchesa.

– Naturalmente. E che altro dovrei essere?

La marchesa non rispose, ma pensava che si poteva essere anche qualche altra cosa. Intanto osservava l'uomo, che era piccolo come il suo cavallo, avvolto in un mantello azzurro, e portava in testa un tocchetto pure azzurro.

– Quello è il castello dei Savoia, vero? – chiese indicando il castello della marchesa.

– No signore, quel castello appartiene ai Challant.

– Volete burlarvi di me, ragazza? I Challant non esistono piú. Sono stati scacciati dai Savoia.

– Forse lo saranno un giorno, messere. Ma quel giorno non è ancora venuto. Quel castello è mio: io sono la marchesa di Challant –. L'uomo la guardò con occhi rotondi di stupore e la marchesa s'avvide allora che gli occhi dell'uomo erano azzurri come gemme di turchese. Strano, pensò, non se n'era accorta prima.

– O io son diventato citrullo e non so piú leggere nelle stelle, o esse deliberatamente mi hanno mentito, – disse l'astrologo.

– Vi hanno mentito; forse solo in parte, – disse la marchesa. – Tutto al mondo può mentire –. E intanto si avviava verso il castello facendo cenno all'astrologo di seguirla. Quando furono nella grande sala illuminata da molte torce la marchesa fissò gli occhi dell'astrologo e il suo animo si empí di meraviglia: erano gialli e scintillavano come l'oro. Lo invitò a fermarsi alquanti giorni al castello, un po' perché questo vogliono le buone creanze, un po' perché l'astrologo dagli occhi d'oro la incuriosiva. Tutti a corte ne ebbero un istintivo timore, e benché ardessero dal desiderio di udir da lui qualcuno dei poteri fatali delle stelle, nessuno osava interrogarlo. Fu la marchesa che una sera diede voce a quell'aspettativa diffusa e gli chiese:

– Ma voi, messer astrologo, leggete veramente nelle stelle come in un libro?

La guardò con occhi dorati e rispose: – Meglio che in un libro, cento volte meglio.

– Ma le stelle possono mentire, o voi sbagliare nel leggerle.

– Le stelle non mentono. Se vi ho letto qualcosa di falso, io ho sbagliato a leggere... voi sapete, marchesa, a che cosa mi riferisco.

– Al fatto che i Savoia ci scacceranno di qui, capisco. Perciò questo deve succedere? è inevitabile?

L'astrologo tenne alquanto gli occhi al suolo e poi li sollevò a guardare la marchesa: erano azzurri e malinconici.

– Non lo so, – disse, – non sono un indovino. Non pensateci piú, marchesa. Se accadrà, accadrà. Per ora non è accaduto –. Cosí dicendo sollevò il suo bicchiere guardando la marchesa con occhi piú azzurri che mai. Ella sorrise.

– La scienza delle stelle, signora, è ancora bambina, – continuò l'astrologo, – ed è scritta in lettere assai difficili da leggere. Anche il piú grande sapiente della terra può sbagliare nel decifrarne i caratteri.

– Ma è dunque vero che ogni uomo e ogni donna nasce sotto una stella che ne indirizza la vita, e a quella influenza non può sottrarsi neppure se vuole? – chiese Venafro, che aveva ascoltato attentamente le parole dell'astrologo.

– Certo. Questa è una delle poche questioni su cui tutti i sapienti sono d'accordo. Nel giorno e nell'ora in cui l'uomo nasce, il cielo è dominato da un astro, o da una congiunzione di piú astri, che imprimono il loro segno alla vita dell'uomo, come invisibile stemma, che ne esprime il carattere e quindi il destino. Per questo vanamente si meraviglia la piccola gente che un uomo educato con gran rigore possa diventare un assassino ed altro vissuto nella foresta abbia sensi e cuore delicati, o che un pastore prenda pennelli e dipinga come Apelle o che un uomo illetterato d'un tratto scriva poemi. Questo è il potere delle stelle, che il loro marchio non si estingue anche se tutta la vita cerca di cancellarlo, e prima o poi dall'oscurità risplende come sigillo d'oro nella pietra –. Cosí disse l'astrologo, e girava intorno gli occhi d'oro sfavillanti. – È cosí, quand'anche uno fosse abate, se è nato sotto la stella della santità, prima o poi sarà santo, anche se dovesse sopportare il martirio, – ridacchiò l'astrologo con gli occhi piú gialli che mai.

Mentre tutti meditavano tra loro quelle parole ambigue e ne traevano assai diversi ammaestramenti, l'abate Santoro si sentí balzare il cuore in petto. Finalmente gli si era svelata la grande realtà della sua vita.

L'abate Santoro era un omino silenzioso e in apparenza modesto. Mangiava poco e beveva meno, e quanto a parlare, taceva sempre. A corte quasi non s'accorgevano della sua esistenza e spesso madonna Camilla doveva fare tanto d'occhiacci a paggi e servitori che non gli cedevano il passo sulla soglia e giungevano al punto di dimenticarsi di mettere a tavola il suo piatto e il suo bicchiere, il che non era poi colpa sí grave tenuto conto del continuo variare del numero degli abati, e potremmo anche dire, del loro rapido diminuire. Ma nel suo intimo l'abate Santoro coltivava una grande ambizione e da essa era tutto divorato come da una passione: voleva convertire la marchesa di Challant alle cose di fede, poiché ben vedeva, come non era difficile vedere, che la marchesa di esse assai poco si curava. L'impresa era altissima e difficile, difficile quanto convertire il Saladino... e forse piú pericolosa, perché quella madonna Bianca era assai spregiudicata. In che cosa consistesse il pericolo l'abate Santoro non avrebbe potuto dirlo, ma era sicuro che per quella impresa occorreva qualcosa come un miracolo, o un martirio. E si vedeva ora in veste di san Giorgio vittorioso che calpesta il drago con il suo cavallo, ora in veste di san Sebastiano trafitto da mille frecce, legato nudo ad un albero – lui che non era mai stato nudo di fronte ad anima viva e temeva persino le spine delle rose. Ma convertire la marchesa di Challant era necessario, e questo era diventato il pensiero dominante della sua vita.

Ma come? Non le aveva mai rivolto la parola. Veramente se li preparava, dei lunghi discorsi, teologicamente zoppicanti forse, ma ineccepibili dal punto di vista sentimentale, adatti a toccare il cuore di una donna. Ma quando la vedeva, anche di lontano, e già si preparava ad apostrofarla, la voce gli moriva in un gorgoglio di gola e le gambe lo portavano da un'altra parte, a qualche angolo oscuro o dietro le spalle di altri, sí che si poteva dire con quasi assoluta certezza che la marchesa non si era mai veramente accorta della sua esistenza. L'abate Santoro se ne arrovellava, ma non sapeva in che modo attirare la sua attenzione. A tavola sedeva lontanissimo da lei, e la tavola era l'unico posto dove la vedeva. Oltre alla messa, naturalmente. E lí, mentre cantava i salmi, Santoro si scatenava. Allora diventava di volta in volta l'umile salmista, Davide re, o il dio degli eserciti dalla voce tonante o persino l'empio filisteo maledetto. Naturalmente esagerava nei toni, e l'unica volta che la marchesa veramente si accorse di lui fu nella chiesa del castello, durante il canto dei salmi – egli era allora la voce del dio degli eserciti – ed ella si volse infastidita verso il coro alzando le bianche mani a coprirsi le orecchie. Santoro, quella volta, si tacque. Ma sognava molto. Sognava di andare a cavallo nella foresta scossa da lampi e tuoni e vedere madonna Bianca rapita da un irsuto brigante. La donna tendeva a lui le mani e gridava aiuto e lui con la spada faceva a pezzi la clava del brigante e liberava la fanciulla piangente. Sognava di essere Carlo Magno che aveva sconfitto i sassoni e ne liberava gli schiavi, e in ceppi di ferro, sfinita e seminuda c'era la marchesa e lui la riconosceva solo dopo averle scostato i lunghi capelli dal viso... Sognava che ella era mendicante scalza nel fango gelato di novembre e lui la tirava sul suo cavallo e l'avvolgeva nel suo mantello... Ma la marchesa non era in ceppi, non era infreddolita né minacciata da bruti, e se aveva fame poteva mangiare quanto voleva. E poi la sua fantasia lo portava a raffigurarsi sempre in santi a cavallo, o santi guerrieri, e lui proprio un eroe non si sentiva... È vero che l'eroismo viene con la santità, l'aveva scritto in una predica san Bernardo...

Se non aveva mai osato parlare alla marchesa, osò tuttavia parlare all'astrologo.

– Messere, mi volete indicare qual è la stella della santità?

L'astrologo lo guardò prima stupito, poi con occhi piú gialli che mai.

– Certamente, monsignore. Quando sarà notte fatta, poi che la luna già inclini al tramonto, venite con me sul colle roccioso, questa notte – e lo guardava con occhi dorati in cui guizzava, a tratti, uno strano sorriso. Ma l'abate non se n'avvide, trascorse l'attesa pregando, fantasticando, guardando l'occidente che lentissimamente imbruniva, si tingeva di rosso, il cielo si oscurava, s'empiva del chiarore lunare, e poi ritornava scuro, la luna tramontava e solo le stelle brillavano nel buio.

Era notte fonda e un grandissimo silenzio occupava tutta la terra. Santoro, avvolto nel suo lungo mantello d'abate, tremante d'ansia, giungeva sul colle roccioso. Distinse subito la figura dell'astrologo sul suo cavallino grigio: guardava le stelle con un lungo tubo scuro.

– A che serve quel tubo, messere? – chiese l'abate. L'astrologo si riscosse e lo guardò stupito:

– Che fate qui? a quest'ora tutti dormono, tranne gli astrologi... e gli amanti, – aggiunse ridendo. Intanto s'era ricordato della strana domanda dell'abate e una piccola allegria perversa lo animò tutto. – Volete vedere la stella della santità, vero? – e chinandosi dal cavallino verso l'abate gli porgeva il tubo scuro e gli indicava un astro qualunque nel cielo. – È quella; guardatela nel tubo; la vedrete intatta dallo scintillio di altre stelle. La vedete? vedete come palpita? sa che voi la cercate. Andate verso di lei, seguitela, vi insegnerà la strada per divenire santo, vi darà il coraggio per fare tutto ciò che la vostra vocazione vi chiede, per affrontare fatiche, pericoli e anche il martirio. E non dubitate... – l'astrologo doveva alzare la voce perché Santoro s'era subito avviato col tubo incollato all'occhio ed era già alquanto lontano, – non dubitate che non fallirete la vostra impresa.

L'abate non rispose; forse non udí neppure le ultime parole dell'astrologo; andava, né vedeva dove andava, tutto preso dal richiamo della sua stella. L'astrologo lo vide allontanarsi barcollando, sempre col tubo incollato all'occhio, correndo, inciampando nei sassi; poi non se ne seppe piú nulla. Al castello non fece mai ritorno; forse ha raggiunto la santità, o forse giace in una forra, rotto nella persona ma intatto nella fede.

Ottobre

– Madonna, dammi colori e pennelli, che voglio ritrarre il tuo corpo ridente, e dammi molta porpora e oro, – diceva il filosofo guardando la marchesa che giaceva sul letto.

– Oro, filosofo? dove metterai l'oro che i miei capelli sono neri?

– Io so dov'è l'oro nel tuo corpo, marchesa. Pura vena d'oro nella miniera profonda nella terra, oro liquido e lucente, fuso nel crogiuolo piú caldo del mondo, là dove nasce la vita e muore la morte, dov'è il centro dell'universo e il baricentro della gioia. Dammi molto oro, marchesa, che sarà sempre poco a dipingere il prezzo infinito della gran bontà del tuo corpo.

Era tornato una tarda sera di ottobre e aveva bussato due colpi alla porta della marchesa. Lei l'aveva riconosciuto. Il mattino dopo partí. E cominciò la vendemmia nella valle. D'in cima al poggio la marchesa guardava le file di muli che uscivano dal castello con le ceste vuote e tornavano con le ceste piene di nerissima uva. La nebbia cominciava ad alzarsi e scopriva un brulicare di vita sui terrazzi sassosi della montagna. Qualcuno cantava, tutti parlavano, ordinavano, ridevano e imprecavano. Le viti si sfrangiavano sotto le mani e i coltelli, come antichi merletti dorati strappati dal tempo e dal sole. Il sole guadagnava spazio nella nebbia, un balzo di roccia dopo l'altro, penetrava fino al cuore della valle mettendo in fuga le ombre, svegliando fronde e fiori col suo calore irruento, illuminando ogni angolo, ogni piega, ogni pertugio della terra generosa. La marchesa aveva gli occhi, il cuore, il corpo pieni di sole.

Quando la vendemmia fu finita, a tutti, uomini e donne, fu servito vino generoso, pane, cacio e salsiccia nella gran corte del castello, e focacce con uva e miele, e dolci di noci e ancora vino, sí che tutti furono lieti e molto si cantò e si ballò, e servi e signori godettero insieme della gran festa d'autunno. Oltre il tramonto durò la festa, quando spenta la luce del sole, la luna soltanto nel cielo e molte fiaccole resinose illuminavano la grande corte del castello piena di danze. Il vino, il cibo e la foga della danza vincevano il freddo che pure pungente si insinuava tra le vesti e combatteva con il giovanile ardore. Poi la marchesa fece servire a tutti vino caldo aromatizzato e volle che ognuno si ritirasse nella sua casa o nella sua stanza del castello.

– Non avrei gran maraviglia, – disse a messer Goffredo di Salerno, – se domani alcuno avesse qualche malanno da freddo.

– Non datevi pensiero, marchesa, – egli rispose. – Vengon da Salerno comandamenti da seguire per qualsivoglia ammalamento.

E con questi discorsi, ognuno, stanco, si abbandonò nel sonno. La marchesa aveva ben preveduto, ché infatti il dí seguente giacevasi in letto l'abate Malbrumo, oppresso da assai molesto dolor di lombi. Ancor che nessun pericolo di morte minacciasse l'abate, era tuttavia tale malanno sí molesto che di gemiti sonava tutto il castello, né v'era loco del letto o posizione delle membra che alleviar potesse all'abate il suo soffrire. Fu tosto avvisato ser Goffredo, il quale avanti ogni altra cosa comandò che all'abate fosser posti sui lombi panni di lana su cui seduta si fosse dimorata una donzella sí da scaldarli con li lombi suoi: poi che è principio costante d'ogni cura che una parte malata abbiasi a curare con simile parte di persona sana. Poi il sapiente Goffredo andò a cercare nelli libri suoi il piú acconcio rimedio a tal malanno. Molte pagine volse con la bella mano e infine – Ecco, – disse, – è questo il rimedio piú acconcio al tipo di malanno e allo stato del malato –. E tale rimedio messer Goffredo lesse:

> *Comandamento primo da farse per chi soffre per lo mal di lombi.*
>
> Poi che ogniun sape esser lo mal di lombi da tristizia di mente causato, dicasi a chi di tal dolore è oppresso che si adopri in amar donne leggiadre, e sí ben sua opra compia che, ancor che li lombi li dolgano tuttavia, si habia per merzede il paradiso, poi che il Giusto Remuneratore d'ogni bontade cieco non è a tanta valentía.

I signori del castello si guardarono in volto un poco dubitosi, poi che alquanto strano pareva tal rimedio. Ma tanta era l'autorità della scuola di Salerno in cose di medicina che decisero alfine di chiedere al malato se tal comandamento accettava per cura dei suoi mali. Fu l'abate Malbrumo ancor esso un po' sorpreso in udire un tal comandamento, ancor che troppo ingrato il rimedio non paressi, et alquanto silenzioso si ristette poi che non sapea se il malanno vigor bastante li lasciasse a compiere l'impresa. Ma infine convinto fue di accettare tal comandamento, vuoi per la gran fama dei signori di Salerno, vuoi per la remunerazione promessa a tanta impresa. Ma voleva ancora tal rimedio che donzelle si trovassero disposte al sacrifizio, vuoi per amor dell'abate, vuoi per carità di cuore.

E tosto si vide che questa non era real difficultate e che talvolta il prossimo nostro male giudichiamo. Non era gran tempo trascorso da quando il banditore del castello avea la richiesta annunziata nella piazza della villa, che ogniun poté con suoi occhi vedere quanto grande sia la carità che alberga in cuore femminile: molte furon le donne, giovani e meno, leggiadre e meno, che vennero al castello per alleviare i dolori dell'abate, et ei di buon animo all'opra si mise. E ancor che in prima grande aflizione il molesto dolor li recasse, il beneficio del rimedio tosto risentí, sí che li lombi riscaldaronsi nell'impresa et ei gagliardo compí sua opra, vuoi per la gran fede che avea nella scuola di Salerno, vuoi per acquistarsi il paradiso come dicea il comandamento.

Ma, ahimè, accade troppo spesso che il malato sí ben s'acconcia alla sua medicina che di essa assume piú della misura, talché accade alcuna volta che cosa per il bene disposta in gran danno si rivolta, sí come già fu del liquore di colchici ch'avea ucciso il buon abate Umidio. E ancor qui simil cosa si vide. Resta alquanto oscuro se Malbrumo troppa medicina abbia preso, o se con troppo ardore tal pozione bevesse o se ancora l'amore del paradiso al di sopra di sue forze lo spingesse; accadde per tal guisa che quando venne sera e le ombre si sedettero sul trono del cielo, allora che messer Goffredo si recò dall'abate per veder se la scienza di Salerno aveva il suo male debellato, poi che a lungo bussò alla sua porta e non ne ebbe risposta alcuna, entrato nella stanza, trovò l'abate serenamente spirato nel suo letticciolo.

– Questo è il castello del demonio! – gridava l'abate Ildebrando agitando con la destra una torcia fumante. – È il castello del peccato! qui ognuno segue il suo talento senza freno alcuno. Qui non è limite cristiano a suoni, danze e fornicazioni! – E girava gli occhi sanguigni sui signori seduti a banchetto, il banchetto funebre per il defunto abate Malbrumo. – Non v'è al mondo luogo piú impuro, dove meno si facciano digiuni ed astinenze; preghiere e penitenze son qui parole vane, poiché in ogni ora ognuno cerca solo il suo diletto. Tanto è piena di malizia questa dimora che Iddio volle toglierle in un anno undici abati affinché non fossero contagiati da tanta lebbra.

Poi puntando il lungo indice ossuto sulla marchesa, continuò:

– E voi, marchesa, della mala pianta siete la radice, ché della vostra nequizia contagiate ogni persona che vive nella vostra casa. Né di questo è meraviglia alcuna, che siete donna, e quindi strumento del demonio. Né è meraviglia che nido di peccati sia questo castello, poiché voi lo governate –. E girando gli occhi sui presenti: – Tutti, tutti, – disse, – siete in peccato mortale poi che avete appreso ad amare il piacere e fuggire la sofferenza, e tutti gemerete nelle fiamme dell'inferno! Ma prima – e qui il suo sguardo ebbe lampi di follia – prima io distruggerò la Babilonia infernale, e purgherò il mondo di questa Sodoma e Gomorra, sí che anche voi perirete nel fuoco e tra le fiamme sconterete i vostri peccati: pregate Iddio misericordioso che si tenga soddisfatto del fuoco terreno che distruggerà i vostri corpi sí che voglia risparmiare le vostre anime. Siatemi grati, che vi do l'ultima speranza di sfuggire alle fiamme dell'inferno – e agitando la torcia disseminava scintille resinose.

– Monsignore è forse piromane? – chiese con interesse professionale messer Goffredo. Rispose Venafro:

– No, signore. Non credo. Penso che sia seguace di quell'abate di Chiaravalle che vuol scaldare l'umanità al fuoco dei roghi. Temo, signori, che possa succedere una disgrazia, – e cosí dicendo accennò al paggio Irzio che gli voleva parlare. Quando gli ebbe dette poche parole all'orecchio, il donzello uscí e tornò di lí a poco con due robusti garzoni che presero l'abate ciascuno per un braccio e lo trascinarono via urlante e scalpitante.

La marchesa rimase a guardare con occhi assorti la porta da cui era uscito l'abate. – Venafro, – disse poi posando gli occhi sul suo viso, – siamo dunque cosí malvagi?

– Noi non siamo malvagi, madonna. Nulla è piú saggio nella vita che cercarvi la gioia che vi si può trovare. La penitenza fa l'uomo triste, e l'uomo triste ama che anche gli altri sian tristi. È come una malattia contagiosa, non credete, messer Goffredo?

– Certo, monsignore. E molti mali del corpo vengono da questa tristizia. E in particolare i mali della mente, come l'angoscia del peccato e il sentirsi l'animo pieno di colpe.

– Signori, – disse Venafro alzandosi in piedi, – io

credo che l'unico peccato al mondo è il male che si cagiona a se stessi e agli altri. I piaceri della tavola diventano peccato quando si porta via il cibo agli altri, i piaceri del corpo quando si costringe altri a subirli contro la sua volontà. Ma è piú grande peccato avvelenarli col mostro dell'inferno, è piú gran peccato indur tristezza, angoscia e disperazione nell'animo altrui che molcir le membra di carezze. È piú gran peccato minacciar trombe del giudizio che suonar viole, flauti e mandolini.

– E questo nostro castello non è dunque nido di scorpioni? – chiese la marchesa.

– Madonna, – rispose questa volta il duca Franchino, – sarebbe nido di scorpioni se rubassimo i raccolti ai contadini, se piú del giusto servizio chiedessimo loro, se facessimo violenza alle persone. Noi questo non l'abbiam mai fatto. E io stesso nel mio ducato di Mantova non l'ho mai fatto.

– A noi resta la scelta tra l'esser giusti o ingiusti, – continuò Venafro, – e anche il piú umile servo può divenire tiranno, poi che troverà sempre una creatura piú debole di lui, che possa opprimere per sentirsi forte. Ma se non cerca e non desidera questo, neppure un re è un tiranno.

– E se non volendo facciamo male a qualcuno, – proseguí la marchesa, – come può accadere nella vita degli uomini e delle donne, che facciano soffrire qualcuno senza pur avvedersene, non siamo per questo malvagi, perché l'intenzione non avevamo di nuocere ad alcuno. Perciò non si faccia penitenza, né si vestan grige vesti, che già abbastanza grigio è il cielo autunnale, e anche troppo triste la tenebra della lunga notte. Il male sono fame e freddo, morte e malattie; il peccato è amare le sventure e seminare tristezza. Suonate, signori, i vostri strumenti e scacciate le ombre che si addensano sulla notte d'autunno. Domani farà giorno e finché ci sarà vita su questa terra il giorno porterà conforto agli animi inquieti e rattristati.

Fu portato vino generoso, furono messi nuovi ceppi nel grande camino, da cui la rossa fiamma si levò tingendo di lieta luce tutta la sala. Venafro trasse il suo flauto e il duca la viola. – Come siamo pochi, signori! – disse la marchesa, e pensava al trovatore e al filosofo, al mercante di Venezia, all'inventore da Morazzone, alla pretessa e agli altri amici che erano stati in quel castello, a Mistral che forse sarebbe tornato. – Come siamo rimasti in pochi, signori!

Venafro e il duca suonarono una ballatetta ch'era chiamata la *Ballata dell'addio*. La marchesa guardava pensosa il fuoco nel camino, quando a un tratto parve che al flauto rispondesse un altro flauto, un piccolo flauto dolce suonato da un bambino. Cicco era uscito dal suo letto e stava seduto per terra nella sala e suonava insieme al duca e a Venafro. Ai suoi piedi stava appallottolato Mirò.

– Sarà meglio vegliare, – disse la marchesa quando tutti si furono ritirati e Venafro già si accingeva a portare a letto Cicco che se ne stava comodamente addormentato sulle sue braccia.

– Veglierò io, – rispose Venafro, – voi riposate, Madonna.

– Ho paura, Venafro, di quel frate fanatico; l'ho guardato negli occhi... m'è parso un malvagio.

– O malvagio o demente. Veglierò davanti alla sua porta, tutta la notte.

Ma in quel medesimo istante si udirono grida e frastuoni dalle stanze superiori, e un affannato scalpiccio per le scale, e il paggio Irzio entrò nella sala senza poter profferire parola, ma Venafro e la marchesa avevano già capito. Un acre odore di fumo era entrato con lui dalla soglia. Venafro posò il bambino in braccio alla marchesa e – Uscite nella corte, – disse, – io sveglierò gli altri – e rivolto al paggio – svegliate tutti i servi e dite che portino fuori le bestie dalle stalle.

Quando la marchesa giunse nella corte con il bimbo in braccio sempre addormentato vi trovò il duca Franchino e messer Goffredo; questi aveva portato coperte e mantelli, tutti quelli che aveva trovato. Altri intanto uscivano dal castello, le dame della marchesa, il paggio, i servi che conducevano dalle stalle cavalli, mucche e pecore. La marchesa volle personalmente contare tutti; quand'ebbe constatato che non mancava nessuno né delle dame né dei servi – e Venafro? – chiese, – dov'è Venafro? – in quel momento Venafro usciva dal castello che già sprigionava fumo intenso da ogni apertura. – Madonna, – gridò, – non sono riuscito a trovare l'abate Ildebrando!

Tutti si volsero a guardare il castello. Lingue di fuoco uscivano dalle finestre che l'immenso calore faceva esplodere. Ogni soffitto, ogni trave ardeva sprigionando scintille resinose. Si vide con un rombo crollare il soffitto della sala. Su molti visi scorrevano lacrime mute.

D'un tratto un urlo che veniva dalla grande terrazza del castello fece alzare a tutti lo sguardo. Una figura nera si stagliava contro il fuoco delle fiamme, agitando una torcia in ciascuna mano.

– Castello maledetto! – gridava la figura avvolta nella nera tonaca svolazzante, – perirai con tutti i tuoi abitanti! e io, io avrò fatto giustizia di tanti peccatori! – In quella la terrazza precipitò trascinando con sé l'uomo in un groviglio di travi ardenti.

Mirò, che come tutti gli altri guardava in su con la coda ritta, stridette all'indirizzo dei cani da caccia che i servi avevano tratto dai canili. Secondo la sua logica era tutta colpa loro.

Giungevano dal villaggio in lunghe file i contadini della marchesa ad offrire il loro aiuto. I bagliori delle fiamme si fondevano con i primi grigiori dell'alba quando il castello rovinò tutto sulle sue fondamenta. Molti piangevano. Venafro cinse con il braccio le spalle della marchesa. Cicco non si svegliò neppure.

La marchesa si volse ai suoi ospiti e ai suoi servi e disse semplicemente:

– Il castello di Challant non c'è piú. Poiché non abbiamo piú una dimora, ognuno si tenga libero di andare dove vuole. Io e Cicco andremo a chiedere ospitalità alla saggia pretessa alla «Fin du monde». Venite con me, Venafro?

– Sí, madonna.

Poi rivolta agli altri, alle dame, ai contadini, disse:

– Se qualcuno dei nostri amici, venendo a cercarci, chiederà del castello di Challant, dite che non esiste piú. Ma ditegli che noi esistiamo ancora e che se vuole potrà trovarci, in qualche parte di questa valle.

Poi montò in sella a Ippomele e Venafro col bambino addormentato montò sul suo Rabano. Mirò si arrampicò davanti alla marchesa. E partirono nelle prime luci dell'alba. Quando Cicco si fosse svegliato, diceva la marchesa, si sarebbe ritrovato in quella stessa casa da cui era partito alcuni mesi prima. Chissà come sarebbe stato contento di rivedere la pretessa!

– Ricostruirete il castello, marchesa?

– No, Venafro. Un castello non si può ricostruire. Costruirò una casa, perché possano abitarci tutti quelli che verranno a cercarci.

Camminavano già da qualche tempo sul sentiero silenzioso, quando la marchesa disse:

– Voi siete molto buono, Venafro.

Venafro sorrise in silenzio, poi disse:

– Non so neppure che cos'è la bontà. Sto con voi perché mi fa piacere. La vostra presenza mi rende ora lieto ora triste, qualche volta mi fa soffrire molto. Ma sempre mi tiene vivo, mi fa godere di piú della gioia, rende piú acuti i miei occhi e piú sensibili le mie orecchie; la mia mente è piú desta, e se mai occorresse, avrei piú coraggio. Senza di voi, forse non soffrirei, ma vivrei di meno. E la vita è tutto quello che abbiamo.

Il miracolo di Santa Odilia

Prima edizione «Nuovi Coralli» 1989

I.

Il convento senza campanile

Ci fu un tempo in cui quasi tutte le colline del Monferrato si fregiavano di un campanile o di una torre, segno del potere che vi dominava, religioso o temporale, piú spesso l'uno e l'altro fusi insieme. Dove quel coronamento verticale mancava, pareva che vigneti e boschi e coltivi sottostanti fossero privi di protezione, orfani del blasone che derivava da una autorità riconosciuta da tutti e rispettata.

Per questo il piccolo convento di monache aggrappato al pendio di una collinetta ai margini del Monferrato, privo del riparo di un bel campanile quadrangolare, sembrava ancora piú piccolo, piú modesto e fragile. Chi non ne conosceva l'esistenza non lo avrebbe mai trovato, circondato com'era da un anfiteatro di colline tutte di uguale altezza, quasi sepolto tra alberi da frutto e boschi di querce. Quel convento non aveva né chiesa né nome, perché una chiesa si costruisce sulle reliquie di un santo, o di una santa, da cui viene pure il nome al convento.

Ma in quel convento di monache non c'era stata nessuna santa.

È pur vero che era di recente fondazione: l'avevano fondato i conti di Agliano, potenti signori tra i signori del Monferrato, desiderosi di accrescere il loro prestigio con un'opera di pietà. Avevano destinato alla fondazione del convento la dote della contessa Odilia, una giovane della casata, sottraendola cosí ai pericoli e all'eccessivo dispendio della vita mondana, nonché all'eredità delle vastissime lor terre. E l'avevano fatto assecondando una pia inclinazione della giovane Odilia e un suo scarso successo nell'ambiente di corte, con la segreta speranza di avere una santa in famiglia, la qual cosa li avrebbe compensati del non aver mai avuto né un re né un principe, e neppure un vescovo.

Non erano molti i santi in quelle terre, vuoi per influsso del clima, o della natural disposizione della gente, o della conformazione dei luoghi, privi di quelle impervie altezze che predispongono ai mistici pensieri, luoghi atteggiati in un continuo ondular di colli, dolci e modesti, terreni caldi e ricchi di sapidissime linfe pronte a riversarsi nei frutti della terra. Un regno di Pan piú che del Paracleto.

Per questo con tanto maggior desiderio i conti di Agliano volevano una santa nella lor famiglia, qualcosa che nessuno dei potenti vicini aveva, neppure i superbi signori di Cortazzone, loro rivali da sempre, e irriducibili. «Quando su quella collina si leverà il campanile della chiesa di Santa Odilia» pensavano con fiduciosa lungimiranza, «costruita sulle reliquie della nostra santa, piú nessuno potrà reggere con noi il confronto», e volgevano lo sguardo in direzione della possente rocca di Cortazzone.

Ma la contessa Odilia, nominata fin dalla fondazione badessa del convento, non si sa perché, non divenne santa. Né in vita, né in morte, non si verificò attorno a lei nessuno di quegli avvenimenti prodigiosi che l'autorità ecclesiastica ritiene segno inequivocabile di santità.

II.

Le due Odilie

La badessa Odilia era stata, sí, monacata per volontà della famiglia, ma in fondo non ne era stata scontenta. Sapeva benissimo che tra le mura del convento la attendeva una vita piú tranquilla, meno faticosa e meno pericolosa che nel mondo. Sapeva che se fosse andata sposa a qualche signore dei dintorni, avrebbe corso il rischio di essere ripudiata con un pretesto qualsiasi, e aveva la certezza di dover sopportare una gravidanza all'anno, mentre i giochi d'amore il suo signore e marito li avrebbe fatti con qualche altra donna.

Per il resto, governare una casa o un monastero, era la stessa cosa: anzi, nel monastero sarebbe stata padrona assoluta, e non avrebbe dovuto mostrare i conti a nessuno; tranne al vescovo, una volta all'anno.

Per questo la contessa Odilia non aveva accettato malvolentieri che la sua dote servisse a fondare un convento anziché una famiglia. Inoltre aveva cosí anche la speranza di diventare santa, oltre alla certezza di andare in paradiso, e, tutto sommato, abbastanza comodamente.

Come badessa fu esemplare. Attenta, attiva come una brava padrona di casa, amministrò con parsimonia il suo piccolo convento, con un piccolo orto, stalla, ovile, e un bosco di querce. Compí puntualmente tutti i suoi doveri, comprese le pratiche di culto, delle quali si può dire che non dimenticò mai nessuna; si tenne lontana dagli uomini, che d'altra parte si tenevano lontani da lei perché non avevano nessun motivo di avvicinarlesi, e condusse, come si suol dire, una santa vita. Negli ultimi anni fu incline alla malinconia, e questa, forse, fu una delle cause della sua morte precoce.

Quando morí, infatti, ancora abbastanza giovane, non aveva nulla da rimproverarsi. Tanto che al confessore, chiamato al suo capezzale, non trovò niente da confessare.

Perché non fosse santa, era difficile dirlo. Il paradiso doveva esserselo conquistato di sicuro. Ma miracoli, niente. Eppure non correvano su di lei né dicerie né maldicenze, di quelle che raramente risparmiano una badessa: soprattutto nessuna voce che intaccasse la sua castità, per la quale anzi era portata ad esempio dal vescovo Zenone della diocesi di Asti.

Ma non si poteva neppure pensare ad un processo di beatificazione, perché intorno a lei non erano mai germogliati eventi miracolosi. Né in vita, né in morte.

La badessa Odilia negli ultimi tempi della sua vita, preoccupata di questa sterilità miracolifica, si era sottoposta a digiuni e penitenze supplementari, mortificando anche l'innocentissimo appetito di quegli erbaggi che l'orto forniva, o di quei semplici cibi che venivan dalla stalla, vuoi cacio fermentato con cipollette novelle, vuoi cagliata aromatizzata con spezie leggere, come soglion spesso fare le monache per la lor cena. Era giunta al punto di interdirsi anche i piú semplici piaceri, come aspirare il profumo delle rose o del caprifoglio, l'indugiare con gli occhi sui vividi colori d'una bella mela o, somma rinuncia, a negarsi la coppa di vino caldo che aveva l'abitudine di prendere prima di coricarsi. E andava a letto piena di tristezza, senza concedersi neppure in sogno quei piaceri che si era negata nella realtà.

Eppure, miracoli, niente. Né da viva né da morta. Neppure un miracolo piccolo piccolo, come sarebbe per esempio, parlare con gli storni che schiamazzavano sui meli dell'orto al tramonto, o con le tortore che le monache allevavano per quel loro brodo leggero e quella carne un poco insipida che non suscitava pensieri molesti. Veramente bisogna dire che la badessa Odilia non ci si era neppure provata. A parlare con gli uccelli, si intende.

Quanto alla sua morte, prematura, non se ne conosceva la causa. Ma ciò non sorprende, per quei tempi. Si diceva in giro che fosse morta di tristezza, in parte anche per le privazioni cui si era sottoposta e che avevano allontanato da lei quel poco di gaiezza che altrimenti avrebbe avuta. Triste e senza santità.

Nella direzione del convento le era succeduta una nipote, figlia di un fratello, scelta tra le fanciulle della famiglia perché si chiamava, suo malgrado, Odilia, come la defunta badessa. E la fanciulla, che pur si era compiaciuta del nome che la accomunava alla importante signora del convento, un giorno, quasi a sua insaputa, fu fatta monaca.

Su di lei si riversavano tutte le speranze della famiglia: che quella santità, che era stata negata alla prima Odilia, fosse concessa alla seconda. Che era molto piú bella della prima, e questo era già un punto a suo favore: le sante di solito sono belle. E amabile. Altro punto a suo favore. Infatti a che cosa rinuncerebbe chi non sa amare né farsi amare? C'erano quindi tutte le premesse perché diventasse santa. Cosí almeno pensavano i suoi parenti che l'avevano monacata. E guardavano con arroganza verso l'arrogante castello dei vicini signori di Cortazzone, che di sante in famiglia non ne avevano mai avute.

C'era però chi andava dicendo che la giovane Odilia era troppo bella, e troppo amabile. E che il velo le sarebbe pesato piú di una corazza.

Tutte chiacchiere, naturalmente. La giovane Odilia si sottopose docilmente, anche se un po' sconcertata, al rito della monacazione e al suo noviziato. Si sottopose docilmente anche perché, avendo solo sedici anni ed essendo priva di ogni esperienza del mondo, non avrebbe proprio saputo che cosa fare per opporsi. D'altra parte la sua vita, almeno in principio, non cambiò molto. Le sue compagne di studio e di giochi, che come lei già prima venivano educate in convento, continuarono a giocare con lei a mosca cieca, a cantare con lei i salmi, a studiare con lei il latino di Marziano Capella. Nulla, in fondo, sembrava cambiato.

III.

La partenza dei crociati

Erano stati radunati dal marchese del Monferrato perché partecipassero con lui, guerrieri e compagni, alla crociata in Terra Santa: tutti giovani cavalieri dei castelli vicini, vestiti a festa, con le bardature bordate di bronzo e d'argento, i colori del casato tessuti sulle gualdrappe, le insegne ricamate sulle sopravvesti, stendardi di seta svolazzanti al sole di maggio. Si radunavano nel cuore delle colline del Monferrato per raggiungere Genova, dove le navi avrebbero salpato per la Terra Santa.

Tutti i signori dei dintorni erano venuti al luogo del raduno a salutare i partenti, benedire i figli, fratelli, sposi. Ogni famiglia nobile aveva fatto rizzare un palco, dove le donne sedevano agghindate colle vesti e i monili piú belli, con cestini di fiori al braccio per gettarli ai cavalieri piú amati.

Era una festa di signori e per signori, tutto vi era bello, pulito ed elegante. I contadini, quelli dalle mani sporche e le brache rattoppate, non c'erano, non esistevano. Il cielo, con il suo azzurro intatto, completava il quadro di quel mondo perfetto.

Solo chi avesse fatto attenzione alle fronde delle querce che circondavano i palchi, si sarebbe accorto che si muovevano troppo vivacemente per essere mosse dalla brezza sottile che circolava nell'aria. Ma la musica e l'eccitazione impedivano ai signori di accorgersene. Se vi avessero posto attenzione, avrebbero potuto veder brillare tra le foglie tanti occhi, visi di bambini che fin dal primo mattino si erano arrampicati lassú, loro, i figli dei contadini, per vedere la festa dei signori. Ma nessuno li scorse.

Tranne lei, la fanciulla Odilia, alla cui sorridente curiosità nulla sfuggiva.

Anche a lei era stato dato un cestino, e con le sue stesse mani lo aveva riempito di fiori cogliendoli nel giardino del convento: viole e pervinche, tutti fiori azzurri. Se ne era fatta pure una ghirlanda, e quando i cavalieri sfilarono lungo i palchi, se la mise in testa, sul suo velo bianco di novizia. Allora si accorse che lei sola, tra tutte le fanciulle, era vestita di nero.

– Madre, perché non ho messo anch'io il vestito di broccato? – Sua madre la guardò stupita, e stava per rispondere qualcosa, ma ne fu impedita da grandi urla di «evviva». Era cominciata la sfilata dei cavalieri.

Lentamente, frenando con le briglie i vivaci destrieri, i giovani facevano il giro dei palchi, in fila, solennemente, inchinandosi ad ogni palco. Le dame talvolta donavano un oggetto gettandolo al cavaliere o infilandolo sulla punta dell'asta. E i cavalieri sostavano piú a lungo dove attendevano un pegno, un gesto d'amore.

Un bel cavaliere si era fermato sotto il palco dei signori di Cortazzone, e una giovane dama si strappò una manica dell'abito di broccato, la baciò e la gettò piangendo al cavaliere.

– Madre, – disse Odilia tutta eccitata, – posso farlo anch'io?

– Che cosa?

– Strapparmi una manica per donarla a un cavaliere.

– Ma Odilia! – sussurrò la madre piano, perché i vicini non udissero, – tu sei monaca!

Fu allora che Odilia capí perché era vestita di nero,

e perché non poteva regalare una manica del suo abito a un cavaliere. Improvvisamente i suoi occhi castani si riempirono di lacrime, silenziose.

Forse fu il luccichio di quelle lacrime ad attirare l'attenzione di un cavaliere biondo, tutto vestito di azzurro. Si fermò sotto il palco in attesa.

Quando le lacrime permisero a Odilia di scorgere qualcosa, vide due occhi azzurri che la fissavano dal basso, occhi ridenti che parevano chiedere qualcosa. Si asciugò le lacrime con la manica del suo abito nero e si specchiò in quell'azzurro, degli occhi, dell'abito, della gualdrappa.

Il cavaliere attendeva.

Allora Odilia si tolse lentamente la ghirlanda di viole e pervinche e la infilò sull'asta che lui porgeva.

Non so quanti notarono quel gesto, forse tutti. La madre certamente. Sospirò e non disse nulla. «Probabilmente morirà in battaglia, – pensò, – e se non morrà, si dimenticherà di questa piccola monaca lontana».

Ma Odilia non lo dimenticò.

IV.
La nuova badessa

Prima di formulare i voti solenni, che l'avrebbero fatta monaca per sempre, Odilia passò un'estate nel castello dei suoi genitori, e tornò a dormire nella sua stanza di fanciulla.

Nulla vi era mutato, e risvegliandosi al mattino aveva per un attimo l'illusione che anche per lei nulla fosse mutato. Ma appena la coscienza si ridestava, sentiva stringersi il cuore in un cerchio di ferro. Avevano messo nella sua stanza, forse perché si familiarizzasse con l'abito monacale, un ritratto della zia badessa, solenne, vestita di nero. Odilia, guardandola, si chiedeva se, oltre a divenire monaca, era anche necessario che divenisse come lei.

Non lo avrebbe mai voluto, né avrebbe voluto vivere quella vita priva di gioia, di emozioni, cosí diversa dalla vita dell'altra gente. Anche le sofferenze le parevano desiderabili, piuttosto di quel niente, di quel silenzio del cuore che leggeva negli occhi della badessa.

In piedi, davanti al ritratto, confrontando in esso la sua immagine futura, decise che non sarebbe mai stata simile a lei.

Poi rientrò in convento, e divenne monaca.

Le stagioni trascorrevano lente, là, nelle colline del Monferrato. La primavera cedeva all'estate, l'estate all'autunno, poi l'inverno con le sue lunghe nevi, i camini accesi nei castelli e nel convento, gli orti spogli, i giardini senza fiori.

La monaca Odilia guardava spesso dalla finestra della sua cella, attenta a ogni muoversi, mutare, fremere, al primo spezzarsi del ghiaccio, al vibrare dell'aria nel vento di primavera, all'inturgidirsi dei rami sotto la spinta delle gemme.

Infine veniva la primavera, e la monaca Odilia raccoglieva viole e pervinche e ne riempiva la sua cella. Poi sopraggiungeva l'estate, poi l'autunno e l'inverno nell'eterno succedersi delle stagioni. Gli anni non si contano quando non accade nulla. E tra quelle colline non accadeva nulla. Le notizie dal mondo giungevano al convento ovattate, come cose di altro pianeta, altra gente. Anche le guerre esistevano solo quando se ne vedevano le vittime o se ne sentivano i lamenti.

A diciotto anni Odilia era diventata badessa, e tutte le monache le avevano giurato obbedienza.

Fu una brava badessa, solerte e attenta nel governo del suo piccolo feudo: amministratrice oculata della rendita del convento, equanime verso le consorelle, pronta a dirimere contese o altri dissapori che sorgessero nel mondo chiuso tra quelle mura.

Accrebbe la rendita del convento potenziandone l'orto e facendo vendere i prodotti in eccedenza, impiegando i proventi dell'orto e del pollaio per allargare la stalla e accrescere il numero degli animali allevati.

Soprattutto il frutteto avrebbe voluto ampliare e arricchire di nuove colture e per la bellezza della fioritura e per il profumo dei frutti. Ma lo spazio utile era poco, perché la collina che apparteneva al convento offriva umidità sufficiente agli alberi solo nella fascia terminale: salendo diventava troppo arida per meli, peri e ciliegi.

Né voleva sottrarre spazio al suo giardino di fiori, i cui rosai si arrampicavano sui muri del convento. Un rosaio rosso era il suo prediletto perché fioriva dalla primavera all'autunno lanciando lunghi rami carichi di fiori vellutati attorno alla sua finestra.

Anche la tomba della fondatrice Odilia, che si trovava in fondo al giardino sormontata da una cappelletta ad arco, aveva i suoi cespi di rose, pallide, bianche o debolmente rosate, come si conveniva - pensava la giovane Odilia - a chi in vita cosí poco aveva amato, ed era stata amata.

Su quella tomba sarebbe sorta la chiesa, se la vecchia badessa fosse diventata santa. Ma il segno della santità non si era verificato. Il miracolo non c'era stato.

Perché? Odilia se lo chiese qualche volta, ma poi, non trovando una risposta, non ci pensò piú. Preferiva occuparsi della terra del convento, farla coltivare, farla fruttare.

Spesso la sera sedeva ai margini del giardino, vicino alla tomba della badessa, dove la collina digradava verso sud in una boscaglia densa di querce. Anche il bosco veniva ripulito con cura alla fine di ogni inverno: si raccoglievano gli sterpi, si tagliavano i rami secchi, anche alberi talvolta, quando troppo fitta si faceva la vegetazione. E il terreno veniva ripulito di tutto quanto la neve non era riuscita a disfare. Cosí il suolo era pronto ad accogliere i piccoli frutti di primavera.

In poco tempo il convento era diventato ricco, sí da meritarsi le lodi del vescovo che vi era ospitato, talvolta, con rara larghezza. Anche coi poveri, fossero del luogo o forestieri, la badessa poteva usare inconsueta generosità: molte famiglie erano aiutate stabilmente, là dove mancava chi potesse nutrirle; di altre veniva alleviata la povertà con il lavoro che esse stesse facevano nell'orto e nel giardino del convento.

Anche i viandanti, pellegrini o poveri di passaggio, la badessa Odilia era in grado di soccorrere di una moneta e di un grande pane bianco che distribuiva ella stessa, con le sue mani, il sabato a mezzogiorno.

Quanti anni trascorsero cosí, in questo assiduo lavoro, cui la badessa Odilia non disdegnava di porre mano personalmente? quanto tempo?

Odilia non contava gli anni, non voleva contarli quando la sera sedeva ai margini del suo giardino guardando la valle che si stendeva a sud. Sedeva volentieri là, all'ora del tramonto, se la stagione lo consentiva.

E guardava. Guardava i rami degli alberi gonfiarsi impercettibilmente dove sarebbero spuntate le gemme. I suoi occhi penetravano l'erba grigia dell'inverno e vedeva affiorare il verde nuovo, vicinissimo alla terra, celato e protetto dalle vecchie erbe del bosco.

Pensava, anche. Non a quello che non aveva avuto, non a quello che sarebbe potuto essere e non era stato. Questi pensieri le avrebbero fatto male. Era buona cristiana, e sapeva che doveva far tesoro di quello che aveva, poco o tanto che fosse.

Lo sapeva, e lo faceva. Anche se, talvolta, una grande malinconia le ingombrava il cuore.

Accadeva in quelle ore del giorno in cui l'attività si fermava, e quasi tutta la vita si arrestava, come attendendo, sospesa, il trascolorare del cielo nel tramonto. Allora Odilia guardava, e tutta la sua vita pareva concentrarsi negli occhi.

Le monache la osservavano di lontano senza osare avvicinarsi. Pensavano che pregasse, o che fosse, come tutti i signori, un poco pazza.

Fu lí, mentre sedeva presso la tomba della vecchia Odilia, che una sera, improvvisamente, si accorse che tutti i passeri tacevano.

Erá una bella sera di aprile, senza nubi, senza minaccia di temporale né vento. Perché i passeri si erano ritirati nei nidi? quieti e silenziosi, quasi spiassero di lí qualcosa che stava per accadere?

Lo capí subito dopo, da un confuso gridío che veniva di lontano, un veloce battere d'ali che sfrecciavano improvvise nel cielo, un impetuoso muoversi dell'aria percossa da corpi neri sottili e possenti. Uno stormo volò sul suo capo, ne sentí l'aria vibrare, mentre il cielo era assordato di gridi.

Erano tornate le rondini.

V.

L'arazzo del liocorno

Perché nel confuso stridio delle rondini pensò all'arazzo del liocorno? Se lo chiese piú volte, tempo dopo, ma senza trovare risposta.

Quella sera, in quel momento, mentre l'aria imbrunendo si faceva rapidamente fresca e pungente, pensò che bisognava affrettarsi a terminare il ricamo del liocorno. Era un grande lavoro d'ago, a cui ella si dedicava insieme alle consorelle, nelle lunghe sere che accompagnavano l'autunno e l'inverno.

Si accendevano candele e lucerne allora, nella sala comune delle monache, e tutte insieme lavoravano a quel grande arazzo seguendo il disegno che Odilia stessa aveva tracciato sulla trama. Una grande cesta raccoglieva i gomitoli di seta colorata che erano costati una parte non trascurabile delle rendite del convento. Ed ella, la badessa, distribuiva i colori che dovevano riempire le varie zone del grande arazzo. Pallido azzurro per i molti fiori che spuntavano nel prato e lucente blu cobalto per il grande prato in cui tutta la scena era immersa. Rosso cremisi per il padiglione che vi sorgeva in mezzo, punteggiato di gigli d'oro, la cui apertura lasciava intravvedere all'interno un rosso piú tenue, quasi rosa, dai riflessi di velluto. Dietro il padiglione una foresta di querce si stagliava sul blu con le sue fronde verde pallido, color di foglie a primavera. Ma ai lati del padiglione, quasi a segnarne la soglia, stavano due melograni con grandi frutti giallo-rossi. Un piccolo rivo d'acqua chiara cingeva l'aiuola su cui si ergeva il padiglione, come a chiuderlo in pura materia di diamante.

Le monache, riempiendo obbedienti gli spazi con la seta colorata, cosí come indicava la badessa, si scambiavano di frequente occhiate curiose, quasi a chiedersi, in muto linguaggio, il senso di quella splendida figurazione. Perché, se pur vedevano i fiori e l'erbe, il bosco e i melograni, non capivano perché la badessa avesse voluto cingere il padiglione con un corso d'acqua che lo poneva come su un'isola. Ma ancor meno capivano che cosa significasse il bianco liocorno, che piegando le zampe anteriori ai piedi della dama, fissava i suoi occhi di zaffiro negli occhi di lei. Nell'apertura del padiglione appariva infatti una dama, alta e sottile nell'abito di broccato azzurro, tutto ricamato come il padiglione a gigli dorati.

Anche la dama fissava il liocorno. Ma il suo volto non era ancora stato riempito dall'ago e dai colori: era una macchia bianca, un vuoto.

Lavorarono a lungo, quella sera, Odilia e le sue sorelle, terminando le parti non finite, la coda di un cane bianco, le ali rosate di un uccelletto nel prato blu, fiordalisi e margherite nel bordo, la bella fibbia dell'abito della dama e altri particolari che erano rimasti non finiti. Quando le monache deposero l'ago, stanche, l'arazzo era tutto completo, tranne il volto della dama e le bande di capelli che uscivano dal cerchio d'oro e perle che cingeva la sua fronte.

Odilia guardò compiaciuta l'arazzo, poi ringraziò le sorelle, e le congedò. Era ora che andassero a riposare.

– Di che colore saranno, signora, gli occhi della dama? – chiese una giovane monaca mentre si congedava.

– Non lo so, sorella, – rispose Odilia sorridendo. Ma mentiva, e lo sapeva.

Rimasta sola, prese seta color nocciola e diede sguardo agli occhi della dama. Con seta di poco piú chiara diede colore ai capelli e con bianco dorato riempí il vuoto del viso sottile e malinconico. Poi si tolse il velo e confrontò i suoi lunghi capelli castani con quelli della dama.

VI.

Il pellegrino

– Signora, i pellegrini attendono l'elemosina, – la chiamò una consorella.

Era mezzogiorno infatti, era sabato, e Odilia ancora si attardava a raccogliere fiori tra l'erba del giardino. Le era venuta, chissà come, l'idea di regalare un fiore ad ogni pellegrino, insieme al pane e alla moneta.

Si affrettò alla soglia del convento dove attendevano, inginocchiati, i pellegrini. Una consorella reggeva la cesta del pane, ed ella portava la borsa delle monete e il cestino dei fiori, pervinche e viole. E a tutti diede, insieme all'elemosina, un fiore.

Avvicinandosi all'ultimo, un uomo dai capelli già grigi, la sua mano raccolse in un mazzo tutti i fiori rimasti per deporli nella mano dell'uomo. E vide, nel deporli, che la mano, grande e bella, tremava. La moneta che aveva tratto dalla borsa, scivolò tra i fiori e cadde per terra.

Allora il pellegrino alzò la testa che teneva chinata, ed ella vide gli occhi azzurri del cavaliere.

– Vi ho portato un dono, signora, – disse il pellegrino mostrando il palmo aperto della mano. Sedevano nella sala comune del convento.

– Un dono, pellegrino? – e gli occhi della donna guardavano il grande palmo aperto scorrendone le linee rosate sulla pelle bianca.

– Questo, signora, – rispose il pellegrino avvicinando a lei la mano. Ed ella vide, nell'incavo che essa formava, due semi, uno grande e legnoso e uno piccolissimo. – Vengono di molto lontano, – continuò il pellegrino, – dalla terra d'Arabia.

Prese con l'altra mano il seme piú grande: – Questo è un albero che a primavera fiorirà di roselline a cinque petali. E in giugno da ogni rosa nascerà il frutto piú dolce e profumato che mai possiate gustare, un frutto che ancor non conoscete neppure di nome. Si chiama albicocca...

E depose il seme bruno nella mano tesa di lei. – Questo – disse porgendo il piccolo seme – è un fiore bianco, che spande il profumo piú inebriante che si possa sentire in un giardino d'oriente. Si chiama gelsomino.

La badessa colse con le bianche dita il piccolo seme nel palmo dell'uomo.

– Seminateli in un vaso nella vostra cella, perché non accada che le pecore bruchino le pianticelle sul nascere, o le erbe le soffochino quando già vigorose crescono nel prato. Quando saranno alte qualche palmo, le pianterete una, l'albicocco, al margine del vostro giardino, verso la cima del colle; l'altra, il gelsomino, in un luogo riparato dal vento di tramontana, ove abbia il ristoro di un muro che d'inverno raccolga il poco calore che il cielo vi manda e lo renda alla pianta scaldandola e proteggendola.

– Sulla tomba della badessa Odilia, – disse la giovane Odilia, – sotto l'arco della cappelletta che si apre verso meridione –. Guardò i due semi nella sua mano, poi alzò gli occhi sull'uomo che le sedeva di fronte: – Ho riconosciuto subito i vostri occhi, anche se hanno perso il sorriso.

Tacquero entrambi a lungo. Poi il pellegrino disse:

– Il mio sorriso è morto, e forse anche io sono morto, – e chinò il capo come chi è oppresso da tristi ricordi. Anche Odilia tacque.

Fu risollevando gli occhi che il cavaliere vide il grande arazzo appeso a una parete della sala: il sole illuminava la seta e tra tutto l'azzurro e il cremisi faceva risplendere il volto chiaro della dama.

Guardava estasiato la scena lucente dipinta con l'ago, i sottili contorni delle figure, il sapiente gioco dei colori. Poi fermò gli occhi sul volto della dama:

– Siete voi, signora!

Odilia sorrise, e quasi schermendosi, rispose:

– Non avevo altro modello.

Poi improvvisamente si alzò, gli tese la mano, e disse:

– Forse non si usa che una monaca inviti a pranzo un cavaliere, ma in fin dei conti son badessa, e qui comando io.

Era l'ora del pranzo e una campanella già chiamava le monache al refettorio.

– Speriamo che suor Buccia abbia preparato qualcosa di piú del solito magro pasto. Oggi è sabato...

Ma sorella Buccia, la cuoca del convento, non aveva preparato proprio nulla piú del solito: minestra di malva e ceci e una gran terrina di cicerbite lesse. La badessa si scusò con l'ospite e rimediò come poteva, facendo portare in tavola noci e cacio fermentato.

– Domani – disse – mi occuperò io stessa del pranzo, se voi ci farete l'onore di restare qui al convento –. Poi, vedendo l'aria smarrita delle monache, e di sorella Buccia, che per essere la piú anziana, si riteneva responsabile di quanto accadeva, aggiunse in fretta:

– Potrete dormire nella capanna del giardiniere, che è vuota. Il nostro giardiniere si è sposato e vive ora con la sua famiglia. La capanna è chiusa da tempo. E sarà fredda, anzi... – e con sollecitudine mandò una monaca ad accendervi il fuoco e a farvi un po' di ordine.

Essi rimasero soli, seduti alla lunga tavola ormai vuota, con innanzi un cesto di noci che il cavaliere schiacciava nelle sue grandi mani e, mondate del guscio, offriva alle mani della badessa Odilia.

VII.

Il racconto del crociato

– Non abbiate a meravigliarvi, cavaliere, che noi monache possiamo offrire del vino, – disse Odilia alzandosi e prendendo da uno stipo un piccolo orcio di terra: – Ne teniamo sempre, per quando viene il signor vescovo, o qualcuno dei miei parenti a trovarci –. E sí dicendo versava al cavaliere una coppa di vino scuro e denso che sparse un grato profumo all'intorno. – Ma ora ditemi, – proseguí la badessa, – se questo vi par buono: noci e cacio fermentato chiedono vino per dar tutto il loro sapore.

Il cavaliere aspirò a lungo, poi accostò le labbra e bevve un piccolo sorso.

– È splendido, signora. Ma qual mago produce questo vino?

– Lo conoscerete, cavaliere, perché verrà domani a portarci un altro piccolo orcio. Egli possiede una gran vigna sulle colline volte ad occidente, e quale nostro benefattore, fornisce al convento il vino per gli ospiti, e anche per noi, quando la tristezza ci assale.

– Bevete con me, vi prego signora, e meno triste sarà questo tramonto di cui, mentre parliamo, tutto il cielo rosseggia –. Cosí dicendo si levò e andò a sedersi sul sedile che stava nello sguancio della finestra, posto nello spessore del gran muro di pietra. Odilia prese una coppa, la riempí per sé, e andò a sedersi di fronte al cavaliere, nel vano della medesima finestra.

Guardavano entrambi quello svariare di colori dal giallo rosso intenso ad occidente, al piú domestico rosa, al violetto sfumante in grigio ad oriente. Odilia accostò le labbra alla sua coppa e bevve. Poi levò gli occhi sul cavaliere, e disse:

– Raccontatemi quella che è stata la vostra vita, da quel dí che vi ho veduto per la prima volta, un giorno di primavera.

Il cavaliere la guardò a lungo, poi scosse la testa e, abbassando gli occhi, rispose:

– No, signora. Già avete visto che dai miei occhi è sparito il sorriso, voi l'avete detto. E non avete visto che i miei capelli si sono fatti grigi? È la cenere del dolore che ha imbiancato i miei capelli, e l'orrore che han veduto ha reso muti i miei occhi. Partimmo sicuri di una giusta missione, quel giorno di primavera, ricordate? noi giovani stolti, nella nostra ingenua baldanza. I piú sono morti, e sono i fortunati: perché han perso con la vita il ricordo. Avrei voluto, mille volte, morire con loro.

– Son lieta che non siate morto, – disse Odilia sottovoce. E versò al cavaliere un'altra coppa di vino. L'uomo, silenziosamente, trasse dal seno un piccolo involto chiuso in un fazzoletto di seta.

– Questo – disse porgendolo alla badessa – mi ha impedito di lasciarmi morire, quando, finita la battaglia, giacevo tra i cadaveri, incredulo ancora che la morte non mi avesse voluto. Questo, che portavo sempre con me, mi ha indotto a trovar la forza di scacciare gli avvoltoi che si precipitavano a cibarsi dei morti e dei vivi, a ripararmi sotto lo scudo e a strisciare in un buco tra le rocce per sfuggire alla vampa del sole, a bere l'acqua stagnante tra le erbe appassite.

Odilia aperse l'involto e vide alcuni petali secchi, di fiori che erano stati azzurri.

– E i semi che mi avete portato, cavaliere, di dove vengono?

– Vengono da una valletta che vidi piena di giardini e frutteti, fatta in forma di quello che noi crediamo fosse il paradiso terrestre. Un rivo la percorreva in tutta la sua lunghezza, e da quel rivo i giardinieri facevano salire le acque su per certi canaletti con alcune loro pompe applicate al terreno. Dopo il tramonto, quando già un poco si smorzava il calore della terra, vidi quei giardinieri spargersi nei lor giardini e azionando le pompe far salire le acque sui versanti del valloncello, quivi raccoglierle in grandi cisterne, poi ridistribuirle per orti, prati e frutteti. La terra beveva golosa di quella acqua, e foglie e fiori riprendevano vigore dopo la lunga giornata di sole. Allora i profumi si facevano piú acuti, e a me che invano cercavo di distinguere le molte essenze che mi erano sconosciute, frullavano quegli odori nel capo fino a stordirmi.

– E vedeste begli alberi in quel valloncello?

– Splendidi, signora! Vidi alberi di un verde tenerissimo, con radi fiori color carminio, e insieme ai fiori alcuni frutti di bel colore rossigno, che dentro una dura scorza han chicchi aspri e dolci insieme, non tanto gradevoli a mangiarsi quanto belli a vedersi, lucenti come gemme. Essi usano candirli con una sostanza dolcissima che estraggono da certe canne. Quei frutti chiamano melegrane. Vidi alberi dai grandi fiori carnosi, di colori cangianti, chi rosa, chi rosso, chi violetto oppur bianco; da quei fiori esce un gran seme che, quando è maturo, si apre e fornisce un folto fiocco di lana, con cui si imbottiscono cuscini e coperte. Vidi arance grandissime; altre piccolissime e assai profumate, e frutti di ogni specie che allargar facevano il cuore di piacere e desiderio.

– E là, signore, prendeste questi semi?

Il cavaliere chinò il capo, e disse:

– Tornai in quel valloncello qualche tempo dopo. Tutto era stato bruciato. Le pompe distrutte, e il rivo scorreva tra putridi acquitrini. Mi aggirai a lungo cercando di riconoscere dai tronchi arsi le belle piante che avevo vedute. Due sole riconobbi: una che avevo vista coperta di fiori rosa e m'avevan detto che faceva frutti dolci e vellutati; e qualche frutto pendeva vizzo dai rami bruciati. Lí presi il seme piú grande. L'altra pianta era un dolce arbusto flessibile e sinuoso, che si arrampicava sulla vera marmorea di un pozzo. Non faceva frutti, ma solo fiori bianchi dal dolce profumo. Quello è l'altro seme, ed è il gelsomino. Un piccolo tralcio ne rimaneva a coprire il pozzo spezzato.

Rimasero in silenzio entrambi, assorti in lor pensieri, poi Odilia disse:

– Metterò i due semi in due piccoli vasi nella mia cella, e quando saran virgulti li pianteremo insieme dove voi crederete opportuno. Ancora una cosa voglio chiedervi prima di lasciarvi andare a dormire, pellegrino. Vedeste laggiú i luoghi di nostro Signore?

Il pellegrino scosse il capo. – Non giungemmo mai in Palestina. Il nostro esercito si disfece nel deserto d'Arabia, dopo che fummo sbarcati a Tripoli di Siria, e alle porte dell'antica Baalbek avemmo i primi scontri con i nostri nemici –. Tacque chinando il capo, poi aggiunse: – Pieni di baldanza eravamo partiti, quasi andassimo a tornei o feste di corte. Né pensavamo che andavamo a derubare una terra altrui. E chi lo sapeva non lo riteneva né delitto né peccato. Nostro Signore si è dimenticato un comandamento nel suo decalogo: non rubare la terra agli altri. Ma la verità non tardò a svelarcisi, quando vedemmo quelle genti difendere i villaggi e le città, i giardini e le greggi. E ci scoprimmo tosto da cavalieri fatti briganti.

– Briganti, signore?

– Sí, briganti. E se patimmo fame e freddo e mortale stanchezza, fu giusto. E chi morí, pagò con la vita l'ingiustizia fatta dalla nostra stoltezza. Chi non è morto, paga un prezzo ancor piú alto. Ma ora mostratemi la via per la capanna, signora, che io possa un poco riposare, poi che cosí dolce accoglienza ha lenito il dolore che nel mio cuore è insediato come ospite costante.

VIII.
Il giardino di Odilia

Nell'ora del mezzogiorno, la badessa Odilia mostrava al cavaliere il suo giardino, che dal muro del convento si spingeva fino al lento pendio di una collina, la quale dal discrimine piú ripida scendeva verso occidente perdendosi nel bosco a fondo valle. Era un tiepido giorno di maggio e l'aria, guarita dall'invernale asprezza, percorreva molle la terra già tutta piena dei fermenti dell'estate.

– Vedete, – diceva Odilia, – il mio giardino è come chiuso in questa conca, sí da raccogliere tutto il sole che gli giunge, ed è protetto dai venti piú freddi e forti. Nella parte bassa, dove si raccoglie l'acqua dei rivoletti quando piove, ho fatto fare l'orto. Ora vi scendiamo, – e percorrevano un sentieruolo prodotto dai passi ricorrenti di coloro che si recavano nell'orto.

– Avete scelto il luogo molto opportunamente, signora. Le verdure amano l'acqua piú di ogni altra coltura, e l'umidità di una bassura si addice loro assai bene.

Il luogo piú basso era infatti coltivato a lattughe, il cui verde pallido si stendeva in filari nitidi e puliti che emergevano dalla terra accuratamente sarchiata. Accanto alle lattughe correvano sottili file di rapanelli e senapi, affiancate da sedani appena trapiantati, come rivelavano i monticelli di terriccio che ne proteggevano la base del fusto. Verso la parte piú alta chiudevano l'orto i filari d'agli e cipolle, anch'essi trapiantati di recente dove il terreno era un poco piú asciutto.

– Il vostro orto è un gioiello, signora, – disse ammirato il cavaliere, – dove avete appreso l'arte di coltivare?

– Guardando gli altri orti, signore. Alcuni, qui nei dintorni, sono particolarmente belli. L'orto di ser Francesco, per esempio, il mago che produce il vino che beveste. Egli ha un ortolano prezioso, il Biondo Gerardo, che talvolta viene ad aiutarci. Il Biondo Gerardo conosce tutti i segreti della terra, dei semi e delle piante. Lui ha dato la disposizione a questo orto; ed io stessa ho imparato un poco di tale arte.

Salendo il lieve pendio della collina, camminavano ora nel giardino dei fiori, ove le sassifraghe già sfiorivano tra le larghe foglie carnose e le aquilegie erano sul punto di sbocciare sui lunghi steli svettanti. A mano a mano che salivano, facendosi il terreno piú asciutto, i cespugli di lillà disposti ad arte e ancor lontani dall'estiva fioritura, si alternavano ai rosai, sempre piú fitti fino a costituire un naturale confine al giardino.

– Vedete, cavaliere, – diceva Odilia fermando i passi sul limitare della coltura e volgendosi a guardare il percorso compiuto, – il nostro giardino finisce qui, né può andare piú oltre, perché le acque, ancorché abbondanti durante le piogge, quassú non dimorano abbastanza da impregnare il terreno, ché anzi impetuose scendono al basso a raccogliersi laggiú, – e indicava il punto dell'orto dove si infittivano le lattughe. – Già feci scavare, come potete vedere, questi canaletti per disciplinare l'acqua della pioggia che altrimenti scenderebbe tumultuosa dilavando il terreno e trascinandone ancor seco. E pietre feci porre sul fondo dei canaletti e seminai l'equiseto lungo i fianchi. Ma purtroppo accade tuttavia che, appena cessata la pioggia, quassú il terreno torna subito arido e laggiú l'acqua dimora talvolta in eccesso.

Erano giunti in sommità del colle, ove solo erbe allignavano ancor verdi per le piogge di primavera. Erbe ricoprivano per un tratto anche il versante del colle che scendeva verso occidente fino ai margini di un gran bosco.

– Tra poche settimane, – continuò Odilia, – queste erbe saran tutte inaridite.

Il cavaliere guardava il giardino chiuso nella conca naturale e ripensava alla valletta amena che in Arabia aveva veduta, e al gioco sapiente delle acque richiamate e distribuite dalle pompe costruite dall'uomo.

– Forse potrei, se voi volete, signora, costruire qui sul discrimine alcune cisterne per raccogliere l'acqua da distribuire poi ai rivoletti che vanno al vostro orto. Con delle semplici chiuse da alzarsi e abbassarsi secondo il bisogno, si potrebbe dalle cisterne regolare il fluire dell'acqua verso il basso, e con canaletti trasversali distribuirla anche lungo i pendii sí da irrigare il fianco della collina. Si potrebbe allora anche disporre sul pendio che verso l'orto digrada, di quei meli, peri e ciliegi, come alcuni vedo laggiú, lungo il muro del convento, – e il cavaliere additava il piccolo frutteto che quasi si appoggiava al muro della costruzione. – Si avrebbero frutti forse piú tardivi, ma persino piú dolci, come quelli che maturano nel terreno piú caldo, e che tutto il sole han goduto dell'estate.

– E qui sulla sommità potremmo, – aggiungeva la badessa, – piantar di quegli alberi di cui voi mi donaste il seme –. E già immaginava la sommità del colle fiorita di albicocchi a primavera.

– Certo, questa è lor dimora perfetta. E qui, – diceva il cavaliere avvicinandosi alla cappelletta dove era la tomba della fondatrice Odilia, – qui sotto l'arco che volge a meridione, appoggiato al muro interno, qui potrebbe piantarsi il gelsomino.

La campana del convento suonava per il pranzo. Odilia e il cavaliere scesero per il pendio lungo il sentieruolo, attraversarono l'orto ed entrarono per la porta del refettorio che si apriva sul giardino.

IX.
La pergola di caprifoglio

Suonò la campanella dell'uscio reggendo tra le mani l'orciuolo che aveva allora allora scaricato dal carretto. Guardò con un poco di stupore il cavaliere che venne ad aprirgli, ma non disse nulla. S'inchinò leggermente di fronte al signore che gli stava innanzi e disse:

– Sono il servitore di ser Francesco, che manda quest'orciuolo alla signora badessa.

Il cavaliere prese l'orcio che il giovane gli porgeva, e chiese:

– Come vi chiamate?

L'altro lo guardò un poco stupito che non lo conoscesse. Rispose tuttavia cortesemente:

– Sono il Biondo Gerardo, servitore di ser Francesco.

Fu il cavaliere allora a guardarlo stupito:

– Ma voi non siete affatto biondo!

– Lo so, signore. E per dir la verità, non mi chiamo neppure Gerardo. Ma tutti mi chiamano cosí. Il mio nome vecchio l'ho dimenticato.

Intanto il cavaliere aveva fatto entrare il giovane e lo precedeva verso il convento, sulla cui soglia era apparsa la badessa Odilia.

– O Biondo Gerardo, qual buon vino ci manda il nostro nobile amico?

– È il vino della sommità del colle, del tino che questa mattina stessa il mio signore ha dissigillato –. E cosí dicendo il giovane si inchinava profondamente di fronte alla badessa.

– Venite a sedervi e riposarvi un poco, e un poco anche a discorrere con noi, con me e con il cavaliere che è ospite del convento. Diteci, come sta il vostro gentile signore?

– Bene, signora. Vi saluta e si rammarica di non essere potuto venire di persona, perché molti signori sono presso di lui convenuti per assaggiare il tino or ora aperto.

– E ancor noi lo assaggeremo, caro Gerardo. Sediamo qui, sotto il caprifoglio, – e sí dicendo guidava la piccola brigata ad una pergola verde di caprifoglio non ancor fiorito, sotto cui stava un rozzo tavolo di legno con quattro panche ai quattro lati.

– Ora farem portare una tovaglia e un pane e un po' di companatico per assaggiare il nuovo vino di ser Francesco. Poi gli riferirete, con i nostri ringraziamenti, il giudizio mio e del cavaliere.

Venivano intanto dal convento due giovani monache reggendo l'una una candida tovaglia e l'altra un canestro, da cui trasse alcuni bicchieri di peltro e un grande pane profumato, che pose sulla tovaglia già distesa.

– Raccogliete, sorelle, vi prego, alcuni rapanelli già maturi, quelli che affiorano dal terreno, e portate un canestrello di noci. Poi sedete anche voi, se vi piace, a farci compagnia ed assaggiare il vino nuovo di ser Francesco.

Mentre tutti gaiamente sedevano sulle panche sotto la volta del caprifoglio, disse il Biondo Gerardo:

– Ho visto sulla vera del pozzo un canestretto di erbe selvatiche or ora piú volte immerse nell'acqua appena attinta. Se voleste farlo portare, vi mostrerò un sottile godimento che il mio signore stesso m'ha insegnato. Vogliate insieme far portare anche un poco di sale.

La badessa Odilia spezzava già con le bianche mani il

pane e a tutti ne porgeva un pezzo, mentre il cavaliere schiacciava le noci nella stretta delle mani e le posava sulla tovaglia perché le donne si servissero. Il giovane Gerardo versò dall'orciuolo il vino nei bicchieri e tutti ne aspirarono il profumo prima di assaggiarlo.

Lo assaggiò per primo il cavaliere, e sorrise. La badessa, che lo osservava, disse:

– Forse troppo domestico vi pare questo nostro vino, poi che molti preziosi vini beveste in terra d'Oriente.

Il cavaliere la guardò, e sorrise:

– Bevvi, laggiú, signora, anche vin di Cipro, che amaro mi parve come l'aria che respiravo. Quando tristezza e colpa metton radici nell'anima, tutti i sensi sono amareggiati. Questo vino ha il sapore dell'innocenza, prima di tutto, ed è questo che ora sto godendo. Poi ha il sapore della mia terra, di queste colline dove nacqui e che ora, forse, sto ritrovando. Ma non dubitate, saprò godere anche il suo sapore reale, quello che non nasce da affetti e nostalgie, – e intanto portava alla bocca un gheriglio di noce accompagnandolo con un pezzetto di pane.

Tutti già bevevano mangiando il pane con le noci, e il vino, che al primo sorso aveva dato un lieve senso di durezza al palato, perse tosto ogni asperità mirabilmente accoppiandosi al severo sapore delle noci.

– Questo è il momento, – disse il Biondo Gerardo, – di tentar l'astuzia che mi insegnò il mio signore –. Prese dal canestro delle erbe un germoglio di valeriana e lo portò alla bocca. – La valeriana è dolce, – disse masticandolo, – e il vino ne trarrà un sapore oscuramente amarognolo.

Tutti lo imitarono scegliendo nel canestro le pallide valeriane dalla foglia tenera e succosa. E mentre spariva l'aprezza, sentirono il sapore del vino tingersi di amaro.

– Con le lattughe, che piú forza di sapore racchiudono, l'amaro già si fa piú tenue, – diceva Gerardo scegliendo un minuscolo cespo di frusciante lattuga.

Lo imitarono attenti allo svariare del sapore del vino, che al palato si accostava già piú mite e scorrevole. Poi il garzone prese un radicchio selvatico, e mostrandolo ai commensali disse con un riso d'intelligenza:

– Vi prego, signori, assaggiate ora di questi radicchi, che noi girasoli chiamiamo perché, quando son cresciuti e mettono i loro larghi fiori gialli, quelli sempre si girano mostrando la lor faccia al sole.

Tutti obbedirono al gentile invito e assaggiarono i radicchi dalle strette foglie dentate e consistenti. E molto si stupirono nel sentire il vino farsi dolce al palato mescolandosi all'amaro pizzicore del tarassaco. Il cavaliere, senza alzarsi dalla panca accennò un inchino verso il giovane che rispose sorridendo:

– Non mio è il merito, ma del mio signore che queste cose mi ha insegnato. Ma ho in serbo per voi un'ultima sorpresa, – disse il Biondo Gerardo guardando attentamente nel canestro delle erbe. – Ecco, – e sollevò un'erbetta sottile e frastagliata, – questa è la ruta, erba che presa in piccolissima misura dà alle nostre insalate quell'amaro che le rende appetitose. Assaggiatela da sola, e la sentirete cosí amara che a fatica si sopporta. Ma bevete poi il vino, e vi parrà cosa inusitata...

Le mani scelsero nel canestro le rare erbette sottili nascoste tra le altre piú grandi e consistenti. Le masticarono tutti, forse con qualche riluttanza, poi tesero le mani ai bicchieri che nel frattempo Gerardo aveva di nuovo riempiti. Non vino, ma dolcissimo liquore parve a tutti di bere, e pur bevendo si accresceva la sete, per quell'amaro che dimorava nella bocca e pareva non lasciarsi distogliere neppure dalle lunghe piacevoli sorsate.

Il sole di maggio calava dietro le colline tutto indorando il cielo ad occidente. La piccola compagnia sotto il caprifoglio rompeva il silenzio con brevi conversari a voce rattenuta per non guastare la perfezione di quel meriggio che lentamente cedeva alla sera. Anche gli animali tacevano, anche gli uccelli. Tutto pareva attendere il quotidiano morir del giorno con la quieta malinconia della certezza che l'indomani il giorno sarebbe risorto.

E quasi a interpretare questo sentimento, il cavaliere disse:

– Eppure ricordo, signori, quanta disperazione mi induceva in cuore il tramonto, là, in Oriente, dove pur mille volte piú intensi sono i colori, e piú accendono occhi e fantasia. Era forse disperazione per quel volger veloce del cielo, consapevolezza che la notte sarebbe giunta prima che lo sguardo si fosse saziato a tanta bellezza. Era forse nostalgia del lento trascolorare della luce sulle nostre colline, di quel dolce declinar del giorno cui siamo usati. Era l'incertezza del domani, il sapere che rischiavamo la vita per una causa ingiusta, il rovello di consumar la giovinezza in una guerra di rapina...

Il cavaliere tacque, e tutti guardavano in silenzio lo spegnersi lento dei colori. Quando ogni colore fu svanito, la badessa si alzò, e disse:

– Dobbiamo ritirarci a pregare. Sempre dobbiamo farlo quando tramonta il sole.

Tutti si alzarono per seguire la badessa, e d'un tratto gli uccelli si misero a cantare, i grilli a fare il loro chiasso, le fronde a stormire e il cane ad abbaiare.

Il Biondo Gerardo chiese licenza di partirsi, e tutti gli altri entrarono in una piccola stanza del convento che un crocifisso rivelava per luogo di preghiera. Unico arredamento era un piccolo coro, dove le monache sedettero a cantare i loro salmi. Il cavaliere sedette su una panca di fronte a loro, chinando il capo pensoso e lo sguardo al suolo.

Le monache cantavano. Odilia cantava con loro.

La mobile luce dei ceri illuminava debolmente i volti delle monache e i capelli argentei del cavaliere. Lo sguardo di Odilia fuggiva ogni tanto a quella testa chinata, e se ne ritraeva immediatamente. Decise di tenere lo sguardo fisso innanzi a sé, nel vuoto, come aveva sempre fatto. Cantava e non si chiedeva a che cosa pensasse il cavaliere. Ella stessa, cantando, non pensava propriamente a nulla. Non voleva pensare a nulla. Sentiva un turgore crescerle dentro, una palpitazione che non era paura, come se il canto le germogliasse in corpo, si dilatasse e la empisse di una strana dolcezza. Forse sorrise.

E non seppe trattenere lo sguardo, che si abbassò sul cavaliere seduto sulla panca. E i suoi occhi incontrarono quelli di lui.

x.

Giorno di festa

Che giorno era quel mattino? sabato? domenica? La campanella del convento non suonò! Nessuno aveva provveduto a suonarla.

Furono gli uccelli a svegliare le monache con i loro trilli misti agli stridi acuti dei nidiacei affamati. I merli, cui le monache avevano l'uso di dar briciole di pane a mangiare ogni mattina, passeggiavano inquieti davanti alla soglia chiusa becchettando qualche cosuccia sfuggita il giorno avanti all'ingordigia delle galline. Anche queste, tutte stizzose, uscite dal pollaio già da tempo, strappavano gli ultimi fili d'erba tra le pietre del cortile, poi correvano a bere alla ciotola accanto al pozzo cercando d'ingannare la fame con fittizia sazietà d'acqua. E si beccavano tra di loro, tanto per scacciare il malumore. Il gallo, le monache non lo avevano.

Quando sorella Buccia aprí la porta, ancora tutta sonnacchiosa, stupita che il sole fosse già cosí alto, fu investita da un'orda di bestiole affamate, cui si aggiunse, ma piú per far festa che per altro, il grosso cane Musone, a cui non era parso vero di dormire cosí tanto, e che ora dimostrava la sua soddisfazione scuotendo insieme la cortissima coda e il lunghissimo pelo arruffato. Solo il superbo gatto Sibillo non si mosse, in primo luogo per non dare a vedere che aveva nutrito qualche apprensione sul normale procedere dell'esistenza, in secondo luogo perché sapeva che comunque se la sarebbe sempre cavata con topolini e bisce, anche se, doveva pur confessarselo, preferiva la zuppa di suor Buccia, benché non fosse grande cuoca. Se mai lo preoccupava la mancanza di una dimora, se si fosse verificato l'improbabile accidente che nel convento piú nessuno si fosse svegliato e quella porta fosse rimasta chiusa per sempre.

Mentre suor Buccia si difendeva dagli assalti dei merli, dagli schiamazzi delle galline e dalle effusioni di Musone, Sibillo volle mostrare di essere solo un po' seccato e si raggomitolò su se stesso fingendo di dormire. Ma con un occhio socchiuso tra le zampe spiava le mani di suor Buccia. E le aveva viste vuote.

La buona suora ristette alquanto, immobile per lo stupore, guardando il sole e chiedendosi come era possibile che fosse già cosí alto, convinta che fosse stato lui a sbagliarsi e si fosse alzato troppo presto. Poi capí, e si portò le mani alla testa. Si attaccò alla catena della campanella e suonò a lungo senza interrompersi. Quando smise e fece per correre in casa a preparare il pastone per le galline, scorse sulla soglia la badessa.

– Signora, signora! – gridò, – che cosa è successo?

– Niente, cara Buccia. Ci siam levate un po' tardi.

La badessa sorrideva. – Forse è domenica, e comunque deve essere giorno di festa. Provvedi agli animali, sorella: io penserò al pranzo. Abbiamo ospite il cavaliere, – e accennava con la mano alla capanna del giardiniere, – e poi che non possiamo offrirgli piú comodo letto, dovremo offrirgli almeno un pranzo degno di lui, non credi, sorella Buccia?

Alla semplice Buccia parve, sí, di vedere un sorriso malizioso sulle labbra della badessa, ma volle subito pensare che s'era ingannata. Di che avrebbe dovuto sorridere, poi, la badessa?

Al convento, soprattutto quando c'erano ospiti, si pranzava al tramonto, secondo l'usanza che la badessa Odilia aveva conservato da quando viveva nel castello dei genitori. C'era tempo quindi per preparare il pranzo in tutta calma.

– Che cosa diresti, Buccia, di incominciare con una torta di erbe cotta nel forno? Con latte, uova e cacio grattugiato?

Buccia guardò la badessa aggrottando le sopracciglia. E quella, la torta, sarebbe stata per cominciare? ma dove si credeva di essere? a corte?

– In tal caso bisogna subito accendere il fuoco. Oggi non avevamo in animo di farlo, – brontolò Buccia in tono severo. – Il pane l'abbiamo cotto ieri.

– Bene. Ordina alle sorelle piú giovani di andare a prendere le fascine e accenderlo. Con l'occasione cuoceremo anche un paio di pollastre e una focaccia dolce.

Buccia tacque allibita. Forse s'era persino sbiancata in volto, per quanto lo permettesse il forte colorito acquisito nella assidua cura dell'orto. Odilia, che s'era accorta di tanto stupore, volle dare una spiegazione:

– Abbiamo ospite anche ser Francesco, e inoltre può sempre giungere qualcuno inatteso: dobbiamo poter accogliere dignitosamente.

– Posso aiutare a portare la legna e accendere il fuoco? – chiese una voce alle loro spalle. Era il cavaliere, cui il riposo e una gioia nascosta avevano restituito un'apparenza giovanile quale non si sarebbe sospettata nel grigio pellegrino di qualche giorno prima. I suoi occhi riflettevano il cielo di primavera.

– Certo, cavaliere, se ne siete capace, – rispose Odilia ridendo. – Fatevi aiutare dalle mie sorelle piú giovani. E tu, Buccia, abbi la bontà di ascoltarmi. Nella torta di erbe metterai insieme alla bieta tanta maggiorana quanta occorre, una grande rapa a fette ben sottili, qualche foglia di borragine triturata insieme a due cipolle. Un'altra grande cipolla riservala a me; la taglierò a fette rotonde e intatte che disporrò sopra a guisa di rosoni. Puoi metterci pane secco rinvenuto nel latte e la formaggella che abbiamo salata la settimana scorsa.

– Signora, c'è un avanzo di quella che ponemmo in tavola l'altro giorno... – azzardò Buccia.

La badessa la guardò sospettosa, poi disse conciliante:

– E va bene. Bada però che non sia divenuta forte. Ed ora ascoltami bene: le pollastre le preparo io, ripiene.

– Due! – proruppe Buccia.

– Sí, due! Potrebbero esserci ospiti imprevisti, e siamo noi già in molti. Preparami salsiccia, uova e cacio per il ripieno. E maggiorana.

– Ma signora! due pollastre in una volta, e ripiene. Questo è uno scialo! – e si allontanò brontolando. – È uno scialo, è uno scialo, – la si sentiva mormorare mentre coglieva le verdure nell'orto. Odilia la guardava perplessa. Povera Buccia! Tante cene di rape e ceci, minestre che non sapevano di nulla, «Ma perché non sapeva cucinarle, – pensava Odilia; – lei le avrebbe fatte piú buone... ma in fin dei conti lei era la badessa, non poteva mica sostituirsi alla cuoca». E ora l'idea di tirare il collo a due galline in una volta la sconvolgeva. Ne ebbe compassione:

– Buccia! – la chiamò: – Prendi una pollastra sola, e sventrala senza tagliarla. Ci penso io a raddoppiarla.

Buccia, che era china in un solco dell'orto alzò la testa; non aveva capito bene:

– Che cosa ne fate?

– Di una ne faccio due.

– Signora, vi prego, non dite certe cose. Solo nostro

Signore e i santi possono fare i miracoli, – disse; e pensò: «E qui non ci sono santi».

Buccia si affrettò a preparare tutto quello che la badessa aveva ordinato, e intanto pensava che la vecchia badessa, sí, non era divenuta santa, non aveva mai fatto due polli da uno, non sapeva organizzare un pranzo, anzi, non s'era mai fatto un pranzo in convento. E a chi? Non veniva mai nessuno. Giusto il vescovo, per la visita annuale; veniva e aveva sempre fretta di andarsene. Gli si offriva il vino, è vero, con delle ciambelline pallide cotte nel forno quasi freddo. Lui ne prendeva una, beveva il vino, controllava i conti, e se ne andava. Oltre a lui non veniva mai nessuno. Adesso invece! Cavalieri, carrettieri, e mangiare tutti insieme nel cortile, sotto il caprifoglio, invece che nel refettorio! E come se tutto ciò non bastasse, questa badessa voleva fare la moltiplicazione dei polli!

– E la focaccia, – diceva Odilia, fermandosi sulla soglia mentre rientrava, – la impasterai con la marmellata di vinacce, e molta cannella. Non farla cuocere troppo, che non diventi tosta.

Buccia fece tutto quello che la badessa aveva ordinato, mise a cuocere nel forno anche un buon numero di rape, che non mancavano nel convento perché tutti ne regalavano, ed erano buonissime, raggrinzite dal calore, che poi si pelavano e si condivano col sale; mise anche delle mele, che per essere dell'anno precedente stavano troppo rinsecchendo. E sfaccendando in questa maniera cercava di dare ogni tanto una sbirciata in cucina, dove la badessa, in un angolo riposto, lavorava misteriosamente al pollastro con un suo coltellino affilatissimo.

Aveva detto che nessuno andasse a disturbarla, e bisognava obbedire. E per quanto occhieggiasse di lontano, non vedeva altro che le mani bianche della badessa in continuo movimento, i polsi e le braccia, su cui aveva rimboccato le maniche.

Buccia non poté scorgere nulla. E quando la badessa ebbe finito il suo lavoro, portò lei stessa nel forno una gran teglia di terracotta ben coperta, chiuse lo sportello e ordinò che nessuno l'aprisse.

XI.
La moltiplicazione delle galline

La tavola era apparecchiata nel refettorio, una lunga tavola coperta di una bianchissima tovaglia di lino. Il sole ancora alto investiva le tre finestre del refettorio volte ad occidente, e si disegnava in tre rettangoli luminosi sul pavimento. Una giovane suora disponeva il pane sulla tovaglia.

Odilia, in piedi sulla soglia, guardava compiaciuta la tavola disposta lungo la parete del refettorio: «Tra poco – pensava – il sole scivolerà sulla tavola e accenderà tutti i colori». Chiese alla suora di portarle alcuni recipienti per i fiori. Teneva in mano un cesto pieno di grandi margherite bianche, nate tra l'erba alta di maggio, a cui aveva aggiunto papaveri colti nel giovane grano. Mentre li disponeva nei recipienti pensava con un senso di conforto ai cibi che cuocevano lentamente nel grande forno di mattoni, al caldo costante e misurato rimasto dopo che le fascine, consumatesi ardendo, avevano scaldato la terracotta come le pareti di un gran ventre.

Aveva aggiunto dei piccioni, avvolgendoli in larghe fette di lardo, trattenute da punte di rosmarino come da spilli: temeva che non ci fosse cibo abbastanza per fare di un pranzo una festa.

La campanella della porta esterna squillò. Ci fu un accorrere affannoso e dispersivo: chi sarà? chi non sarà? Ma tutti sapevano benissimo chi era.

– Sorelle! Non avete sentito suonare la campanella?

Presto, aprite, o l'ospite penserà di non essere gradito –. Il tramestio cessò d'incanto e corsero ad aprire la porta.

E infatti entrò lui, ser Francesco. Altissimo, magro, a capo scoperto, la sua figura si stagliava nella luce della porticina che s'apriva nel muro, occupandola interamente. Era avvolto in un largo mantello da viaggio che gli scendeva fino all'orlo degli stivali; teneva per le briglie il gran cavallo baio con cui soleva viaggiare.

– Vengo da oltre Appennino, – disse, – e nulla desideravo tanto come il riposare un poco qui da voi, e se mi volete, pranzare con voi.

Odilia era accorsa e gli aveva porto la mano da baciare. Ser Francesco s'inchinò profondamente prendendo la mano della badessa.

– Siete il benvenuto, ser Francesco. Il giorno di festa non poteva portarci ospite piú gradito. E troverete anche, – aggiunse Odilia con una punta di malizia, – qualche cosa di piú della solita povera minestra.

Ser Francesco, che era affamato per aver cavalcato molte ore senza nulla mangiare, fu lieto in cuor suo di quanto aveva udito, ma non lo diede a vedere.

– Signora, per povera che sia la vostra minestra, ha l'inestimabile pregio di essermi porta dalle vostre mani, in questa casa che sapete rallegrare con la vostra presenza –. La badessa si inchinò lievemente per ringraziare, e intanto conduceva l'ospite nel refettorio, dove la tavola risplendeva nel biancore della tovaglia e nell'allegria dei fiori.

– Signora, – disse ser Francesco, colpito da un improvviso dubbio, – avete ancora del vino?

– Ne abbiamo ancora, non temete, ser Francesco, ancor che già alquanto se n'è bevuto per la presenza, che qui abbiamo, di un ospite d'eccezione, un cavaliere tornato or ora di Terra Santa.

Ser Francesco aggrottò le sopracciglia, mentre il suo volto si rabbuiava:

– Un cavaliere tornato di Terra Santa? Un templare forse?

– No, ser Francesco. Uno di queste nostre terre, un cavaliere sconfitto nell'animo, che qui giunse come povero pellegrino e che noi ospitiamo nella casetta del giardiniere.

Il volto di ser Francesco parve distendersi, e ancor piú si distese quando vide il cavaliere armeggiare con la pala per estrarre dal forno ciò che sorella Buccia gli indicava. Gli si avvicinò e lo salutò con un lieve inchino.

– È ser Francesco, il mago del vino, – disse Odilia presentandolo. Il cavaliere restò un attimo disorientato, perché reggeva tra le mani, avendola afferrata per i manici con due ciuffi d'erba, la gran teglia coperta che aveva estratta dal forno. Odilia gliela tolse di mano e corse a posarla sulla tavola lasciando i due uomini a conversare tra loro. Ma la conversazione fu breve, perché la campanella del refettorio suonava insistentemente, mossa dalle mani di sorella Buccia. E tosto il refettorio si riempí.

Tutti guardarono stupiti la bella tavola su cui, tra i pani bianchi e tondi una piramide di rape, chiuse nella scorza brunita, levava il suo profumo in una nuvola di vapore caldo, e in un gran piatto di peltro tanti piccioni giacevano avvolti nella loro vesticciola di lardo croccante. Ma gli occhi di tutti erano rivolti alla teglia coperta, a cui Odilia con mossa studiata tolse il coperchio.

E apparvero, dolcemente rosolate, due pollastre.

Mentre tutti esprimevano meraviglia per il bellissimo vedere che facevano le due pollastre, Buccia si segnò. Non c'erano dubbi, erano due, e lei, che nutriva qualche sospetto sulla sua badessa, aveva, solo pochi minuti prima, ricontato tutte le galline. Ne mancava una sola. Si sentí percorrere da un brivido. Quando riprese fiato si avvicinò tremante alla badessa, che era intenta a ricevere i complimenti degli ospiti, e giungendo le mani davanti alla bocca, mormorò:

– Signora, mia signora, quelle galline erano una.

La badessa la guardò un poco perplessa, non potendo spiegarsi l'agitazione della buona suora. Poi capí, e disse ridendo:

– No, Buccia, non è quello che credi! non ho fatto il miracolo della moltiplicazione delle galline. È sempre una sola, – e trascinò la povera Buccia piú vicino alla tavola:

– Guarda, Buccia: è una sola gallina, questa, – e indicò delle due la meno rosolata. – Qui, – e indicava l'altra, – c'è solo la pelle, riempita di quell'impasto che ti feci preparare. All'unica gallina che mi hai concesso, ho levato la pelle con quel coltellino affilato, senza romperla, se non per tagliare il collo e le zampe. L'ho riempita con l'impasto che ti feci preparare e ho ricucito le aperture. Or vedi tu stessa –. E le mostrava come la seconda gallina fosse solo una pelle farcita. – E senza far miracoli, di una gallina ne ho fatte due.

Tra molte feste e battimani il pranzo ebbe inizio.

Era già scesa la sera. Odilia aveva fatto spegnere le candele e la giovane luna di maggio inondava di luce bianca le finestre rettangolari. Le suore si erano ritirate. Solo Odilia sedeva con i suoi ospiti e tutti e tre guardavano, assorti, la luce che entrava dalle finestre. Fu ser Francesco a rompere il silenzio:

– Signora, perché non fate piantare delle viti sul versante occidentale della vostra collina? È una buona posizione; ne avreste un ottimo vino.

Odilia lo guardò sorpresa. Non aveva mai pensato alle viti. Frutteto, orto, giardino, sí, erano colture a lei familiari. Ma alle viti non aveva mai pensato.

– Non è difficile, ser Francesco, coltivare le viti?

– No. Certo, bisogna saperlo fare: è una sapienza ormai antica, e solo chi la possiede può fare un buon lavoro. Io vi fornirò anche i primi vitigni, se permettete, e il mio garzone, quello che si fa chiamare Biondo Gerardo, assisterà il vostro ortolano nei lavori, e vi dedicherà egli stesso la sua opera. È sempre contento quando può lavorare per voi. Vedrete, è una coltura che dà grandi soddisfazioni in queste terre, che sembrano create da Dio perché l'uomo vi coltivi la vite. Non farlo sarebbe peccato, sarebbe come sprecare i talenti della terra.

Il cavaliere, che aveva ascoltato in silenzio ripensando agli splendidi vigneti che aveva veduto attraversando le terre di Bisanzio, fu preso da un dubbio, e disse:

– Gli inverni sono freddi in questa regione e la terra gela. Come può la radice di una pianta sí delicata resistere al freddo?

– La radice è molto profonda, signore, e quel che piú conta è la scelta del luogo e del vitigno. Qui certo morrebbero gelate le belle vigne di Cipro e Pantelleria, ma non le nostre, che ai rigori dell'inverno resistono abbarbicandosi profondamente nel terreno e sorbendone il calore rimasto dall'estate, e quello del povero sole invernale. Poi che d'inverno il sole al mattino è freddo, bisogna scegliere i dossi esposti a meridione od occidente, e sempre terre in pendio, mai pianeggianti: i raggi del sole, che d'inverno giungono alla terra inclinati e quindi poco scaldano le pianure, diritti picchiano sui ripidi fianchi dei colli riscaldandoli piú a fondo. La stessa posizione protegge le piante dal troppo calore estivo, perché allora, nel cuore del giorno, i raggi del sole, che diritti colpiscono le pianure, giungono inclinati e meno forti al terreno in pendio. Per ciò dico che queste colline sono state create da Dio perché l'uomo vi coltivi la vite, cosí come le colline che stanno laggiú, al di là di quei monti, e che si affacciano sul mare di Liguria, sono state create perché l'uomo vi pianti gli olivi.

Cosí parlando, ser Francesco si era alzato, e prendendo fuoco dal camino aveva acceso la sua lampada.

– Ora devo chiedervi congedo, signora. Si è fatto tardi e il mio fondo, come sapete, non è cosí vicino, né il cavallo può correre veloce nella notte. Ripensate, vi prego, alla mia proposta, e se vorrete accettare, vi sarò d'aiuto in tutto quel che posso, e lo farò volentieri, perché anch'io, come il Biondo Gerardo, lavoro volentieri per la dolce signora di questo convento.

Cosí dicendo si inchinava alla badessa e al cavaliere che lo avevano accompagnato all'uscio dell'orto, e prendendo il suo cavallo per le briglie scendeva il ripido sentiero fino alla strada grande che si dileguava nella valle.

XII.

Il bosco di querce

Il cavaliere e la badessa, dopo aver accompagnato ser Francesco fino all'uscio del convento, si erano spinti sulla cresta della collina e guardavano il pendio boscoso volto a occidente, dove si sarebbe dovuta piantare la vigna. La luna frugava tra gli alberi e scivolava silenziosa sulle cupole delle vecchie querce. La brezza notturna muoveva lievemente le foglie e tutto il bosco pareva che respirasse in quel blando stormire.

– Cavaliere, questo bosco dovrebbe essere tagliato per far luogo alle vigne, – disse Odilia. – E questo bosco è vivo. Senza contare che ci fornisce fascine e legna per l'inverno.

– Ed è immensamente bello, – aggiunse il cavaliere. – L'ho percorso stamane, quando tutto il convento ancora dormiva. Voi curate molto bene i vostri boschi, non ho mai visto un terreno piú pulito, senza sterpaglie che offendano gli alberi giovani e impediscano la raccolta dei frutti tra l'erba. È come un giardino.

– Tagliamo il sottobosco due volte all'anno per farne fascine, e in autunno scelgo io stessa gli alberi vecchi da abbattere e sostituire. L'erba tra gli alberi ci serve per il pascolo, perché noi non abbiamo prati.

– E voi amate questo bosco.

Odilia arrossí lievemente nel buio:

– È come un rifugio, – disse, – sa celare ciò che si vuol celare, protegge chi ha bisogno di protezione, sopporta tutto, vento, tempesta e neve, e resiste a tutto. Nessuno è forte come il bosco.

– Ne parlate come se fosse una persona...

– È un amico, per chi è solo.

Il cavaliere le prese nel buio una mano, e lentamente la portò alle labbra.

– Questo luogo è incantato, – disse, – e sacro. Par che lo abitino ancora le divinità degli antichi druidi, con i riti silenziosi consumati tra gli alberi, la magia sapiente dei popoli che vissero un tempo in queste terre, la folla di leggende meravigliose.

Camminavano ora tra gli alberi scendendo il pendio per i nitidi sentieri che aggiravano i tronchi delle querce piú grandi.

– Guardate, Odilia; la luna manda i suoi raggi quasi perpendicolari al terreno, ora che volge al tramonto. Ha ragione ser Francesco, quando dice che su questi dossi il sole inclinato dell'autunno giunge piú diretto che nella pianura, e piú vivamente li scalda.

Tacquero, colpiti entrambi dallo stesso pensiero. Poi Odilia disse:

– E l'autunno è per loro caldo come l'estate? È questo che volete dire?

– Sí. E somiglia alle nostre vite, che dopo una breve primavera non hanno conosciuto l'estate. Ora ci è dato un autunno che ha il calore dell'estate.

Camminarono alquanto in silenzio su quei sentieri erbosi, poi Odilia disse:

– È vero, cavaliere. I raggi del sole sono piú radi, ma giungono piú diritti al cuore. E il terreno sgombro di inutili detriti li lascia passare senza alcun impedimento. È vero. Questi pendii sono come le nostre vite.

XIII.
La tempesta

Il cavaliere si era messo subito all'opera per costruire le cisterne e i canaletti di irrigazione. Una mattina, quando le monache avevano aperto la porta del convento per le faccende dell'orto e del pollaio, avevano sentito colpi di piccone provenire dalla sommità della collina. Alzato lo sguardo, avevano visto il cavaliere che, in farsetto e camicia, picconava sulla cresta del colle. Tra stupore e risatine divertite corsero a dirlo alla badessa.

Odilia salí per i viottoli del giardino fino al punto dove il cavaliere interrompeva in quel momento l'opera di piccone e, malgrado la frescura del mattino, si tergeva con la manica sinistra il sudore della fronte.

– Devo aver trovato un pietrone, – disse.

La badessa lo guardò sorridendo:

– Forse avete bisogno di aiuto, cavaliere. Manderò a chiamare il Biondo Gerardo, se volete.

– Che bisogno c'è del Biondo Gerardo? Se la pietra è troppo grossa e non riesco a estrarla, costruirò la cisterna attorno alla pietra.

– Non vorrei che vi stancaste eccessivamente. Questo è un lavoro pesante, e voi non siete abituato –. Pensava alle belle mani del cavaliere, al dolce palmo che si sarebbe coperto di vesciche. Pensava alle braccia ad altro usate che al piccone, alle lunghe gambe fatte per cavalcare destrieri di razza, al corpo snello che si piegava nello sforzo di tirar su pietre dalla buca aperta dal piccone.

Vedendo la badessa immobile e silenziosa, il cavaliere interruppe il lavoro per darle qualche spiegazione:

– Queste pietre che estraggo, vedete, le userò per fare il fondo della cisterna e le pareti, e le salderò le une con l'altre con calcestruzzo. Dove si può trovare del calcestruzzo?

– Chiederemo a ser Francesco: vidi una volta nelle sue vigne delle cisterne costruite cosí come voi dite. Non ci sarà certo avaro di consigli.

– Va bene, gli chiederemo il calcestruzzo, – disse il cavaliere con aria decisa.

La badessa non replicò. Aveva capito che il cavaliere voleva fare quel lavoro da solo, con le sue mani. E se aveva deciso cosí, non c'era niente da fare. Si sedette lí accanto, su un sasso, a guardare l'uomo che aveva ripreso a dare colpi di piccone nel terreno, non tutti a segno per la verità, ma con grande convinzione. Sembrava quasi che tirasse fendenti e piattonate. Odilia lo immaginò con la spada in mano.

– Avete ucciso molti uomini in battaglia, cavaliere?

Lui la guardò in silenzio, col piccone levato in aria, a lungo. Poi riprese a picconare. Ma stava pensando a quella domanda. A un tratto gettò il suo strumento da un lato, e andò a sedersi su un altro sasso, lí accanto.

– Vedete, Odilia, la battaglia è una cosa strana. In battaglia l'uomo non è piú un uomo. Se resta uomo viene ucciso. Quando ci si getta all'assalto, è come se una follia ci rapisse l'intelletto. Non si pensa piú, non si ragiona piú. Quanti uomini ho ucciso? e chi lo sa? Vai avanti piú veloce che puoi per sottrarti al tiro degli archi, e quando arrivi alla portata della spada, la meni in giro all'impazzata, attento solo al colore delle armi per non uccidere un compagno. Se uno pensasse, non riuscirebbe a combattere, e soccomberebbe –. Fece una pausa fissando il suolo con il capo chino, poi aggiunse:

– Forse solo nel momento che cade, ferito a morte, uno pensa. Ho soccorso una volta un amico morente, trascinandolo fuori dal campo di battaglia, e mi sono sorpreso sentendo che parlava delle persone amate, di ciò che doveva lasciare. Era disperato di dover morire. E le sue ultime parole furono: «Cerca di non morire, salvati, fuggi fin che sei in tempo».

Il cavaliere tacque, e Odilia, pensosa, si unì al suo silenzio.

Non si erano accorti che intanto il cielo si era oscurato di nuvole, prima leggere e trasparenti, quasi velo al sole, poi in rapida successione sempre piú fitte e minacciose, mentre un vento freddo, levatosi all'improvviso, spazzava le colline piegando l'erba già alta come in larghe ondate di mare. Gocce pesanti caddero sulle loro teste chine, sulle mani raccolte in grembo, sulle vesti. Balzarono in piedi, e il cavaliere senza dir nulla prese Odilia per la mano e la guidò quasi correndo per i sentieri che portavano al convento.

Ma d'un tratto la pioggia divenne torrenziale, un muro d'acqua che toglieva vista e fiato, che sferzato dal vento rigettava le acque addosso ai due. Folgori cadevano con rumore di schianto nel bosco e sulla cima della collina.

Odilia non vide piú nulla, non capí piú nulla; sentí che il cavaliere la sollevava tra le braccia e correva, sentí sbattere un uscio e si ritrovò con lui nella capanna del giardiniere.

Per tutto il tempo del nubifragio la spessa porta di legno li isolò dal resto del mondo.

Quando, cessato il temporale, dopo qualche ora il cavaliere accompagnò la badessa avvolta nel suo mantello alla soglia del convento, Buccia venne loro incontro con molte coperte, che aveva messe a scaldare nel vano del camino, e ve li avvolse entrambi, sollecita che il freddo e la pioggia non facessero loro del male.

Ma la pioggia non smise per giorni, e data la precarietà della capanna del giardiniere, il cavaliere dovette dimorare in una cella del convento, una delle tre o quattro che sempre erano vuote. Sembrava il diluvio. Non c'erano piú lampi o tuoni, il vento era cessato. Ma la pioggia continuava a rovesciarsi impietosa sulle giovani colture di primavera, portando via fiori, foglie, qualche volta intere piante.

E l'immobilità del cielo color piombo sembrava minacciare che non sarebbe finita piú.

Odilia e il cavaliere guardavano tristi la sommità del colle, dove egli aveva incominciato a scavare la vasca per la raccolta delle acque; vedevano la terra rossastra colare giú a ruscelli nell'acqua, pietre franare trascinando con sé lembi di zolle erbose, vedevano il lavoro iniziato sgretolarsi, livellato dall'acqua.

– Bisognerà ricominciare, – disse Odilia.

– Forse, – aggiunse il cavaliere, – non sarà fuor di luogo chiedere l'aiuto del Biondo Gerardo. In due si lavora piú in fretta.

L'acqua intanto si raccoglieva ai piedi della collina allagando l'orto: si vedevano le lattughe appena trapiantate galleggiare tristemente nel fango strappate dalla loro sede, i fiori chinare le corolle appesantite dall'acqua. Musone stava accosciato sulla soglia a fare un'inutile guardia. Tanto non veniva nessuno.

Venne solo il giardiniere, una mattina, con un sacco

infilato sulla testa a coprirgli anche le spalle. Venne con la sua vanghetta ad aprire qualche via di sfogo all'acqua, per salvare quello che si poteva salvare.

Odilia e il cavaliere concertarono che appena la pioggia cessasse un poco, si mandasse qualcuno a casa di ser Francesco, a chiedere aiuto, per riparare tutto quello che era rovinato o pericolante, la capanna del giardiniere, il pollaio – le galline erano state trasferite in un angolo della stalla, in un improvvisato recinto – e il porcile, in cui s'erano dovuti aprire canaletti per far scorrere via l'acqua che si raccoglieva.

Buccia non smetteva piú di mormorare preghiere. E quando pensava che qualcuno fosse abbastanza vicino da sentirla, diceva in tono lamentoso:

– È il diluvio, è il diluvio universale che Dio ha mandato a sommergerci con i nostri peccati.

– Quali peccati? – chiese Odilia una volta che l'udí passandole accanto.

Buccia tacque interdetta. Sapeva confusamente, perché tutti lo dicevano, che il mondo e gli esseri umani sono pieni di peccati, ma a quali peccati lei si riferisse, non avrebbe saputo certo dirlo. Guardò la badessa stringendosi nelle spalle, e non seppe che cosa rispondere.

XIV.
L'alluvione

Nell'ozio forzato d'uno di quei giorni di pioggia il cavaliere chiese alla badessa che gli mostrasse quell'arazzo che aveva visto il giorno che era giunto al convento. Odilia lo fece trarre dalla cassa in cui era stato riposto e appendere alla parete della stanza dove il cavaliere lo aveva veduto.

– Perché lo tenete nascosto? – chiese il cavaliere. – La sua seta dà luce in questi giorni oscuri e i fiori ricamati compensano l'occhio di quelli che la pioggia ci rapina.

– Avete ragione, – rispose la badessa. – D'ora in avanti lo terremo qui appeso perché tutti quelli che vengono possano goderne. Lo avevo fatto riporre perché ora, che voi siete qui, non mi pareva piú necessario.

– Che intendete dire, signora? – chiese il cavaliere fingendo di non capire.

Odilia si sedette, come chi si accinge a fare un discorso lungo e difficile.

– Vedete, – disse, – avevo cominciato a disegnare questo arazzo quasi per trastullo, per riempire tante sere vuote. Avevo cominciato dai fiori, gli alberi, gli uccelletti nell'erba. Il resto, il centro dell'arazzo voglio dire, venne quasi da sé, senza che l'avessi preveduto. Mi stupivo io stessa mentre disegnavo quella dama col liocorno, da una storia che avevo letto quand'ero fanciulla. Non so se mi sono spiegata, – concluse alzando gli occhi sul cavaliere. – Poi io e le mie sorelle prendemmo gusto a riempire quelle figure di sete colorate.

Il cavaliere non poteva distogliere lo sguardo dal gruppo centrale, la dama col liocorno.

– Quello è il vostro volto, – disse quasi tra sé.

– E il liocorno ha i vostri occhi, – aggiunse Odilia. – Anche di questo non mi rendevo conto mentre lo compivo. Avevo voluto rappresentare me nell'isola della solitudine? No, non ci avevo pensato. Né volevo rappresentare voi nell'animale incantato. Tuttavia ho rappresentato le nostre due vite. Quando terminai l'arazzo, ne ebbi la certezza. Confrontai i miei capelli con quelli della dama: erano gli stessi. E i vostri occhi, li ricordavo bene. Quella sera, quando diedi gli ultimi punti d'ago, qui sola, dopo aver mandato a riposare le mie sorelle, capii anche perché avevo fatto quell'arazzo.

Il cavaliere non guardava piú la dama ora, guardava Odilia negli occhi.

– Il mattino dopo voi siete arrivato, – disse Odilia.

– Chissà, – disse un giorno il cavaliere guardando la pioggia che continuava a scrosciare, fermo nel vano di una finestra del refettorio, – chissà che cosa succede in pianura? I fiumi saranno straripati, forse l'acqua ha già allagato i campi. Temo, signora, che quando la pioggia cesserà e giungeranno notizie dalla pianura, saranno molto brutte.

La badessa aveva ascoltato aggrottando la fronte. Tacque a lungo assorta in un suo pensiero, mentre suor Buccia, che stava apparecchiando per la cena, continuava a borbottare:

– Non cesserà la pioggia, non cesserà finché non ci avrà sommerso tutti. È il diluvio universale, è la punizione per i nostri... – poi si ricordò di quella domanda della badessa, e inghiottí in silenzio la parola «peccati». Ma volle ugualmente terminare la sua lamentazione, e disse: – Moriremo tutti, moriremo tutti.

Odilia non badava al suo parlare piú di quanto non badasse all'acciottolio delle stoviglie che Buccia andava disponendo. Poi a un tratto disse:

– Cavaliere, se c'è un'alluvione ci saranno presto dei profughi, gente che avrà perso casa e raccolti, e verrà quassú a chiederci di aiutarla. Appena la pioggia cesserà e le strade saranno di nuovo praticabili, chi non è perito nella furia delle acque, verrà sulle colline, e noi dovremo essere preparati a sfamare quei poveretti.

Il cavaliere la guardò con lo sguardo luminoso, quello sguardo che ogni tanto riaffiorava nei suoi occhi come dalla giovinezza lontana.

– Certo, badessa. Bisogna adunare tutte le provviste, cuocere molto pane e tenerci pronti.

– Buccia! Buccia! – gridò la badessa. – Quanto orzo e frumento abbiamo ancora nel granaio? quanti sacchi di ceci?

– Sacchi? La signora ha forse dimenticato che siamo alla vigilia del nuovo raccolto? Anzi, eravamo, perché quest'anno non si raccoglierà niente. Abbiamo qualche fondo di sacco, ecco tutto.

– Domani, – disse la badessa, – appena farà giorno, saliremo insieme nel granaio e aduneremo tutto quello che ci rimane. Terremo solo le sementi. Macineremo noi orzo e grano dal momento che non si può andare al mulino, e cuoceremo molto pane. Poi si raccoglieranno tutte le verdure che si potranno recuperare, e con le rape conservate dall'anno scorso e una parte dell'orzo faremo minestra per chi verrà a chiedercene. Quanti pezzi di lardo ci rimangono?

– Due soli, signora.

– Li cuoceremo a tocchi nella minestra per dar piú nutrimento. Aduna ancora tutte le salsicce e i caci che abbiamo. Quando saranno finiti, ricorreremo alle galline e agli agnelli.

– Ma signora, – l'interruppe Buccia, – e poi?

La badessa la guardò severamente, e disse: – Al poi non tocca a noi pensarci. E l'orto ricomincerà subito a produrre perché andiamo incontro all'estate.

L'indomani la casa profumava di minestra in cottura. La badessa stessa tagliava il lardo a pezzetti e sorvegliava che ogni caldaro ne ricevesse un'eguale quantità. Le suore che non erano impegnate in cucina sedevano nel refettorio e macinavano il grano con una mola di legno il cui manico girava il cavaliere. La farina veniva ammonticchiata sulla tavola del refettorio in attesa che si potesse accendere il forno e impastare, e per questo occorreva che cessasse un po' la pioggia.

Verso sera si interruppe il lavoro e ognuno ebbe una scodella densa di ceci e verdure, su cui dominava un grato sapore di lardo affumicato.

– È una minestra eccellente, – disse il cavaliere, – quelli che verranno quassú ne saranno doppiamente ristorati.

– Domani, – disse la badessa, – se si può giungere al forno, voglio impastare una focaccia dolce per i bambini, come quella che abbiamo fatta per ser Francesco.

Buccia guardò la badessa con occhi accigliati:

– Ci rimane pochissima sapa, signora, un solo vaso. Non è uno spreco?

– Una cosa che può far lieto un bambino non è mai sprecata. E Dio sa se quei bambini non hanno bisogno di un po' di gioia –. E col gesto della mano sembrava voler scacciare la stanchezza dalla fronte. Il cavaliere, che vide quel gesto, disse:

– Andate a riposare, signora. Dovete essere molto stanca.

– Sí, è stata una lunga giornata, – rispose la badessa alzandosi, – ma non sentite come la nostra casa profuma di cibo? è un vero rifugio contro la fame. Vi ringrazio, sorelle, – e mentre tutte si alzavano inchinandosi, Odilia uscí per raggiungere la sua cella.

Ma ne ridiscese di corsa e varcò la soglia del refettorio tenendo tra le mani un vaso di terra. Aveva in volto la gioia di una fanciulla.

– Guardate, guardate tutti! Il seme del gelsomino è germogliato! – e mostrava il vaso in cui un piccolo grumo verde affiorava dalla terra. Il cavaliere si avvicinò e sorrise:

– Appena sarà cessata la pioggia, lo pianteremo al riparo nella cappella della badessa Odilia.

Rimasero in silenzio, e silenziose rimasero anche tutte le monache. In quel momento si udí nel cielo il grido di una rondine, quel grido che non si era piú udito da quando era cominciata la pioggia. Si affollarono tutti alle finestre del refettorio, e videro nell'acqua che allagava il cortile riflettersi il chiarore della luna.

– Domani, – disse Odilia, – bisognerà alzarsi prima dell'alba, e impastare il pane, perché domani si potrà accendere il forno.

L'indomani era un giorno di sole. Il forno fu acceso, il pane fu cotto, e la gente che fuggiva dalla pianura suonò la campana del convento.

XV.

I doni di ser Francesco

Furono giorni di intenso lavoro, in cui il tempo per pensare mancò a tutti, come il tempo per lamentarsi e per essere stanchi. Ma a Odilia non mancò il tempo per impastare ogni mattina una grande focaccia di farina addolcita con sapa e uva secca e noci. La faceva piú grande che poteva, perché tra i profughi c'erano tanti bambini.

Timidi, un po' spauriti, stavano tutti attorno alla grande tavola della cucina, dove Odilia impastava quel gran mucchio di farina, con latte e burro e anche qualche uovo sottratto a forza alla gelosa parsimonia di Buccia.

– E cosí è finita tutta la farina, – andava mormorando costei, mentre si aggirava per la cucina, riponendo oggetti, chiudendo scansie e ripulendo utensili. – Con queste focacce è finita la farina, – e non voleva solo dire che nel convento non c'era piú di che fare il pane, ma che in realtà, quelle focacce, che bisogno c'era di farle?

Quando venivano messe nel forno, i bambini andavano tutti a sedersi per terra, in religioso silenzio, davanti allo sportello, ad aspettare. Qualcuno dei piú piccoli vedeva una focaccia per la prima volta. E quando Odilia, aiutata dal cavaliere, apriva lo sportello del forno, si spandeva nell'aria un profumo cosí buono che vinceva persino quello dei fiori appena sbocciati. La posavano sul tavolo sotto la pergola, e Odilia non vedeva altro che mani tese in cui porre una fetta di focaccia.

– Vedi Buccia, – disse un giorno Odilia sentendo alle sue spalle lo sguardo preoccupato della vecchia monaca, – questi bambini non hanno solo bisogno di mangiare e sfamarsi, hanno bisogno di qualche cosa che faccia loro dimenticare la tristezza dei giorni passati, la paura, il freddo. Questa fetta di focaccia non è solo un pezzo di pane dolce, come sarebbe per noi, ma un boccone di gioia.

Suonò la campanella della porta e comparve ser Francesco, seguito dal Biondo Gerardo che portava due sacchi pieni, uno su ogni spalla.

– Vi ho portato del grano, perché ho sentito che avete molti ospiti, e le vostre provviste forse sono finite.

Odilia e il cavaliere ringraziarono calorosamente. Intanto il Biondo Gerardo aveva posato i due sacchi sul tavolo sotto la pergola, e ser Francesco ne aprí uno, vi immerse la mano e fece scorrere tra le dita i chicchi dorati e fruscianti.

– Potrete fare altre focacce ai vostri ospiti, – disse accennando ai bambini che si affollavano curiosi intorno alla tavola. Odilia offrí una fetta di focaccia ancor tiepida a ser Francesco e al suo garzone, e mangiò anche lei, insieme al cavaliere, e fece portare del vino per gli ospiti adulti.

– Biondo Gerardo, nel pomeriggio faremo un altro viaggio qui per portare del vino, ricordamelo.

Odilia ringraziò, e mentre discorsi diversi si incrociavano tra loro, il suo sguardo era fisso sull'altro sacco, quello che non era stato ancora aperto. A un tratto quello sguardo si levò interrogativo su ser Francesco e incontrò quello arguto e sorridente del canuto signore.

– Qui, – disse in risposta a quello sguardo, posando una mano sul sacco chiuso, – qui c'è un legume che voi ancor non conoscete, un piccolo seme schiacciato e tondo che nasce in Arabia e i mercanti genovesi già cominciano ad acquistare per le mense della costa. Voi certo lo conoscete, – disse rivolgendosi al cavaliere, – perché lo avrete mangiato laggiú, – e sí dicendo andava svolgendo il lacciuolo che chiudeva il sacco, vi immergeva una mano e ne estraeva una manciata di piccole lenti scure che ricadevano in pioggia picchiettante nel sacco.

Il cavaliere sorrise: – Certo che lo conosco, – disse sottovoce, – molte volte l'ho mangiato in tempo di crociata. Le genti di laggiú ne fanno grande uso, come noi per fave o ceci. Ed è forse di sapore piú gradito.

Odilia aveva a sua volta immerso una mano nel sacco e godeva del contatto di quegli innumerevoli piccoli semi che sfuggivano tra le dita con sveltezza rapida e capricciosa. Li guardò a lungo, poi chiese:

– E come se ne fanno cibi, di queste lenti? Anch'esse van macinate?

– No, signora. Si lasciano alquante ore ammorbidire nell'acqua, come noi facciamo coi ceci, e poi si cuociono con i sapori che voi usate, aglio, cipolla e rosmarino, e tanta acqua che poco piú le ricopra e che loro, ancor piú gonfiandosi, assorbiranno. Sulla costa, laggiú, – e accennava oltre le colline verso meridione, – ci metton pure foglie di alloro fresco.

– Se ne fa dunque una minestra?

– Sí, come volete, e vi potete aggiungere carne secca, o lardo, o quel che la dispensa vostra fornisce. Ma la cosa piú bella – e qui gli occhi di ser Francesco si fecero misteriosi – è che un piccolo pugno di queste lenti, un piccolo pugno cosí, quante ne può racchiudere la vostra mano, può saziare un uomo, e nutrirlo, e sostenerlo nella fatica.

– Strana terra, questa d'Oriente, – disse piano, quasi

tra se stessa, Odilia. – Noi tanto la temiamo, poiché ci dicono che di là viene ogni nostro male, e poi ecco che ne riceviamo un legume nuovo, atto a saziare la fame di questi anni duri, frutti belli e soavissimi, e spezie ed altre buone cose.

Aveva parlato sottovoce, ma non tanto che il cavaliere e ser Francesco non udissero. Si guardarono pensierosi, poi il cavaliere disse:

– Noi abbiamo di quella terra un'immagine distorta. Non è patria di barbari piú di quanto non sia la nostra, e molte e belle arti vi fioriscono, che a noi conviene apprendere, e che in parte già apprendiamo, di musica e poesia, di filosofia, d'architettura. Se or siam fatti nemici, non d'essi soli è la colpa.

– Ciò non impedisce, – aggiunse argutamente ser Francesco, – che qualche parte delle lor opere e dei lor prodotti giunga fino a noi, grazie ai mercanti, che piú il denaro amando che il fragor dell'armi, con le lor vele raggiungono i porti d'Oriente a comprar merci. E il pericolo che corrono, sulle onde e in quei porti, non è inferiore talvolta a quello dei guerrieri in campo.

XVI.
Opere di idraulica

Qualche giorno dopo, tornato definitivamente il bel tempo, furono ripresi i lavori per costruire la cisterna e riparare i canaletti di derivazione che la pioggia aveva distrutto. Ser Francesco dirigeva l'opera, facendo porre sul fondo della cisterna uno spesso strato di pietre saldate con calcestruzzo. Lo stesso sistema di pietre, ma piú grandi, costituí le pareti della cisterna, che volle salissero alquanto al di sopra del livello del terreno. Canaletti che percorrevano tutta la sommità della collina convogliavano acqua verso la cisterna e ve la immettevano attraverso fori che potevano essere chiusi mediante una lastra opponibile. Altri fori verso il giardino e l'orto potevano venire regolati con lo stesso sistema per irrigare orto e giardino nei periodi di siccità. Una apertura fu praticata pure nella parete rivolta al bosco: doveva servire a svuotare la cisterna dell'acqua sovrabbondante che, nei periodi di grande pioggia sarebbe traboccata allagando l'orto.

Ma il lavoro piú sorprendente fu il reticolo di canaletti che scendevano dalla cisterna, seguendo trasversalmente il pendio sí che l'acqua sempre corresse con dolce inclinazione in uno stretto alveo di pietre. Tutti i canaletti, e i vari tratti di essi, erano regolabili con il medesimo sistema di chiuse, e andavano restringendosi a mano a mano che scendevano verso la conca dell'orto.

Era un lavoro perfetto, e molto bello a vedersi. Ser Francesco ne aveva disegnato il progetto su una vecchia pergamena raschiata appositamente dalla badessa, mentre il cavaliere suggeriva ricordando le opere vedute nella valletta d'Arabia. La costruzione richiese molti giorni e l'aiuto di diversi contadini; fu necessario trovare tante pietre che bastassero ai canaletti, e a questo sovvennero i bambini. Con sacchi e panieri si sparsero per il bosco a raccogliere pietre. Il bosco risuonava di risa e richiami, e si muoveva tutto come percorso da bizzarrissime brezze. E continuamente i bambini ne emergevano con il loro utile carico, rossi in viso di fatica e di succo di fragole mangiate.

Quando, dopo l'alluvione e il periodo di secca susseguente, vennero le piogge della tarda primavera, cisterna e canaletti erano terminati. Il sistema fu messo alla prova: furono chiusi gli orifizi verso la valle, e aperti quelli che convogliavano le acque. Tutto funzionò benissimo. Alla fine della pioggia, la cisterna, quasi colma, garantiva acqua per diverse settimane.

Nella soddisfazione di tutti, il piú soddisfatto era forse ser Francesco. Dimorava volentieri sulla sommità della collina, intento a guardare il doppio declivo, quello verso l'orto e quello, piú ripido, verso il bosco.

– A che cosa pensate, ser Francesco? – gli chiese una volta Odilia, che da tempo lo vedeva immerso nei suoi pensieri.

– Penso, signora, che quando sarà necessario aprire il foro di scarico verso il bosco, in occasione di grandi piogge, tanta buona acqua andrà perduta. E in caso di una alluvione, come quella che abbiamo avuta di recente, si rischia di creare un rigagnolo nel bosco, o addirittura un torrentello, che potrebbe alterare la distribuzione delle erbe e dei frutti del bosco, se non persino dilavare via la terra trascinandola a valle. Acqua e terra, signora, sono cose preziose e bisogna evitare che vadano sprecate.

La guardò pensoso. Poi continuò: – Penso che occorra fare qualche lavoro anche da questa parte, per evitare che, migliorando un versante, si rischi di rovinare l'altro.

Il cavaliere, che assisteva al colloquio, assentiva tacendo. Il Biondo Gerardo sorrideva sornione. Trascorse qualche minuto di silenzio, durante il quale ser Francesco, spostando gli occhi da un punto all'altro del bosco, sembrava prendere misure e fare calcoli nella mente.

La badessa, dopo qualche istante, disse:

– Voi state valutando, ser Francesco, in qual modo piantare una vigna, e irrigarla, senza distruggere il bosco.

Il signore la guardò stupito. Poi, nascondendo la sua meraviglia, disse:

– Sí, signora. Sto proprio calcolando quanti filari si potrebbero piantare da questa linea, – e indicava col piede il discrimine del colle, – fino all'inizio del bosco di grandi piante, sacrificandone solo il margine che è, come vedete, popolato di arbusti: tutto senza toccare neppure una delle vecchie querce. Forse dieci filari, lungo l'ampiezza di tutto il versante. Una bella vigna.

E poiché la badessa taceva, spostando lo sguardo anch'essa lungo la sommità del colle, ser Francesco continuò:

– La vigna partirebbe di qui, dove noi siamo, e occuperebbe tutta la parte alta del colle, digradando verso il bosco: avrebbe il versante volto ad occidente e il piú ripido. Da questa parte invece, – e si girava a indicare verso il giardino e l'orto, – potete piantare alberi da frutto. La posizione in pendio ne favorisce la maturazione. Avrete vigna e frutteto senza distruggere il bosco, anzi migliorandolo con il regolarne l'irrigazione.

Il giorno dopo cominciarono i lavori per il nuovo coltivo e la sua irrigazione.

XVII.

Il Biondo Gerardo

Il piú attivo in questo lavoro fu il Biondo Gerardo. Arrivava al mattino presto, quando il convento era ancora chiuso, impegnato nelle faccende domestiche. Veniva a cavallo dalla parte del bosco, senza disturbare nessuno. Saliva sulla sommità del colle per sentieri che lui conosceva, e si metteva al lavoro. Solo Musone si accorgeva del suo arrivo, ed era strano per un cane cosí dormiglione: gli correva incontro scodinzolando, gli dava una leccata alle mani, e poi si riaddormentava su qualche pietra che il primo sole aveva già scaldata. Per risvegliarsi poi, puntualissimo, quando Buccia apriva la porta del convento per dar da mangiare alle galline, alle tortore, ai merli, e anche a lui. Allora correva giú a rotta di collo per la sua colazione. L'uomo continuava a lavorare solitario, lassú.

Ogni tanto Buccia alzava gli occhi e scuoteva la testa: «Ci mancava anche la vigna, – pensava, – in un convento di monache!» E poi tutti quegli uomini che giravano per l'orto e il giardino, e che poi mangiavano nel refettorio, con le monache... Cose da noi credersi! Almeno con la vecchia badessa si stava piú tranquilli. Non succedeva mai niente.

Odilia e il cavaliere si fermavano spesso a guardare l'uomo che scavava canali, preparava le dimore per le viti, i solchi nitidi e precisi, silenzioso, instancabile. Talvolta giungeva anche ser Francesco, per gli stessi sentieri del bosco, a cavallo. Si fermava lassú, a dar consigli, misurare, discutere con il Biondo Gerardo.

Quando la porta del refettorio si apriva, Odilia e il cavaliere salivano sul colle a invitare il giovane per il pranzo, e anche ser Francesco, quando c'era. Se la giornata era bella, Odilia stessa apparecchiava la tavola sotto la pergola, che ora, nel cuore dell'estate, era tutta fiorita e profumata. E loro quattro mangiavano lí la minestra del convento preparata da Buccia, le solite verdure dell'orto. Ma le minestre, chissà perché, parevano meno squallide, persino saporite. Era forse il profumo del caprifoglio, o la grata compagnia, o il fatto che Odilia aveva preso l'abitudine di aggirarsi in cucina, suggerendo, aggiungendo qualcosa nel paiolo, non fosse che una manciata di foglie di basilico, o qualche porro, o un pezzetto di carne affumicata. Questo non faceva per portare via a Buccia il suo compito, che era quello di cucinare per il convento, né tanto meno per occuparsi di lavori domestici, che non si addicevano a una badessa. Ma lo faceva con la stessa grazia noncurante con cui coglieva i fiori in giardino o potava i rosai, o porgeva gli attrezzi al cavaliere occupato a riparare la casetta del giardiniere in cui dormiva. Con la stessa grazia con cui aveva lavorato d'ago al suo arazzo o con cui teneva i conti nel libro del convento, o scriveva altre cose, ciò che accadeva nel convento e nei dintorni, in modo che anche quella piccola casa avesse un giorno i suoi annali.

Con l'arrivo della stagione calda e la partenza dei profughi, che erano ritornati in pianura a rabberciare le loro case, nel convento erano tornati la calma e il silenzio. C'era persino tempo per discorrere.

Fu uno di quei giorni, in cui avevano mangiato sotto la pergola, e ser Francesco si attardava con Odilia e il cavaliere, che Odilia chiese a ser Francesco:

– Chi è, in verità, il Biondo Gerardo?

Aveva notato durante il pranzo che il giovane mangiava con la schiena eretta, senza abbassare la testa sulla scodella come fanno i contadini. Aveva notato che, malgrado fossero sciupate dal lavoro che stava facendo, le sue mani erano belle, lunghe e forti. Anche il viso aveva qualcosa di nobile, nella fronte alta, negli occhi scuri e audaci. Soprattutto aveva notato, ma non da ora soltanto, che il Biondo Gerardo non era affatto biondo. Quel nome quindi non era il suo.

Ser Francesco non rispose subito. Sembrava riflettere. Infine parve decidersi e disse:

– È una lunga storia, difficile da raccontare. Soprattutto non so se devo, o posso, raccontarla. Quel giovane vive sotto la mia protezione, e non è un contadino. È un cavaliere. Se fa questi umili lavori, è perché lui vuole farli. Io certo non glielo chiedo, e non l'ho mai considerato un servo. Potrebbe sdebitarsi dell'ospitalità aiutandomi a tenere i conti del fondo e accompagnandomi a caccia, cose che non manca mai di fare –. Tacque e bevve un sorso di vino.

– Ma vuole fare il contadino, vivere come un contadino. Credo che intenda con questo pagare un debito... Ma perché possiate capire devo raccontarvi la sua storia –. Sospirò e aggiunse:

– Biondo Gerardo, come avrete già capito, non è il suo nome. Colui che con tal nome conoscete, e che lavora lassú all'impianto della vigna, – e accennava sorridendo alla sommità del colle, – è figlio cadetto di una nobile famiglia della pianura vercellese, destinato dalla sua famiglia alla vita religiosa affinché il primogenito potesse ereditare intere le proprietà della famiglia. Ricevette un'ottima istruzione: legge e scrive correttamente latino e francese, possiede una buona cultura filosofica, musicale, artistica. Fuggí di casa per non entrare in convento.

Rimase qualche tempo pensieroso, poi disse: – E che altro gli offriva la vita? Divenire crociato o bandito.

Cosí aveva preso la strada della foresta, e su quei sentieri desolati aveva trovato un compagno d'avventura e di sventura, che aveva diviso con lui pericoli e fame per alcuni anni. Erano stati insieme, cosí continuava ser Francesco, anche al servizio di signori stranieri, in Svevia e Baviera. Di ribalderia in ribalderia il loro sodalizio si era fatto sempre piú stretto, provato in ogni specie di traversia, assalti a castelli, agguati a carovane di mercanti, lunghe fughe notturne, la disperata solitudine del bandito. Finché nell'ultimo assalto il compagno era stato ucciso.

– Quello che era morto, – concluse ser Francesco, – si chiamava Biondo Gerardo. L'amico superstite prese il suo nome, con l'intento, credo, di riscattare il morto, vivendo secondo giustizia. Ha cancellato la sua persona, il suo nome per far vivere l'amico morto, e se vuole essere contadino è perché pensa che forse questo era il mestiere che entrambi avrebbero dovuto fare, non avendo altre risorse per vivere. Ma la nostra società non avrebbe né capito né accettato.

E aggiunse guardando il giovane che piantava viti in cima al colle: – Di lui non sapremo mai il nome.

Tutti tacevano colpiti nella fantasia dalla insolita storia del Biondo Gerardo.

– Forse c'era un patto di questo genere tra di loro, che chi dei due sopravvivesse, provvedesse a riscattare l'anima dell'altro. Forse nella solitudine della loro grama vita si erano convinti che ciò fosse in qualche modo possibile.

– E voi pensate che non lo sia? – chiese improvvisamente Odilia, che era rimasta ad ascoltare silenziosa.

– Non son teologo, – disse ser Francesco, – ma ciò significherebbe che i vivi possono interferire nelle azioni dei morti, pareggiare in certo senso i loro conti, anche salvarli dalla perdizione.

– Tesi di questo genere ho sentito sostenere talvolta dai filosofi orientali, – intervenne il cavaliere. – Ma tutto ciò mi è molto oscuro. Vorrebbe dire che può esserci una circolazione tra le opere dei vivi e quelle dei morti, che il loro libro non è definitivamente chiuso.

– Quindi anche la loro vita, – disse Odilia. – Se i vivi possono interferire con le azioni dei morti, essi non sono del tutto morti. Qualcosa di loro vive ancora...

Ser Francesco guardò i suoi amici sorridendo, e disse:

– Sapete che i nostri discorsi stanno facendosi molto, troppo seri. Son cose da filosofi, meglio, da teologi. E secondo me stiamo scivolando nell'eresia. Beviamo ancora un bicchiere di questo vino, alla salute del Biondo Gerardo, e poi lasciamoci.

– Però, – volle dire ancora Odilia, – nessuno ci impedisce di agire come se ciò potesse essere vero. Cosí come fa quel giovane lassú, di cui, come avete detto, nessuno saprà mai il nome.

XVIII.

Notte d'estate

Il convento era già immerso nella notte, e Odilia sedeva nella sua cella di fronte all'arazzo che aveva fatto portare lí, quando nella sala comune erano accampati i profughi dell'alluvione. Sedeva in una bassa seggiola con braccioli e, appoggiato un gomito su un bracciolo, teneva il mento nell'incavo della mano.

Guardava l'arazzo e riandava col pensiero ai momenti in cui lo aveva composto, dal primo abbozzo di fiori ed alberi fino a quella sera in cui, sola, aveva terminato con gli ultimi fili di seta il volto della dama.

Di ogni segno, di ogni colore, le pareva di aver capito il significato soltanto dopo. E il senso di tutta la composizione solo alla fine, quel mattino in cui negli occhi del pellegrino aveva scorto gli occhi del cavaliere. Gli occhi del liocorno.

Ma lei, che cosa aveva disegnato nell'arazzo? il suo destino? o il suo desiderio? Certo qualcosa dentro di lei aveva guidato la mano, qualcosa che veniva da un recesso remoto, oltre la sua coscienza.

Non era il destino. Forse l'attesa. Il desiderio che qualcosa accadesse, e spezzasse i confini dell'isola di solitudine, gettasse un ponte tra lei e la vita.

Ora sapeva che cosa significava il suo sguardo fisso negli occhi del liocorno. Lo chiamava.

Le venne in mente, all'improvviso, di quel germoglio di gelsomino che era spuntato nel suo vaso, e che per il gran lavoro di quei giorni aveva trascurato. Corse a prenderlo e vide che era cresciuto di un buon palmo, eretto sul suo fusticino verde costellato di foglioline.

Guardò fuori dalla finestra: la luna illuminava il silenzio della notte. Tutti dormivano, anche il cavaliere, forse, là, nella capanna del giardiniere. Odilia si avvolse nel suo mantello e scese silenziosamente le scale. Lasciò accostata la porta che dava sull'orto e si diresse verso la tomba della vecchia badessa stringendo al seno il vaso col gelsomino. Attraversando l'orto prese un badiletto fra gli attrezzi e salí il pendio del colle. La luna illuminò la sua figura sottile sulla cresta.

Scavò una piccola buca nel luogo che aveva indicato il cavaliere, piantò il germoglio con tutta la sua terra togliendolo dal vaso, e livellò il terreno con le mani. Si rialzò e guardò sorridendo la pianticella. In quel momento sentí un braccio cingerle le spalle e vide accanto a sé la figura del cavaliere.

– Volevate proprio piantarlo da sola quel gelsomino, Odilia?

Odilia sorrise senza rispondere e cercò nel buio gli occhi di lui. E la notte di maggio li racchiuse nel suo mistero.

XIX.
Le ciliege

L'idea fu del cavaliere. Erano maturate rapidamente, tutte insieme, le ciliege dei tre grandi alberi dell'orto. Le monache piú giovani ne avevano raccolte quante avevano potuto, arrampicandosi sui rami piú bassi e resistenti. Si divertivano, appollaiate lassú, nelle loro vesti bianche, si vedevano ciliege volare da un ramo all'altro e si sentivano sonare improvvise risate. Grandi ceste erano state riempite. Molte ciliege erano state stese al sole perché seccassero. Le piú belle erano state mandate in omaggio ai signori vicini, i quali ricambiavano a loro volta con ceste di ciliege, magari di altra qualità, ma pur sempre ciliege. Anche i loro alberi erano venuti a maturazione nello stesso tempo.

Buccia aveva fatto composte, torte, salse piccanti per le carni. A un certo punto aveva detto che non voleva piú vedere entrare in casa una sola ciliegia.

Ma le ciliege continuavano a maturare. Spuntavano con le loro teste rosse tra le foglie, al mattino, maturate nella notte per effetto del sole del giorno prima, gonfie di succo, abbondanti per la gran pioggia e il calore che le era succeduto. Non se ne erano mai viste tante, né cosí grandi, né cosí belle.

Il cavaliere ebbe l'idea di invitare tutti i bambini della contrada e abbandonare al loro arbitrio alberi e ciliege. Odilia fece preparare tanti pani dolci, piccoli e tondi, che ce ne fossero per tutti. E ne venne fuori una festa.

I bambini, chiamati casa per casa dal Biondo Gerardo, vennero il pomeriggio di Pentecoste. Si affacciavano timidi sull'uscio dell'orto, guardando curiosi; poi, sollecitati dalle monache, entravano silenziosi e composti, prendevano un panino dalla bella cesta di giunco che stava sulla tavola sotto la pergola, si avvicinavano a uno degli alberi di ciliege, guardavano in su, e in un attimo erano spariti tra il fogliame. Potevano mangiarne quante volevano, e portarsi a casa quelle che non riuscivano a mangiare.

Si arrampicavano in silenzio fino ai rami piú alti, agili e sicuri come gatti. Sceglievano il ramo piú ricco, le ciliege piú belle, da veri professionisti, si rimpinzavano e riempivano le loro bisacce. Facevano coscienziosamente, alla luce del sole, quello che avevano sempre fatto, di nascosto, su alberi proibiti.

Per qualche tempo le fronde dei ciliegi si mossero silenziose, agitate da piccole mani veloci. Poi, raggiunta la sazietà, i bambini si resero conto che lí erano stati invitati, e non occorreva né celarsi, né tacere.

Si videro allora facce macchiate di rosso spuntare tra il fogliame, lanciare richiami verso altri alberi. Si intrecciarono discorsi in un linguaggio misterioso, che gli adulti, le monache e gli altri, non capivano. Scoppiavano improvvise risate, che si comunicavano da un albero all'altro. Poi si videro i bambini seduti a cavalcioni dei rami, a loro agio, come su comode sedie. Mangiavano i panini dolci e discorrevano tra loro, sempre in quel loro strano linguaggio nato dal sodalizio della fame e del gioco. Tirarono fuori zufoli di canna e altri strumenti fatti con le loro mani e incominciarono a suonare, a casaccio, senza accordarsi. Chi non aveva strumenti, cantava, a gola spiegata, una sua canzone, ognuna diversa dall'altra.

I merli che abitavano il giardino delle monache e dividevano, piú o meno abusivamente, il pasto delle galline, stettero alquanto in silenzio, sbigottiti. Poi si adattarono alla nuova melopea e vi inserirono, dapprima timidamente, uno per volta, poi tutti insieme, le loro voci. Tutti, tranne uno. Un merlo maschio grande e nero, nel fior della vita, ammalato d'amore infelice per una gallina.

S'era innamorato di lei contendendole, una mattina, un saporito pezzo di fondo di paiolo. Come tutti sanno, i merli solitamente trovano da sé il loro cibo, insetti, larve o lombrichetti. Non disdegnano, è pur vero, briciole di pane, o di zuppa o d'altro cibo degli uomini. E quelli, i merli del giardino delle monache, si erano abituati al pasto delle galline, perché era piú comodo, evidentemente, e perché nessuno li aveva mai scacciati. E poi, forse, non era peggio dei lombrichi.

Certamente i merli erano stati attirati a quel pasto dallo schiamazzo delle galline, dall'entusiasmo con cui accoglievano i fondi di paiolo che Buccia generosamente destinava loro, dal litigarsi e becchettarsi delle chiaropennute creature, dal chiasso e i giochi che accompagnavano il pasto. Cosí era accaduto, poco per volta, che i merli avevano preso l'abitudine di unirsi alle galline per completare le loro cacce all'insetto, che qualche volta riuscivano faticose ed infruttuose.

Fu all'inizio della primavera che il giovane merlo maschio di cui si diceva, nel becchettare il mangime delle galline, si trovò a prender nel becco una grossa crosta di pane inzuppata di grasso, saporita e spessa, che tanto piacere dava al volatile da indurlo a chiudere gli occhi per meglio goderne il sapore, cosí come sogliono fare talvolta anche gli esseri umani nell'atto del sommo godimento. Cosí il buon merlo non si accorse che la medesima crosta stava mangiando, dalla parte opposta, una giovane gallina di piuma paglierina. Ma gli occhi, lei, li teneva aperti.

E si era accorta che l'attonito merlo stava pasturandosi proprio alla sua crosta, cosa che a lei, commensale autorizzata e non, come lui, tollerata, e di razza superiore, come dimostravano volume e peso, non andava a genio. E la gallina, dopo aver osservato con il suo occhio rosso il rivale immerso nel godimento, lasciò andare la crosta e gli diede un forte colpo di becco in fronte, in mezzo agli occhi. E questi il merlo, dolorante, aprí, fissandoli stupito in quelli della gallina. Fu un attimo, giusto il tempo per ricevere un secondo colpo di becco alla sommità del capo, ancor piú doloroso.

Come soglion dire i poeti che per l'occhio la freccia d'amore giunge al cuore, cosí accadde all'inesperto giovin merlo. E come l'uomo vieppiú ama quando vien dall'amata colpito e maltrattato, cosí al secondo colpo di becco la freccia d'amore piú profondamente penetrò nel suo cuore, e vi prese dimora di lí scacciando ogni altro sentimento e ogni altro piacere, che non fosse la contemplazione della gallina paglierina e i colpi di becco che quotidianamente ella gli dava. Si isolò dagli altri merli, come spesso fanno gli innamorati, non partecipò piú né a cacce né a canti, né al breve volare da un cespo all'altro. E sempre fuggendo le penne nerastre delle merle, andava in cerca di quelle paglierine, dalle quali sempre con ignominia era scacciato.

Nessuna meraviglia dunque che il merlo innamorato non partecipasse al canto dei compagni e alla festa dei bambini sugli alberi di ciliege. L'amore vuol silenzio e secretezza, soprattutto quando è difficile e inconsueto, e possiamo supporre, infelice.

XX.
Il flagellante

In mezzo a quel tripudio qualcuno, inatteso, suonò la campanella dell'uscio del convento; o almeno sostenne di averla suonata. Nessuno, in realtà, l'aveva udita.

Il qualcuno, che sostenne piú tardi di aver suonato la campanella, aprí l'uscio di legno e si fermò nel vano del muro. Era alto, magro, lacero e brutto: il volto piagato dal sole, gli occhi arrossati da qualche infiammazione nascosta, la grande bocca aperta, pronta a gridare.

E gridò infatti, a voce altissima, improvvisamente, sí che tutti sussultarono.

– Sciagurati!

Anche i merli tacquero. I bambini sparirono tra i rami. Tutti rimasero immobili, ognuno nel gesto che stava facendo: Buccia con un secondo cesto di panini dolci tra le mani, Odilia con l'ampolla del vino inclinata nell'atto di versarne a ser Francesco, il cavaliere e il Biondo Gerardo con il loro bicchiere in mano. Le giovani monache scomparvero silenziosamente all'interno del convento. Si vedevano occhieggiare tra le ante socchiuse delle finestre, come i bimbi tra le fronde dei ciliegi. I merli, allineati in fila sulla corda del bucato, ascoltavano attenti quello che l'uomo avrebbe detto.

Misterioso e silenzioso, come era suo solito, era comparso anche Sibillo, senza che nessuno se n'accorgesse. E stava seduto dignitosissimo sul piano del tavolo, con le fessure verdi degli occhi fisse sullo sconosciuto.

– Sciagurati! – ripeté l'uomo alzando un lungo bastone ricurvo in cima a forma di pastorale. – Cosí volete precipitare nelle fiamme dell'inferno? cosí attendete la morte che vi incalza e sta per raggiungervi? nei bagordi e nel peccato?

Nessuno rispose. Guardavano l'uomo che scuoteva con la sinistra il lungo bastone da pellegrino, e agitava, ora, con la destra il flagello. Solo Buccia si sentí sdegnata per quell'accusa di bagordi. «Passi per il peccato, – pensava, – dicono che ci siam sempre dentro, ma i bagordi...» E il suo sdegno salí a tal punto che le tolse ogni timidezza.

– Signor pellegrino, questi sono panini, non bagordi, – disse con decisione.

L'uomo la guardò severamente, poi disse in tono di spregio:

– Taci, donna. Non sai quello che dici. A te e a tutti costoro si spalancano le porte dell'inferno. Attenti che non vi manchi il tempo per pentirvi! Memento mori. Dovreste tutti farvi un flagello, come questo, e flagellarvi ad ogni respiro, con tutte le vostre forze, – e cosí dicendo si diede una gran frustata sulle gambe nude e secche. Una linea rossa si disegnò sulla pelle e ne gocciò del sangue.

Il cavaliere lo guardava tristemente; poi mormorò rivolto alla badessa:

– Sarà il caso di offrirgli un bicchiere di vino?

Odilia alzò un sopracciglio, e rispose: – Penso di no; non lo gradirebbe.

Il Biondo Gerardo, che aveva in mano la frusta con cui aveva guidato i cavalli del carro, la andava accarezzando, e pensava che lui, la frusta, non l'adoperava nemmeno coi cavalli, se non quando era indispensabile, e senza far male. Il cavaliere pensava a quelli che erano morti in Terra Santa, anche uccisi da lui, mentre difendevano le loro case, gli orti, i giardini; pensava al male che nessun flagello poteva lavare. Odilia pensava alle segrete dolcezze a lungo nutrite nel cuore, che si trasformavano in gioia di vivere per sé e per gli altri.

Ma poiché nessuno parlava, il flagellante riprese a gridare agitando, questa volta, entrambe le braccia:

– Pentitevi, finché vi è consentito, e gettate nel fango questi bagordi!

Buccia non ci vide piú:

– Voi siete matto, signor flagellante! questi che chiamate bagordi sono fatti di pura farina e miele e li abbiamo cotti per i bambini, perché dice la signora badessa che ai bambini bastano panini dolci per far festa, e di far festa hanno bisogno quanto di mangiare. E a morire, pensateci voi, se vi piace!

Il flagellante stava forse per rispondere qualche cosa quando il gatto Sibillo, gonfiatosi tutto e rizzato il pelo, soffiò un sibilo di minaccia verso il flagellante, che involontariamente fece un passo indietro. In quel momento il merlo solitario che, a differenza dei suoi simili, stava nascosto nell'insalata dell'orto, si mise a cantare a piena gola.

Fu il segnale: tutti gli altri merli si unirono a quel canto, e dalle fronde dei ciliegi sgorgarono zufolii, fischiettii e canzoni scompagnate, strillate da recessi nascosti del fogliame.

Il flagellante guardò in su, non vide nessuno, spalancò gli occhi fino a sporgerli dalle orbite, e cominciò ad arretrare verso la porta mormorando:

– Ecco la voce del demonio, che è insediato in questo convento. Siete tutti perduti, siete dannati... – e guadagnava rinculando la porta e fuggiva per il sentiero agitando i suoi arnesi.

XXI.

Licantropi e leprecauni

– Penso che dovremo aspettarci la visita del vescovo, – disse Odilia qualche giorno dopo. – Personaggi come quel flagellante sono spesso meno pazzi che delatori –. La badessa sedeva con i suoi amici sotto la pergola in un caldo pomeriggio di giugno, uno di quei pomeriggi afosi che anticipano spesso nelle colline del Monferrato la vampa della grande estate. Il sole arde la campagna, desta cicale e grilli, e la notte le lucciole accendono le loro fatue luci tra l'erba. Uomini e animali restringono vita e lavoro al mattino, quando la terra tiene ancora la frescura della notte, e alla sera, quando un poco si smorza l'ardore del sole.

Il gruppetto sotto la pergola si riposava delle fatiche mattutine. Il disco del ricamo giaceva abbandonato in grembo alla badessa.

– La signora ha ragione, – disse ser Francesco. – Conosco quella razza di gente, piú maligni del demonio, pronti a portar guerra dove regna la pace. E a vedere il male dove non c'è.

– Non abbiamo nulla da nascondere, – intervenne il cavaliere. – Noi qui stiamo lavorando ad alcune migliorie dei fabbricati del convento; voi, ser Francesco, e il Biondo Gerardo, avete ampliato il coltivo preparando l'impianto di una vigna che accrescerà i beni della comunità, costruito cisterne e canali di irrigazione per utilizzare le acque piovane ed evitare gli allagamenti. Persino le alluvioni, nella zona, saranno ridotte.

– È perfettamente vero, – continuò ser Francesco, – ma voi sapete quanto è facile, soprattutto nel mondo del clero, alterare la verità. Non occorre nemmeno usar parole false: basta il tono con cui si dicono, una esitazione, una interruzione improvvisa della frase, un coprirsi gli occhi con la mano... Lo sapete meglio di me. Ci sono persone che sanno capovolgere la verità senza neppure dire parole false.

Tutti furono d'accordo con il ragionamento di ser Francesco, e andavano rivolgendo in cuor loro quali rimedi opporre alla calunnia. Il cavaliere disse lasciando vagare lo sguardo incerto sui presenti:

– Forse dovrei lasciare questa casa, e venirci, come fate voi, quando qualche necessità lo richiede.

Odilia si riscosse dai suoi pensieri, e guardando negli occhi il cavaliere, disse vivacemente:

– No, signor cavaliere. Una comunità di donne sole corre troppi rischi, cosí isolata nelle colline. E se anche voi veniste a trovarci tutti i giorni, è la notte che racchiude i maggiori pericoli. Ricordate che dalla parte del bosco chiunque può venire fino alla nostra porta, e il nostro convento non è un castello fortificato, non c'è ponte levatoio che si possa sollevare la sera, e se fossimo assalite, il vecchio Musone non sarebbe di nessun aiuto. Passano sovente, di notte, per queste strade goliardi, sbandati e ladri: piú volte abbiamo sentito i loro schiamazzi. E non è tutto...

Tacque sospirando quasi non trovasse il coraggio di dir cosa ancor piú grave e paurosa. Tutti attendevano trepidanti la rivelazione del pericolo misterioso.

Poiché il silenzio della badessa si prolungava, il cavaliere volle incoraggiarla:

– Orsú dite, signora. Non abbiate paura.

Odilia trasse un altro e piú profondo sospiro dal petto, poi disse:

– I licantropi.
Ser Francesco si riscosse sorpreso:
– I licantropi?
– Sí, ser Francesco, – ribadí Odilia, – licantropi e leprecauni. Li abbiamo veduti aggirarsi nel bosco nelle notti di luna, gli occhi rossi come brace che brillavano nel fogliame, ne abbiamo udito gli ululati giungere fino al convento e penetrare anche queste sante mura, e ne abbiamo tremato, le membra fredde come ghiaccio. Voi sapete, signori, che licantropi e leprecauni usano attentare alla virtú delle donne, soprattutto se han nome d'essere vergini.
– Strano, – disse ser Francesco, – vivo in queste terre da sempre, e non ho mai sentito dire che vi siano licantropi, né tanto meno li ho veduti.
– Oh! non vi meravigliate, signore. È da poco tempo che i licantropi si sono sparsi nelle nostre contrade. Si dice, ma non so qual credito dare alla notizia, che i saraceni abbiano diffuso un terribile veleno per mezzo di certe lor granaglie che i mercanti comprano colaggiú per rivenderle qui da noi, il quale sugli uomini fa questo strano effetto, che nelle notti di luna piena li trasforma in licantropi, né piú allora ragionano come uomini, né riconoscono amici, moglie e figli, ma di tutto fan strazio orrendo e crudo.
– Tuttavia, – disse il cavaliere, – or non è molto era il plenilunio, ed io mi aggiravo, non avendo sonno, nel bosco durante le piú profonde ore notturne, né vidi alcun licantropo, né udii ululato alcuno.
– Ma è chiaro, cavaliere: – rispose Odilia, – voi siete uomo, e basta la presenza di un uomo perché i licantropi si tengan lontani. Per questo dico che voi dovete restare a dimorare nel convento.
– E i leprecauni? – chiese ser Francesco. – Non li ho mai sentiti nominare.

– Oh, i leprecauni ancor piú terribili sono dei licantropi, – rispose Odilia col tono di chi vuol divagare. – E piú orrende ancora le loro azioni. Ma se voi permettete, signori, s'è fatto tardi e i miei doveri mi chiamano in convento. Ad altro giorno destino di dirvi tutto ciò che sui leprecauni è risaputo.

Tutti convennero che la badessa aveva ragione, e che il cavaliere doveva vegliare sulla incolumità e la virtú delle monache, anche se, per avventura, non si dovesser mai vedere in quelle terre né lincantropi né leprecauni. Non è mai male eccedere in prudenza.

Quella sera, mentre le monache si ritiravano nelle loro celle, suor Buccia, che aveva colto alcune frasi della badessa, le chiese:

– Perdonate, signora. Ma che cosa sono quei lintrapoli che dicevate che si aggirano qui attorno e sono tanto pericolosi?

– Niente, Buccia, – rispose la badessa battendole affettuosamente una mano sulla spalla, – niente di cui abbiamo a temere. Hai mai sentito ululati nelle notti di luna?

– No, signora.

– Allora non ci pensare piú, e dormi tranquilla.

XXII.

La visita del vescovo

E giunse la visita del vescovo, come era stato previsto. Giunse inattesa, come vuole l'onesta consuetudine che inattese vuole le visite d'ispezione. Ma per vie misteriose al convento lo seppero una settimana prima. Odilia riuní i suoi amici sotto la pergola per prendere consiglio.

Ser Francesco parlò per primo, illustrando le opere che occorreva mostrare al vescovo e della cui utilità non si poteva dubitare.

– Ma vi faccio attenta, signora, che quando tra un paio di mesi pianteremo le viti, le piante novelle van rincalzate alla base dopo ogni pioggia, e richiedono quindi un esame giornaliero e la presenza pressoché quotidiana del Biondo Gerardo. Ed anche ora i filari ove saranno insediate le piante van controllati e opportunamente arricchiti a mano a mano che l'umidità del terreno assorbe il concime. Solo cosí il trapianto può avvenire nel modo migliore.

– Bene, – disse la badessa, – cosí vedremo giornalmente il Biondo Gerardo. E voi, ser Francesco?

– Quanto a me, nei limiti in cui i miei impegni me lo consentono, verrò possibilmente tutti i giorni a sorvegliare le cisterne, e le chiuse e i canaletti di irrigazione. Son cose che vanno assiduamente controllate, che se sono abbandonate a se stesse, possono rovinare in breve volgere di tempo.

– Molto giusto, anche questo faremo presente al signor vescovo. E voi, cavaliere? Quali impegni potete dimostrare che vi trattengano nel convento, oltre alla nostra personale difesa?

– Ho pensato, signora, ora che la casa del giardiniere è stata riparata e se ne è ricavata una bella stanza grande, asciutta e riparata dal vento, che se ne può fare una scuola per i bambini della contrada.

– Mi pare un'ottima cosa. E voi, cavaliere, insegnerete ai bambini le cose che voi sapete. E anche noi, io e le mie sorelle, insegneremo loro quello che sappiamo. I bambini verranno qui al mattino, nelle stagioni in cui non sono impegnati nei lavori dei campi, impareranno cose utili, avranno pane e minestra calda ogni giorno, giocheranno, e a sera se ne torneranno a casa loro. Faremo un camino in quella stanza, per offrire loro un ambiente caldo, e alle bambine insegneremo filatura e tessitura, e come da poche verdure si può ottenere una buona minestra, e a fare il pane e altre cose. Ai bambini insegneremo a lavorare il legno, il cuoio, il ferro, tutte cose utili ai contadini, e a tutti inoltre cose di religione, e musica e belle storie.

Questa proposta destò l'entusiasmo di tutti, e per tutti si trovò il giusto impiego ad insegnar qualcosa. Si progettò anche di far venire un maestro del legno e del ferro che insegnasse i primi rudimenti. Anche la suora giardiniera e suor Buccia, avrebbero avuto il loro compito.

Cosí fu deciso che il Biondo Gerardo avrebbe fatto il giro delle capanne dei contadini a ordinare che i bambini, quando fossero liberi dai lavori dei campi, fossero mandati al convento, dove sarebbero state loro insegnate utili cose e sarebbe anche stato dato a mangiare ogni giorno pane e minestra.

– Benissimo, – disse Odilia, – non c'è tempo da perdere, perché il giorno che arriverà il vescovo, dovremo averli lavati, questi bambini, avergli rattoppato le vesti, per renderli presentabili. E bisogna pensare anche all'accoglienza del vescovo. Potrebbe fermarsi a pranzo, o forse solo a ristorarsi un po'. Ser Francesco, ci affidiamo a voi per il vino.

Ser Francesco era molto pensoso:

– Il vino che produco io in queste vigne e che voi conoscete, e di cui si può dire assai onestamente che è vino raro per sapore e per potere inebriante, non mi pare adatto a un vecchio signore che immagino di abitudini assai moderate, soprattutto in un caldo giorno d'estate: mi par che ogni circostanza chieda vini chiari, tenui e freschi. Quelle cisterne lassú sono il luogo ideale per tener freschi gli orciuoli di quel lieve vino, pur aspretto, che chiamasi cortese, perché proprio alle corti si adatta. Di quello andrò io a procurare alcuni orciuoli nella terra dove si produce, che di qui non è molto lontana.

Si alzò sospirando: – Sappiate, – disse, – che non c'è vin bianco che superi per cortesia e raffinatezza un buon vino delle mie viti vecchie. Ma un uomo di chiesa, e già di età avanzata come è il vescovo Zenone, avvezzo forse non è a vini di sí gagliardo colore e sapor generoso.

Quando si udirono i campanelli delle mule che portavano il vescovo e il suo seguito per l'inattesa visita al convento, tutto era stato preparato con cura. Dodici bambini, lavati, pettinati e con gli abiti rattoppati sedevano nella stanza ricavata nella capanna del giardiniere e imparavano, sotto la guida del cavaliere, a dare i nomi appropriati alle cose. Egli teneva in mano la sua spada, ed essi compitavano obbedienti:

– Spada del signor cavaliere, elsa della spada del signor cavaliere... – Forse non erano le parole che piú urgevano alla vita di quei bambini, ma erano le prime che al cavaliere erano venute in mente quando, udito lo scampanellío delle mule, era riuscito a far sedere sulle panche i dodici bambini.

Sul tavolo del refettorio giaceva, come per caso, su una bianca tovaglia un bellissimo pane accanto ad una torta farcita di carne di piccione in intingolo di funghi. E come per caso, di lí a poco sarebbe arrivato ser Francesco col Biondo Gerardo, per offrire all'ospite inatteso un orciuolo di vino cortese.

Il vescovo Zenone, che entrava benedicendo come vuole il rituale, era un omino magro ed energico, con radi capelli bianchi ed occhi azzurri.

– Prego, figliuola, – disse a Odilia che s'era inginocchiata a baciargli la mano. – Vi prego, alzatevi, – e faceva il gesto di sollevarla per la mano. Tutte le suore si erano schierate al suo passaggio e si inginocchiavano a baciargli la mano. Ultimo apparve il cavaliere, dopo aver vistosamente interrotto la lezione e ordinato agli scolari di inginocchiarsi davanti al vescovo.

– Quanti bambini in questo convento! – osservò il vescovo.

– Li riuniamo per far loro un po' di scuola, – rispose Odilia, – quando non sono occupati nei lavori dei campi.

– Bene, bene, bene. E chi sono i maestri?

– Il cavaliere che qui vedete, principalmente, poi io, e anche tutte le monache. Noi – e accennava alle consorelle – insegnamo alle bambine a cucire gli abiti, e a far da mangiare con le poche cose che offre la campagna.

Ma il vescovo Zenone, pur continuando a ripetere il suo «bene, bene», era particolarmente interessato alla persona del cavaliere.

Intanto, licenziati i bambini con il compenso di un

panino dolce, tutti entravano nel parlatorio, dove al vescovo veniva offerto un comodo sedile coperto di cuscini. Il vescovo fece cenno alle monache di ritirarsi, e volle rimanere solo con la badessa e il cavaliere.

– Mi è stato detto, signora, che in questo convento accadono cose strane.

In quel momento la campanella dell'uscio suonò ed apparve ser Francesco seguito dal Biondo Gerardo che reggeva un orciuolo. Non furono necessarie presentazioni: ser Francesco era conosciuto in tutta la contrada. Al vescovo fu porta una leggiadra coppa d'argento che subito si coprí di rugiada quando ricevette il freschissimo vino dell'orciuolo.

– Quale ristoro! – disse il vecchio prelato dopo averne bevuto un sorso. – Il caldo oggi è grande e la strada polverosa –. Bevve un altro sorso, poi disse:

– Si sta bene nel vostro convento, badessa Odilia. Quanti fiori avete!

– Noi monache ci dilettiamo di coltivare fiori. Ma abbiamo anche un bell'orto e un piccolo frutteto. Il prossimo autunno si pianterà anche una vigna, cosí il nostro convento potrà essere in grado di badare a se stesso. Piú tardi, se vorrete, quando il sole smorzi un poco la vampa, vi mostreremo le opere di irrigazione fatte da ser Francesco per mezzo di questo suo giovane garzone e con l'aiuto del cavaliere.

– Bene, bene, – e il vescovo Zenone, pur sorseggiando il suo vino, andava considerando il cavaliere.

– Mi si dice che nel convento accadono strane cose, suoni e voci che escono dalle fronde degli alberi...

Odilia rispose, pur versando novello vino nella coppa del vescovo, che le voci erano quelle dei bambini nascosti nei ciliegi, i suoni erano dei loro zufoli male accordati e che ora, per merito del cavaliere, sarebbero stati usati con migliori cognizioni. Superato lo scoglio dei bambini, Odilia sapeva che sarebbe venuto fuori quello del cavaliere. Lo prevenne raccontando al vescovo le strane paure delle sue consorelle, che nei rumori della notte temevano quei mostri di cui l'ignoranza popola le foreste, licantropi, leprecauni, di cui tanto si parla, e che lei, sinceramente non sapeva se doveva prendere sul serio, ma tuttavia per calmare i timori delle sue sorelle aveva pregato quel cavaliere penitente di mettere la sua spada al loro servizio, come vuole cortesia, e per questo il cavaliere si era acconciato a dimorare nella capanna del giardiniere, quella che di giorno serviva anche per la scuola.

Il vescovo taceva. Vuoi per il ristoro di quel vino fresco e dissetante, vuoi per il parlare suadente della badessa, le cose andavano perdendo molta della loro terribilità. I disordini del convento non erano poi gran cosa: una gazzarra di bambini che han mangiato troppe ciliege, la presenza di un cavaliere penitente che, per altro, si rivelava utile in molte cose... Piú che giusto, in fondo. E tutti, lí nel convento, sembravano vivere sereni e a proprio agio.

Invece quei predicatori vagabondi con flagelli e pastorale, per dir la verità, non gli erano mai piaciuti. Maligni e attaccabrighe, ecco che cosa erano.

Venne l'ora del pranzo, e il refettorio apparve tutto pieno di fiori di campo, papaveri e fiordalisi appena colti.

– Ho scelto questi fiori, – disse Odilia, – perché nascono tra il grano e alludono al pane, – e accennava con la bella mano al grande pane sulla tavola, e a quell'altro, che di pane aveva forma e aspetto, ma il cui profumo rivelava segrete delizie. Quando fu tagliato, il vescovo Zenone accennò un piccolo grido di stupore:

– Sono incline a credere che la maga che ha fatto questa meraviglia siate voi, Odilia. È cosa geniale e bella trarre da semplici e umili cose, quali sono poche carni e funghi, un piccolo capo d'opera che appaghi la vista e il palato.

Mentre la badessa rispondeva con un sorriso di umile gratitudine al complimento del vescovo, ser Francesco appariva in preda alla piú viva agitazione.

– Monsignore, – disse, – non vorrete a queste delizie della signora badessa, accompagnare un vino bianco e freddo, che per quanto nobile sia, troppo esile appare di fronte ai generosi sapori che stiamo per gustare!

– Avete ragione, ser Francesco. Ma che cosa proponete?

– Il vino delle mie viti piú vecchie, tenuto nei tini già alquanti anni, e spillato con la dolce luna di maggio.

Il vescovo fu d'accordo, e venne portata in tavola una botticella di legno scuro, che, posta al centro della tavola, parve dominarla come su un trono. Mentre ser Francesco spillava con le sue stesse mani il vino denso e profumato, la badessa uscí in fretta dal refettorio per tornarvi di lí a poco con un cesto di tuberose che sparse a piccoli mazzi sulla tovaglia.

Tutti la guardarono con ridente meraviglia, ed ella ancor ridendo disse a ser Francesco:

– È una sfida, signore. Voglio vedere se il vostro vino vince il profumo dei miei fiori.

L'uomo sorrise chinando il capo in atto condiscendente, e disse:

– No, signora. Il mio vino non vince in profumo i vostri fiori, ma ad essi si accompagna. Gli antichi usavano incoronare di fiori le coppe in cui bevevano, e anche gettarvi dentro petali di rosa. Il profumo dei fiori sale alla testa per le nari, mentre quello del vino vi sale per il palato e all'altro si unisce come alleato piú potente deciso alla vittoria. Il fine è sempre il godimento, l'umile godimento che può venire da un bicchiere di vino.

Tutti sorrisero a queste parole, e il vescovo Zenone disse argutamente:

– Non chiamatelo umile se non per quanto tien della terra. Voi sapete a quali cose insigni può ispirare questo godimento, congiunto alla misura, che è l'altra grande alleata alla vittoria.

Nessuno s'era accorto che il cavaliere si era allontanato silenziosamente dal refettorio. Rientrò di lí a poco, reggendo tra le braccia un involto chiuso in un sacco di cuoio. Ne allentò i lacciuoli e ne trasse un grazioso strumento a tre corde, tirate sopra una cassa di bel legno rossastro.

– Questo – disse – è uno strumento che vien d'Oriente: ribeca si chiama, ed è tra i mori molto usato. Se permettete, vi canterò su di esso una canzone.

Tese le corde con le tre chiavi che stavano nella parte alta dello strumento, prese un accordo, e cominciò una canzone in lingua provenzale in una triste e strana melodia. Era il lamento di un uomo che, partito di casa la mattina per il suo lavoro, tornato la sera, non aveva piú trovato né casa né giardino, né i servi né la sposa. Tra le rovine ancor calde dell'incendio che tutto aveva distrutto, rauca la voce per il lungo chiamare, si avviava solo sulle vie del deserto per vivere fin in fondo la sua disperazione.

– Quell'uomo stesso – concluse il cavaliere – mi donò questo strumento, che era stato suo e sul quale molte liete canzoni aveva cantato. Questa composi io, in lingua provenzale, in memoria di quell'unico amico che ebbi in terra d'Oriente, colui che mi aveva raccolto morente ai margini del campo di battaglia, mi aveva curato e ospitato nella sua casa. Quella casa che anch'io, poiché ero con lui, vidi ridotta a rovine fumanti, quel giardino, che era il piú bello che mai avessi visto, e di cui vi recai, signora, quei semi che voi conoscete.

Tutti tacquero rivolgendo nella mente la storia dolorosa dell'uomo a cui tutto era stato rapito, grati in cuor loro che il cavaliere avesse composto quella canzone per serbare memoria della triste vicenda rinnovandola nella pietà degli uditori. A questo sentimento diede parole il vescovo Zenone:

– Vi siamo grati, cavaliere, della canzone che avete composta affinché si conservi nella memoria questa vicenda in cui noi, suppongo, siamo gli artefici della rovina –. Sospirò dolorosamente, poi aggiunse: – Dovremmo sempre misurare le nostre colpe prima di chiedere agli altri di pagare le loro –. E poi, volgendosi alla badessa: – E voi ringrazio, – continuò, – per la gioia che date a chi vi è vicino. Continuate a darne, vi prego, ché tutti ne abbiamo bisogno piú di ogni altra cosa, e soprattutto quei bambini, che vidi al mio venire qui, riuniti nella vostra bella casa.

XXIII.

I cipressi di ser Francesco

L'estate trascorse senza altri avvenimenti importanti. Superato l'equinozio, i giorni cominciarono a perdere calore e lucentezza. Odilia e il cavaliere guardavano i crepuscoli farsi sempre piú scoloriti e sentivano stringersi un po' il cuore. Dei bambini, solo i piú piccoli potevano venire alla scuola, perché gli altri erano occupati nei lavori dei campi. Tornarono con le prime brume d'autunno.

La badessa frattanto aveva fatto venire al convento una notevole quantità di lana, insieme a una vecchina che insegnasse alle monache a filarla e tesserla. Se ne dovevano fare abiti caldi per i bambini prima che venisse il freddo. Nel parlatorio fu installato un telaio di legno con un grande pettine di canne e le monache si alternavano allo sgabello della tessitrice per muovere il pesante palco, che all'ordito intrecciava i fili trasversali. Chi non sedeva al telaio, filava la lana, o cuciva gli abiti, o aiutava Buccia in cucina, sempre intenta a cuocere grandi paioli di zuppa e forme di pane.

Il silenzio era scomparso dal refettorio, perché i bambini riuscivano a fare quello che di solito solo i signori riescono a fare: mangiare e parlare insieme. Odilia teneva in modo particolare che imparassero a mangiare senza chinare la testa sulla scodella.

– Cosí, – diceva, – può accadere che veniate presi per signori, e forse che diventiate anche dei signori –.

I bambini ridevano, perché erano convinti che i signori fossero una razza diversa, come i mori o i maghi.

Quando i vestiti di lana furono pronti, tutti i bambini ne ebbero uno. Ma vedendo che il laboratorio era ormai attrezzato, Odilia ebbe l'idea di occupare le ragazze durante l'inverno a filare e tessere, perché facessero abiti per sé e per i loro familiari.

La badessa faceva anche molta attenzione che i bambini non arrivassero a scuola con lividi o altre tracce di maltrattamenti. Quando questo avveniva, si informava ser Francesco, il quale interveniva con la sua autorità.

Tra queste faccende i giorni passavano. Le rondini partirono e vennero le prime nebbie. In principio erano brume mattutine, che si disfacevano ai raggi del sole; poi sempre piú dense e resistenti e fredde. Dalle montagne scesero i corvi. Era triste sentire il loro gracchiare al posto dei gridi delle rondini, ma Odilia li amava lo stesso, poveri spazzini dei prati, senza grazia né bellezza. I merli li sdegnavano e rizzavano il capo per dimostrare quanta differenza li separasse da loro: in realtà avevano paura che volessero partecipare ai banchetti delle galline, questo temevano. Ma senza ragione. I corvi avevano una loro dignità, e non si avvicinarono mai al mangime delle galline.

Odilia e il cavaliere salivano sempre, la sera, sulla cima della collina, per vedere il tramonto, per osservare il mutamento degli alberi, delle piccole viti allora allora piantate, la crescita del gelsomino nel riparo della sua nicchia.

Non sfuggivano alla malinconia della stagione. Ma Odilia rifletteva quanto fosse diversa questa malinconia da quella degli altri anni. Non minore, ma intrisa di dolcezza. Forse, persino piú struggente. «Perché il mio cuore non ha piú difese», pensava Odilia.

A interrompere la monotonia dei giorni venne l'invito di ser Francesco: la vendemmia volgeva al termine nelle sue vigne, ed egli aveva l'abitudine di offrire una cena agli amici sempre in quel tempo. «Era un rito per lui, – diceva, – riunire gli amici per quel momento che considerava la fine dell'anno della campagna. Con la vendemmia terminavano i raccolti, – diceva, – un anno finiva e si cominciava a pensare al successivo. Spogliata l'ultima vite si aravano i campi per la semina del grano e dell'orzo».

Guidò lui stesso il carro su cui aveva fatto porre alcune comode seggiole guernite di cuscini per la badessa e quelle tra le monache che avessero voluto accettare il suo invito. Tra le altre, ospite graditissima, venne suor Buccia, che reggeva tra le mani un gran testo di terra, in cui aveva cotto nel forno una sua cosa segreta, che teneva coperta sotto una pezza di tela candidissima. Mentre ser Francesco, scambiato il posto con il Biondo Gerardo, guidava i due cavalli del carro con perizia grande sí da evitare ogni scossa, il giovane insieme al cavaliere seguiva a cavallo la piccola brigata che lietamente s'avviava alla cena.

Era quell'ora calda del giorno che piú gradita è quanto piú il dí s'abbrevia, e già presente la frescura che la brezza porterà tra poco giú per le valli insieme all'ombre che vi si insinuano allungandosi. La strada si snodava tra colline e dossi, tra macchie di querce e altro bosco; ma in cima a una breve salita che pareva terminare in altipiano, la vista si apriva su una coltura di vigne che amorosamente si abbracciavano all'irregolare movimento del terreno.

Al centro di quell'altipiano, dove convergevano tutti

i sentieri che venivan per le vigne, un ampio spazio erboso s'apriva circondato da altissimi cipressi dai tronchi spessi e neri. Sul prato a cui i cipressi facevano corona, eran preparate le tavole per gli ospiti.

Quando essi vi giunsero videro ciò che prima si muoveva celato per le vigne: un brulicare di uomini e donne che dalle piante staccavano i grappoli con affilatissimi coltelli, e con rapido gesto li posavano in grandi ceste che i bambini reggevano sulla testa. Per i viottoli che portavano alla casa del padrone salivano muli carichi di bigonce piene di uva, con passo lento e cadenzato che pareva voler serbare intatto il carico che portavano.

Eran da poco giunti al luogo dell'incontro, quando dalla medesima strada che essi avevano percorsa giunse un suon di campanelli. Ser Francesco sorrise soddisfatto:

– È il vescovo Zenone, che, come udite, ha accolto il mio invito.

Quando, finita la cena, gli avanzi furono tolti dalla tavola, a un cenno della badessa Buccia posò sulla tovaglia il gran testo che finora aveva tenuto in disparte.

– Io non credevo, – disse schermendosi con qualche malizia, – che qui sarebbe stato presente anche il signor vescovo, ché se l'avessi saputo non avrei avuto coraggio di porger qui un rustico dolce cotto stamane nel forno del convento. Ma poiché la signora badessa fece cenno ch'io lo porgessi... – e andava intanto svolgendo il lino che lo copriva. Un grato odore ne uscí di garofano e cannella, che piú acuto si fece a mano a mano che la badessa tagliava di quel dolce larghe e morbide fette che posava innanzi a ciascun commensale.

Tutti mangiarono con lieto stupore l'insolita leccornia e interrogavano con lo sguardo la muta faccia della suora, che, chini gli occhi alla tovaglia, cercava di dissimulare il gran desiderio che aveva di parlare. Ma fu solo un cenno della badessa, insieme ad una sua domanda, a farle prendere coraggio.

– S'usa nella mia terra, – disse, – che sta oltre Mantova, dove il Po dilaga nella sua gran pianura, s'usa fare quando si vendemmia una crema di mosto con farina e spezie, quelle che voi qui forse avete già sentite. Questa crema io chiusi in pasta di pane assai sottile e misi a cuocere in forno, dopo che il pane già ne avevam tolto.

Quando Buccia tacque scoppiò un applauso di lodi e battimani, e il primo a farle onore fu il vescovo Zenone. Ser Francesco fece portare in tavola certi orciuoli di vino assai vecchio, fatto con uve passe, che però con l'andar degli anni alla dolcezza fondeva una vena amara che talvolta quella persino sopraffaceva.

– È un nobile vino, – disse il vescovo Zenone, – e mi par che nulla meglio di lui si adatti a conciliare all'animo questa difficile ora del tramonto.

La breve giornata di ottobre volgeva infatti alla fine e il sole cedeva a lunghe ombre azzurrine. Un profondo silenzio seguí le parole del vescovo, e gli occhi di tutti erano fissi su di lui. Ma con particolare attesa lo guardavano Odilia e il cavaliere. Dunque anche il vescovo Zenone, un uomo di chiesa, di grande autorità e saggezza, conosceva la tristezza del tramonto, quell'ineluttabile senso di morte che lo accompagna?

– Sí, – riprese il vescovo Zenone, – il tramonto è lo specchio della morte, e il venir meno del giorno allude al venir meno della vita: non c'è esperienza di vita, saggezza o fede che possa difenderci da questo «memento mori» vestito di bellezza.

Teneva gli occhi azzurri rivolti alla luce che si annidava ancora ad occidente, e sorrideva triste. – Quando si è soli, – continuò il vescovo, – se ne soffre piú acerbamente. E un religioso è molto solo.

Odilia lo guardò sorpresa: le pareva che il vescovo desse voce ai suoi stessi pensieri.

– Ma poi il giorno risorge, – continuò il prelato, – e la vita ritorna. Della morte, il tramonto è solo immagine.

– Perché, – chiese Odilia, – pur sapendo che il giorno l'indomani risorge, come tutti benissimo sappiamo, soffriamo di questa immagine della morte come se fosse reale? Perché ci sentiamo sfiorare ogni volta dal freddo della morte?

Gli occhi azzurri del vescovo si posarono pensosi su di lei.

– Forse perché la morte è in noi, Odilia –. E dopo una pausa, sentendo che le sue parole richiedevano una spiegazione, continuò:

– Anche quando siamo vivi, per il fatto stesso che siamo mortali, e destinati a morire, la morte è presente in noi; forse non ce ne rendiamo conto, ma c'è. Siamo un impasto di vita e morte. Chi ha piú esperienza della vita, sente la presenza della morte. Cosí, chi piú ama le cose della vita, piú sente la presenza della morte. Vita e morte, Odilia, non sono realtà separate.

– Allora, – continuò Odilia dopo qualche momento di riflessione, – anche nella morte è presente la vita.

– E io lo credo, infatti.

– Ma in qual modo, in quale misura, – chiese Odilia, – dopo che una persona è morta può partecipare della vita, intendo della vita terrena, questa vita?

– Non intendo sostenere questo, – disse il vescovo scuotendo il capo. – Questo non credo che sia in alcun modo possibile. Ma che la morte individuale non spezzi il legame che lega i vivi ai morti, questo credo e questo voglio dire.

– Volete dire che le azioni dei vivi possono interferire con quelle dei morti?

– Sí. E i morti influire sui viventi con il ricordo che hanno lasciato di sé; di piú, con la presenza della loro anima nel mondo dei vivi. Capite, Odilia? Se tutto per l'individuo finisse con la morte, l'uomo sarebbe una monade scaraventata nell'esistenza, un essere totalmente solo. E non intendo la solitudine di chi si sente solo, quella che tutti proviamo; intendo una solitudine assoluta, difficilmente rappresentabile a parole. Pensate, se la vita dell'uomo fosse chiusa in se stessa, e conclusa con la morte. E con un eventuale giudizio di approvazione o condanna...

Tutti tacevano riflettendo sul difficile discorso del vescovo. Ed egli continuò:

– Io credo che l'esistenza di un uomo, la sua anima forse, ma di anima preferisco non parlare, sia parte di quel tutto formato dalle esistenze degli esseri umani. Ciò che l'uomo fa, di bene e di male, non muore con lui, ma sopravvive nelle conseguenze che ogni gesto provoca nella vita dell'umanità, nelle sue conseguenze, lo ripeto, piccole, piccolissime, o grandi. L'uomo è parte di una totalità: nessuno sfugge a questa totalità, e ad essa l'uomo dà il suo apporto, in modi e misure infiniti, nel bene e nel male. In questa totalità tutto resta; in essa l'uomo sopravvive anche quando è morto.

– Perché, – chiese Odilia, – non avete voluto parlare di anima?

– Qui, signora, mettete il dito sul punto piú delicato di questo mio discorso. Voi sapete che la chiesa cattolica parla di anima individuale, e di un giudizio individuale che attende l'uomo dopo la morte.

Odilia lo sapeva, ed era questo il punto a cui il suo pensiero si arrestava riluttante.

– Io, come religioso, devo attenermi a questo indirizzo di pensiero, – continuò il vescovo Zenone, – ma non sempre e non tutti i teologi sono stati di questo avviso. C'è chi ha creduto, e con alcune valide motivazioni, che l'individuo facesse parte di un'anima totale, e in essa vivesse e operasse. La morte dell'individuo, in tal caso, non distruggerebbe la sua essenza spirituale, che continuerebbe a vivere nella totalità spirituale umana.

– In tal caso, – disse Odilia, – sopravviverebbe dell'uomo qualcosa di piú delle sue opere. Molto di piú.

– Sí, Odilia, molto di piú. E tra vivi e morti ci può essere veramente comunione d'affetti e di pensiero –. Il vescovo guardò Odilia sorridendo: – È possibile, cara Odilia, è possibile. Ma io non lo so. Possiamo sperarlo, possiamo crederci.

La compagnia si alzò, perché in quei conversari si era fatto buio. I vertici dei cipressi si stagliavano nella pallida notte senza luna e delimitavano un cerchio di cielo scintillante di stelle.

Zenone alzò gli occhi a quel circolo magico, e disse:
– E forse è vero.

XXIV.
Autunno

Le brume diventarono nebbie, le nebbie si raccolsero in piogge. L'acqua scorreva tra l'erba, si accumulava nei ruscelli dell'impianto di drenaggio, riempiva la cisterna, ne fuorusciva verso il bosco. Il giardino e l'orto avevano un'ultima impennata di floridezza. Le giovani viti attendevano chiuse nella scorza. Una malinconica bellezza si annidava nel bosco ancor verde.

Ma le foglie del pero erano frammenti di ardesia su cui l'acqua scorreva scrosciando in uno stillicidio incessante.

Allora il convento si richiudeva al suo interno. Nell'aula ardeva il fuoco e i bambini, che venivano tutti in quel periodo, guardavano la fiamma che fugava il freddo dalle mani, dai piedi, da tutto il corpo, e faceva venire voglia di lavorare. Era stato installato un grande banco da falegname, e con seghe e raspe i bambini imparavano a trarre dalle assi di legno panche, sgabelli, suppellettili. Alcuni con una sgorbia intagliavano figure nei legni piú dolci, altri intrecciavano vimini e foglie di canna per fare cesti, gerle e canestri per il pane. Una lunga fila di zoccoli di legno stava ad asciugare davanti al camino.

In quello che era stato il parlatorio del convento due telai erano sempre in funzione, mossi dalle mani delle fanciulle piú grandi. Le altre filavano, ripassavano i nodi; i bambini piú piccoli giocavano con palle di fili di lana o costruivano capanne con ritagli di legno.

Poi, improvvisamente, la pioggia cessava. Le ultime gocce cadevano pigre dalle foglie del pero, le cinciallegre cominciavano a chiamarsi da un ramo all'altro, poi spuntavano i merli, pronti a ghermire col becco giallo e duro lombrichi e lumache usciti dai loro buchi in traccia del sole.

Allora tutti i lavori si sospendevano. Bambini e bambine infilavano gli zoccoli di legno e sciamavano sull'erba bagnata in direzione del bosco, attraversando come cavalieri vittoriosi le larghe lame di sole sortite dalle nubi. Li precedeva il Biondo Gerardo, qualche volta anche il cavaliere, in una caccia selvaggia ai funghi e alle lumache. Alcuni portavano cestini, altri vecchi sacchi usati.

Il bosco ancora stillante si riempiva di grida, mentre tacevano martelli e telai. Non c'era fronda che non venisse smossa, cespuglio che non fosse frugato coi bastoncini di cui ogni fanciullo era armato. Un grido, una risata, annunciava sempre una cattura, fungo o lumaca che fosse.

Nell'orto del convento, intanto, Odilia e le sue sorelle preparavano un fuoco sotto una piastra di pietra sottile sostenuta da due sassi. Quando uno sfrascare rumoroso ai margini del bosco annunciò l'arrivo dei piccoli cacciatori con i loro maestri, la piastra era rovente.

Una ciotola di sale era stata posta lí accanto, e le lumache tratte dai sacchi rotolavano sulla piastra schiumando e sfrigolando. Quando il calore le cacciava fuori dai gusci una mano le carpiva e, con sale o senza sale, le portava alla bocca avida succhiante.

I funghi passavano prima per le mani di sorella Buccia, che li esaminava uno a uno, li ripuliva della terra e del muschio e, dopo averli tagliati in due per la lunghezza, li gettava sulla piastra, anch'essi, per brevissima dimora. E appena accennavano ad accartocciarsi, con un bastoncino di legno li raccoglieva in una ciotola di terra, dove li attendevano aglio e prezzemolo finemente tagliuzzati. Su grandi fette di pane venivano poi distribuiti a chi ne voleva.

Credo che tutti, signori e bimbi e monachelle, mangiassero allegramente quel pasto inusitato, tra chiacchiere ed infantili grida, fin che l'umido fresco della sera spense la vampa della piastra e il tepore dell'inatteso raggio di sole. Mentre le ombre scendevano i bambini tornavano alle loro case sgranocchiando fette di focaccia che Odilia, nascostamente, aveva preparato per loro sorpresa e gioia.

– Non distruggiamo questa piccola ara, – disse il cavaliere accennando alla piastra. – La stagione dei funghi è appena cominciata; poi verranno le castagne. Credo che avrà ancor molto da lavorare prima che la neve la imbianchi.

XXV.

Le slitte

L'autunno fu lungo e mite. Le cacce dei bambini nel bosco si ripeterono piú volte, e se il bottino fu solo di funghi, perché le lumache ai primi freddi si erano rifugiate nei loro nidi sigillando l'orifizio del guscio, non furon certo meno allegre. Per i piccoli contadini cominciava la grande vacanza dai lavori dei campi, la stagione dei giochi e della libertà, cui la scuola del convento, coi lavori leggeri che imponeva e il caldo del camino, non toglieva nulla, anzi aggiungeva gioia e piacere, benché Buccia tutte le mattine esaminasse collo, viso, mani e orecchie, e costringesse i piú riluttanti a strofinarsi con l'acqua di un gran barile in cui aveva gettato una pietra rovente per intiepidirla. Sarebbe stata anche, purtroppo, la stagione della fame, che gli altri inverni spingeva molti bambini a gramolare nei campi avari o mendicare per le strade. Ma la scuola, insieme alla sicurezza del calore, offriva anche la confortante attesa di una scodella della zuppa di Buccia che, stranamente, brontolava meno e cucinava meglio.

Quando le nebbie si infittirono e le piogge si fecero piú insistenti e fredde, incominciò un lavoro nuovo nella piccola officina della scuola, un lavoro intenso e appassionante, con impiego di belle tavole di legno e giovani rami che erano stati incurvati ad arte dopo che s'erano a lungo tenuti immersi nell'acqua. Sotto la direzione del Biondo Gerardo si fabbricavano piccole slitte per correre sulla prossima neve.

Il Biondo Gerardo aveva visto quelle slitte scendere veloci per le dolci colline di Svevia, cariche di uno, due, piú bambini, quando al seguito d'uno di quei signori di laggiú aveva compiuto viaggi e scorrerie per castelli e villaggi della Foresta Nera. Quando, come lupi, uscivano dai lor covi, e cavalcavano a schiera per quei colli, vedeva d'inverno bimbi e fanciulle, e spesso ancor giovanotti, trastullarsi con quei legni che scivolavano veloci per i pendii, mentre altri risalivano, tirati a sforzo verso la sommità del colle. Ne aveva osservato attentamente la struttura, e gli era rimasto in cuore un desiderio fanciullesco di provare anche lui l'ebbrezza di quella corsa per il pendio nevoso.

Sotto la sua direzione i bambini lavoravano alacremente, spesso spiando il cielo in attesa della neve, e a malincuore interrompevano il lavoro quando Buccia suonava la campana per la loro refezione. Ma il profumo delle castagne arrostite sulla piastra mescolava nell'animo loro l'attesa delle slitte con l'intenso piacere di allungare le mani allo scottante bottino, liberare le castagne dal guscio bruciacchiato facendole saltare rapidamente da una mano all'altra. Erano le bambine, ora, che interrompevano il moto dei fusi e dei telai per andare a cogliere nel bosco fascine e castagne.

Il Biondo Gerardo aveva un bel ripetere che non c'era fretta, che la neve non sarebbe venuta fino a Natale, cosa che i bambini per altro sapevano benissimo. Tale era l'ansia di quel gioco sconosciuto che essi temevano di veder giungere la neve prima che le slitte fossero pronte. E spiavano il cielo, tutte le mattine, all'alba, in traccia di quel grigiore biancastro, denso e greve, che precede la nevicata.

– Vedrete che le slitte saranno pronte molto prima che nevichi, – disse la badessa ai bambini che, avviandosi a tornare a casa, le si accostavano per baciarle la mano. E cosí fu.

Dopo San Martino una lunga estate limpida e fredda sembrava indugiare sulle colline del Monferrato. La brezza con l'alzarsi del sole spazzava le brume e i boschi apparivano intatti nei colori giallo-bruni, mentre le vigne risplendevano rossastre nella luce. Le ultime raccolte di funghi si seccavano a quell'aria pungente infilate in corde tese sotto la pergola ormai spoglia, o stese sulla tavola che ormai non veniva piú usata per mangiare. Gli alberi sembravano attendere, pazientemente, che il vento li spogliasse delle foglie e concedesse loro il lungo riposo dell'inverno.

Solo il gelsomino, nella nicchia del sepolcro di Odilia, ignaro di ogni ciclo stagionale, catturava il sole d'autunno come fosse quello di primavera, e continuava a crescere, lungo e sottile, e a mettere fogliette verdi sempre nuove.

Ma un pomeriggio, senza che nessuno se ne accorgesse, il cielo trascolorò, come se una gran pennellata biancastra lo avesse percorso tutto. I vividi colori dei boschi e delle vigne sbiadirono, e un'aria densa di immobilità si diffuse sulle colline. Quando i bambini lasciarono il convento per andare alle loro case, era come se il cielo non ci fosse, e nell'aria circolava l'odore della neve.

Nevicò nella notte e l'indomani i bambini correvano a darsi la sveglia di casa in casa ancor prima dell'alba. Era festa tutto il giorno e per tutti, perché quando c'era la neve nessuno lavorava. Giunsero al convento con grande anticipo, gridando e ridendo. Giungeva con loro anche il Biondo Gerardo, che aprí la porta della scuola. Tirarono fuori le slitte, mentre il cavaliere e la badessa accorrevano ai loro richiami e tutte le monache interrompevano preghiere e faccende per non perdere lo spettacolo.

Fu il Biondo Gerardo il primo a salire in cima alla collina trascinando una slitta legata a una robusta corda. Le sue gambe sprofondando nella neve farinosa segnavano un solco simile a un sentiero. In basso i bambini guardavano tremanti di eccitazione. Il Biondo Gerardo si sedette a cavalcioni dello slittino e sollevando le gambe in avanti si gettò giú per la discesa. La slitta acquistò velocità seguendo la pista segnata e in breve fu al fondo, rallentando nel tratto pianeggiante ai piedi della collina, e si arrestò tra gli arbusti secchi dell'orto.

Fu il segnale. Tutti i bambini gridando afferrarono le slitte e corsero in cima al colle. Chi era rimasto senza slitta s'era aggrappato a chi l'aveva e, al momento di iniziare la discesa, si era seduto a cavalcioni dietro il compagno; e vennero giú veloci, tanto piú veloci quanto maggiore era il peso, alcuni si ribaltarono e rotolarono nella neve gridando mentre zoccoli di legno volavano nell'aria in uno spolverio di neve infinito.

Poi dietro i bambini furono fatte sedere le bambine, che già fremevano di partecipare a quel gioco, e risa e ruzzoloni si moltiplicarono insieme a cappucci e zoccoli volanti. Quando la prima furia del gioco si fu calmata, una slitta fu ceduta al cavaliere, che invitò la badessa a sedersi dietro di lui. Odilia parve esitare un istante, poi obbedí. Scivolarono leggeri sulla neve del pendio ormai tutta levigata, e arrivarono indenni tra gli sterpi dell'orto. Avevano sul volto un sorriso sconosciuto ai bambini, quello degli adulti che ritrovano l'infanzia.

Infine tutte le monache, quelle piú giovani, quelle

che ne avevano voglia, presero parte a quel gioco guidate dal Biondo Gerardo.

A cavallo, in cima alla collina, ser Francesco osservava e sorrideva.

Mentre nessuno avvertiva gli stimoli della fame, sorella Buccia, troppo pavida per affidare le ossa a quei rotolanti carrettini, e la badessa, che dopo la prima prova fortunata non voleva arrischiare oltre la sua dignità, si ritirarono in cucina, a preparare focacce dolci e salate, mentre caci e salsicce venivano allineati su grandi tavole di legno. Nel camino dell'aula ardeva un gran fuoco e le panche dei bambini erano state accostate alle pareti mentre i tavoli da lavoro stavano riuniti nel mezzo. Su questi a poco a poco si andavano accumulando le vivande, insieme a bei cesti di mele, uva passita e castagne affumicate.

Quando le ombre precoci insieme alla stanchezza posero fine ai giochi sulla neve, bambini e adulti ebbero la sorpresa di trovare, invece della solita minestra nelle scodelle di legno, un vero pranzo di nozze.

XXVI.

Il miracolo di santa Odilia

I giorni dell'inverno non erano piú per i bambini della contrada i giorni della fame e della tristezza: lavoravano, giocavano e nessuno era piú costretto ad andare a mendicare. Ma soprattutto non erano piú soli.

Anche Odilia non era piú sola. Viveva quei giorni con la malinconia della luce che fugge. Attendeva il solstizio, il miracolo del sole che, giunto al limite di quell'arco che da sempre gli è assegnato, si ferma, e torna a spostare il suo tramonto verso settentrione, sempre piú a settentrione, mentre il suo corso si alza nel cielo boreale.

Odilia conosceva tutte le colline intorno al convento, e gli alberi emergenti da ogni collina. Odilia seguiva il lento procedere del tramonto e sapeva che quando fosse giunto al folto di cipressi che spuntavano dietro un certo colle, lí si sarebbe fermato. Allora sarebbe stato il solstizio. Ora sapeva anche che quei cipressi appartenevano a ser Francesco, cingevano l'altura erbosa dove avevano mangiato un giorno di primo ottobre.

E ingannava l'attesa col lavoro, insieme agli altri. Insegnava ai bambini canto e musica sui loro piccoli strumenti rustici, raccontava le storie di Troia, di Enea e della sua fuga dalla città in fiamme, i suoi viaggi sul mare. E il cavaliere raccontava le storie di re Artú e dei suoi cavalieri, del mago Merlino, di Lancillotto e della fata Morgana.

L'ora dei racconti era dopo il pranzo, quando i bambini, lasciati i telai e i tavoli da lavoro, sedevano sulle panche alla luce del fuoco che ardeva nel camino, e attendevano l'ora di rientrare nelle loro capanne.

Nelle ore di luce Odilia aiutava il cavaliere ad innalzare un riparo alla pianta di gelsomino che, ignara delle stagioni, aveva continuato a crescere senza interrompere il suo ciclo vitale. Il cavaliere ne aveva fasciato radici e fusto con mannelli di paglia, come per le piante delicate già si usava fare in quelle regioni. Aveva poi tratto, chissà da dove, una lastra trasparente di alabastro, e l'aveva collocata sí da chiudere ai venti e al freddo la nicchia in cui la pianticella cresceva. Aperta di sopra, la nicchia forniva alla pianta aria e sole, che l'alabastro racchiudeva moltiplicandone il calore.

Cosí trascorsero i giorni piú brevi dell'anno, finché giunse il solstizio.

– È il solstizio, – disse Odilia mentre saliva la sommità del colle tenendo per mano il cavaliere. – Vedete, il sole è giunto ai cipressi di ser Francesco.

Era un giorno di dicembre freddo e limpido. Salivano, come sempre, verso sera, alla tomba della vecchia badessa, per salutare il giorno morente, il cielo, limpido o grigio che fosse, la pianticella venuta d'Oriente, che cercava in quella terra la sua nuova patria.

Mentre facevano gli ultimi passi che li separavano dalla cappella, sentirono nell'aria immobile un tenue profumo, sottile e prezioso. Gli occhi dei due si incontrarono, stupiti quelli di lei, ridenti quelli di lui. Fecero di corsa gli ultimi passi e videro la sorgente del profumo:

alcuni piccoli fiori bianchi, tra il verde tenero del gelsomino.

Rimasero a lungo in silenzio, poi Odilia disse: – Incomincia la primavera.

Il cavaliere le prese la mano e la baciò: – Odilia, – disse sorridendo, – comincia l'inverno.

Lei lo guardò stupita: – Allora è un miracolo! La vecchia badessa ha fatto il suo miracolo!

Il cavaliere era affaccendato a sistemare e rinsaldare la lastra di alabastro a riparo del gelsomino.

– Non so, Odilia, – rispose guardando pensoso il gelsomino, – alcuni particolari mi lasciano qualche dubbio...

– Non tocca a noi, cavaliere, decidere su questo punto. Invitiamo il vescovo Zenone a dare il suo parere su questo fatto sorprendente e inusitato qual è il fiorir d'un gelsomino a gennaio, in queste terre fredde del settentrione. A lui spetterà di decidere se miracolo c'è oppure no.

Cosí fecero, e il vescovo Zenone annunciò una sua visita ufficiale con altri signori, religiosi e non, per prendere atto del singolare evento.

Vennero alcuni giorni dopo il Natale, quando il nuovo anno già accennava ad allungar le giornate col protrarre del tramonto nel cielo di occidente. Vennero in una lucente mattina di gelo, in lungo corteo solenne, su cavalli addobbati con le insegne nobiliari, preceduti da signori del clero regolare e secolare, da canonici e giuristi alla cui sapienza era affidato il giudizio.

Odilia e il cavaliere attendevano sul luogo della cappella, con cuore ansioso e trepidante. In quei giorni di gelo sereno avevano raddoppiato le difese poste al giovane virgulto; avevano anche, di notte, quando nessuno poteva vederli, accostato all'alabastro fasci di paglia accesa per scaldare le radici e il fusto della piccola pianta, chiudendola quasi interamente ai venti freddi della notte. Quel mattino erano saliti alla cappelletta allo spuntar del sole per rimuovere i brutti resti di paglia e sterpi bruciati e per aprire, appena il sole si fu fatto piú caldo, un ampio spiraglio d'aria alla pianta. E il profumo dei fiori bianchi, a lungo racchiuso nella tepida culla, ne sprigionò inondando l'aria tutto intorno. E lo sentirono, nel loro avvicinarsi, una volta smontati da cavallo, anche tutti i signori.

Primo a sentirlo fu il vescovo Zenone, che piú attento degli altri era a tutto ciò che accadeva lí intorno. Guardò il gelsomino fiorito con i suoi occhi azzurri, pensando tra sé che il miracolo c'era, un miracolo umano, per tutto ciò che lí era stato fatto, una prova di amore per la terra e per gli uomini. Ma sentiva bene che i signori canonici e giuristi commentavano con ironiche frasi quel pezzo di alabastro che proteggeva la pianta, e sentiva che la tesi del miracolo aveva, di fronte alle aride ragioni della legge, ben fragili difese.

In quel momento il brusio delle contestazioni sussurrate di orecchio in orecchio fu interrotto da un canto accompagnato da suon di flauti ben armonizzati e concertati, un coro di voci di bambini che cantavano Natale. Tutti gli occhi si volsero in gran silenzio alla fonte di quel canto, e tutti videro, mal celati dalle foglie secche della quercia, l'esercito di bambini arrampicati sui rami piú alti, «bambini cantanti e musicanti», pensò il vescovo.

E li guardava sorridendo, e pensava che un vero miracolo era davanti ai suoi occhi, il miracolo degli uomini che avevano trasformato una banda di piccoli straccioni affamati in un coro degno di una cattedrale.

– Non c'è una stonatura, – sussurrò all'orecchio del vescovo la voce di ser Francesco che stava lí accanto. Il vescovo lo guardò sorridendo e tuttavia pensieroso, perché aveva già sentito rinvigorirsi il brusio delle contestazioni sussurrate di orecchio in orecchio.

Allora accadde quel che nessuno poteva attendersi. All'improvviso un suono di campane a festa invase il cielo, un suono che proveniva dai quattro punti cardinali, da tutti i campanili svettanti sui colli del Monferrato, campane che suonavano a festa e nessuna mano le muoveva. Mentre lo scampanio si faceva sempre piú lieto e travolgente, il vescovo Zenone si inginocchiò commosso sulla terra fredda di gennaio, imitato da tutti, prelati e baroni, canonici e giuristi, e intanto pensava: «Ora nessuno potrà negare che questa è la mano di Dio».

Gli occhi dell'imperatore

Prima edizione «Nuovi Coralli» 1993

1.

Gli occhi dell'imperatore

Sono azzurri, intensi, lontani.

Laggiú, in terra di Puglia, guardano dagli spalti del castello verso settentrione, e la luce che emanano è richiamo d'amore e insieme comando. Occhi di imperatore: anche il segnale del cuore diventa imperativo in essi: dolce e voluttuoso, non ammette esitazioni.

Bianca, in piedi tra i merli della torre ghibellina, guarda verso il meridione, nell'ora del tramonto, quando il sole valica il confine dell'orizzonte e copre il cielo di veli dorati. È il loro appuntamento di ogni sera, il loro incontro. Sull'onda dello sguardo la tensione d'amore unisce le loro menti, varcando i colli boscosi del Monferrato macchiati di vigne, i picchi di Appennino, le calde pianure del Tavoliere, e monti e valli, città turrite e umili villaggi, e tutto il vario mondo che si estende dalla Puglia al Monferrato.

Bianca crede a questo incontro di ogni sera, e non si domanda neppure se veramente l'imperatore sia là, se per caso qualche impegno di stato non lo trattenga nelle stanze severe e fredde del castello o una caccia lo trascini per i boschi del Vulture, o perché no? un amore cortigiano lo seppellisca tra le sete di un'alcova. Bianca non si chiede nulla, non vuole pensare né immaginare nulla.

L'imperatore ha detto che sarebbe stato per tutta la vita, fino alla morte. E il suo sguardo esprimeva, insieme alla supplica amorosa, l'imperio che mai si disgiunge da tutto ciò che vuole un animo grande.

Vivo pegno di questo amore è il ragazzo biondo con gli occhi azzurri, gli occhi degli Hohenstaufen, che hanno riflessi viola quando guardano nell'ombra, e sono trasparenti come acqua quando guardano nel sole. Non s'erano mai visti occhi cosí nel Monferrato.

A quel pensiero Bianca distolse lo sguardo dal polo che lo attraeva, e guardò giú nella corte, dove Manfredi, il suo figliuolo biondo, giocava con Pelone, il grande cane bastardo che aveva raccolto un giorno sul ciglio di un fossato. E sorrise.

Ma c'erano i giorni di pioggia, i lunghi inverni settentrionali, con le nebbie e il gelo, i giorni senza luce e senza tramonto. Era difficile, allora, per Bianca spingere lo sguardo oltre i merli della torre, varcare col pensiero quella distanza infinita... Era difficile riuscire a credere, tener fede al giuramento con cui aveva risposto al giuramento dell'imperatore.

«Un giorno verrò a prenderti, – aveva detto l'imperatore, – o manderò qualcuno per condurti a me». Lo aveva detto lí, su quella torre, prima di partire dal castello di Agliano, tanti anni prima. Quanti? Bianca guardò il suo ragazzo. Sedici anni prima, era stato.

Sedici anni. E lei attendeva ancora che venisse a prenderla. Sapeva che sarebbe venuto, o avrebbe mandato qualcuno. Veniva talvolta un messaggero dell'imperatore, di solito un cavaliere tedesco che parlava una strana lingua, metà italiana metà straniera. Si fermava per recare uno scritto dell'imperatore e ripartiva verso settentrione. Accennava con la mano per indicare una terra lontana, e Bianca seguiva il suo segno, e pensava che l'imperatore invece stava dall'altra parte, verso il meridione.

– Male, male, – diceva il cavaliere, – male che l'imperatore stia laggiú, in Puglia e in Sicilia: la sua terra è la Germania.

Bianca ascoltava in silenzio, e pensava che anche quella era la sua terra, perché vi era nato.

– I signori tedeschi attendono il loro imperatore, – continuava il cavaliere, – è il loro signore.

Bianca guardò in viso il cavaliere, e disse:

– Anche io lo attendo.

Le mandava doni preziosi, l'imperatore, e lettere, e poesie composte da lui, poesie d'amore e di lontananza. Quando era stato ospite nel castello, aveva cantato accompagnandosi sul liuto. E guardava lei, sempre lei negli occhi. Bianca aveva capito, allora, che di fronte a lui non c'erano difese.

Un giorno le mandò in dono una sua camicia di seta strappata in due punti sul petto. Diceva, nello scritto che l'accompagnava, che quegli strappi erano colpi di spada che lo avevano ferito in battaglia, profondamente. Ma lui era sopravvissuto e guarito.

Bianca sapeva che quella camicia era un pegno d'amore, e che lei avrebbe dovuto portarla sempre, sotto le vesti, sulla sua pelle nuda. E la portò sempre, lavandola con le sue stesse mani, perché nessun'altra mano doveva toccarla.

Di notte, talvolta, nella solitudine del suo letto, accarezzava la camicia dell'imperatore, e sentendo sotto le dita il proprio corpo immaginava che fosse quello di lui, quel corpo accarezzato una volta sola, con piacere e con paura, timidamente, quasi senza toccarlo. Ora forse lo toccherebbe con maggior ardore, ora che di quel corpo aveva un ricordo, un figlio, e un desiderio immenso. E non poteva toccare che quella sottile camicia di seta lacerata in piú punti, sotto cui palpitava il corpo suo, di Bianca Lancia, la fanciulla che aveva avuto in sorte un'ora d'amore e molti anni di desiderio.

II.

Sedici anni prima

Lei non sapeva, allora, chi fossero quei cavalieri vestiti d'oro e di seta che in sontuoso corteo si avvicinavano al castello, né perché li precedesse una schiera di araldi veloci su piccoli cavalli arabi, che giunti di fronte alle mura levarono lunghe trombe d'argento e con squilli festosi chiesero che fosse calato il ponte levatoio. Non sapeva che da settimane i suoi familiari con tutta la gente del castello si preparavano a ricevere l'imperatore.

Bianca era troppo giovane e non era ancora ammessa a corte quando c'erano ospiti, e la sua famiglia si agghindava in modo inconsueto, si aprivano le arche e si traevano gioielli e vesti preziose, si provavano musiche e danze e tutte le sale venivano lustrate dal pavimento fino alle travi del soffitto. E suo padre, sua madre, i fratelli e le sorelle maggiori erano tanto indaffarati che non rispondevano neppure alle sue domande, le dicevano che a suo tempo avrebbe saputo, le avrebbero spiegato, e perché poi?

Sapeva bene Bianca, la piú giovane della famiglia Lancia, che forse per lei non ci sarebbe mai stata una vita di corte, né feste né danze, né corteggiatori innamorati. Il suo destino era il convento. Cosí almeno le bisbigliava la sua nutrice, donna assai stramba, che suo padre aveva condotto dal contado toscano nella convinzione, forse giusta, che avrebbe insegnato ai suoi figli una parlata piú bella. Si era accorto infatti, che l'imperatore, per essere nato in terra meno settentrionale, parlava un italiano piú bello del suo.

A Bianca non importava molto di quello che la attendeva, e su cui non aveva affatto idee chiare. Andava a cavallo come un ragazzo e allevava i suoi falchi cacciatori: il suo regno erano i boschi che coprivano le colline di Agliano, i sentieri tra campi e vigneti, e il padiglione dei falchi, fatto costruire dal padre apposta per lei. Vi entrava come una regina, perché i falchi la conoscevano e l'amavano come dispensatrice di cibo e protettrice della loro esistenza. Nessuna delle sue sorelle si sarebbe mai avventurata nella grande capanna dei falchi, nella bella radura nel bosco, nessuna avrebbe osato esporsi agli artigli dei nobili rapaci, che lei allevava senza tuttavia addestrarli alla caccia, cosí, solo perché li amava.

Uno amava sopra gli altri, un giovane falco dalle penne brune screziate qua e là di riflessi rossi, che nelle ali apparivano quando le apriva al volo. Quel falco era il suo amico. Altre penne gli aveva cosparso ella stessa di liquido argento con un sottil pennellino, e un piccolo nastro gli aveva legato alla zampa sinistra su cui si leggeva, ricamato in oro, il suo nome, Bianca.

Nessuno dei suoi falchi aveva mai conosciuto lo scuro cappuccio che copre con gli occhi la testa, e del nobile uccello nato per il libero volo fa un infelice rapace schiavo di un padrone, che affamato lo libera a sfogare l'ira repressa su povere allodole e altri fragili uccelletti. Bianca portava ogni giorno uno dei suoi falchi artigliato sul guanto di cuoio che le copriva la mano sinistra, mentre con la destra reggeva le briglie del suo bel cavallo moro, e col semplice gesto della mano lo lanciava a volo nel cielo, e ne seguiva le evoluzioni audaci e perfette, contenta di quell'aerea libertà dell'uccello. E il falco volava quanto gli piaceva per poi tornare stanco e soddisfatto alla mano tesa di Bianca, al fido ricovero che offriva il polso guantato.

Folgore Gentile era il suo prediletto, Folgore dalle penne argentate, che portava come sigillo d'amore il nome di lei, Bianca.

Quando il castello e la corte si empirono di ospiti sconosciuti, di cui lei non capiva neppure la parlata, e tutti in casa erano tanto affaccendati che nessuno si occupava di lei, Bianca se ne andò alla sua voliera nel bosco di querce. Neppure uno stalliere trovò, che le sellasse il cavallo, e se ne andò cosí, senza sella né briglie, cavalcando il suo morello sulla groppa nuda e tenendogli appoggiata sul collo la mano destra. La sinistra calzava lo spesso guanto di cuoio.

Prese con sé Folgore Gentile e s'addentrò nel bosco, lontano da tutti, perché tutti, le pareva, l'avevano tradita e abbandonata. Da quando erano giunti quegli ospiti, nella tarda mattinata, nessuno si era piú occupato di lei, neppure la nutrice, che aveva risposto alle sue domande con una scrollatina di spalle e un: «Che t'occorre di sapere, tu piccola!»

Accarezzando la testa e il dorso del suo falcone piú amato, dimenticava l'abbandono degli adulti e la sua solitudine di ultima nata.

Era il tramonto dorato di un giorno di maggio e il sole filtrava tra le vigne e lei cavalcava col suo falcone sul pugno come andasse incontro alla ventura. E, giunta in un folto di cipressi, fece cenno all'animale di andarsene libero per il cielo.

Non fu tardo a obbedire l'uccello impaziente e salí velocissimo al di sopra dei cipressi, librandosi in audaci voli perfetti, finché scomparve alla vista di Bianca. La quale intanto, scesa da cavallo, andava cogliendo fiori tra l'erba di maggio né piú badava ai suoi passi, ma la traccia seguendo di certi anemoni bianchi e azzurri s'era alquanto allontanata dal luogo ove prima s'era fermata. La seguiva solo, nel gran silenzio campestre, il morello suo, senza briglie né sella.

Si ritrovò a un tratto in un'ampia radura tra cipressi, che intorno a uno spiazzo erboso formavano un circolo perfetto. Qui sedette in terra e, raccolti in grembo gli anemoni che aveva predati al prato di maggio, si mise ad intrecciarli in graziosa corona, aggiustando fiore a fiore, sí che i colori bianco e azzurro ad arte si alternavano nel serto. E pur intenta in quel suo fanciullesco impegno, levava ogni tanto il capo verso il cielo a chiamare per nome il suo falcone, ma senza ansia né apprensione, perché il luogo le era noto, e ancor piú fidava nella lealtà di Folgore Gentile, che mai da lei sarebbe fuggito.

Cosí, pur levando a tratti nel cielo il richiamo al suo falcone, terminava il serto di anemoni e se lo poneva in capo, cercando intorno con gli occhi un ruscello o una sorgente in cui specchiare la sua immagine ornata di quei fiori. Fu allora che, volgendo intorno lo sguardo, vide un cavaliere al margine della radura, fermo su un cavallo bianco, tutto vestito di rosso, cui un azzurro mantello di seta scendeva dalle spalle a coprire il dorso del destriero. Sulla sinistra guantata di cuoio rosso stavano adunghiati due falchi, dei quali uno aveva penne tutte nere con riflessi blu come il colore delle notti serene. L'altro era bruno con penne dipinte in argento.

– È questo il vostro Folgore Gentile? – chiese il cavaliere chinando il capo in cenno di saluto.

Bianca lo guardò in silenzio, vinta dagli occhi azzurri, imperiosi e sorridenti, del cavaliere.

– Sí, – rispose. – Quello è il mio falco.

Il cavaliere scosse lievemente la mano sinistra e Folgore volò in circolo sopra il capo di Bianca, la quale intanto si infilava il guanto di cuoio e porgeva al falcone la mano sinistra.

– Allora vi chiamate Bianca, – disse il cavaliere, che aveva letto il nome ricamato sul nastro.

– Sí, – rispose Bianca accennando col capo, sempre guardando affascinata il volto del cavaliere e la chioma biondo rossa che gli scendeva fino alla base del collo.

– Bianca, sigillo di neve... – mormorò il cavaliere sollevando la mano sinistra e porgendo il pugno col falcone alla fanciulla. – Tenete questo falco per mio ricordo, e amatelo per amore mio.

La fanciulla tese il braccio e il falco nero e azzurro andò a posarsi sulla sua mano guantata, accanto a Folgore Gentile. Lo accarezzò sul collo, e chiese:

– Come devo chiamarlo, signore?

– Chiamatelo Federico, – rispose il cavaliere.

Allora Bianca si tolse dal capo il serto di anemoni e avvicinatasi al cavaliere lo tese a lui con la sua piccola mano. Egli lo prese e se lo pose in capo, e si inchinò dall'alto del cavallo, in cortese cenno di saluto. E volse via verso il folto del bosco.

Ma si fermò sul margine della radura agitando la mano guantata di rosso.

Bianca restò immobile a guardarlo, chiedendosi chi fosse il cavaliere vestito di rosso, poi chinò il capo sui due falchi posati sulla sua mano sinistra, e ad entrambi baciò il dorso liscio e il nobile capo.

Allora vide che al suo, a Folgore Gentile, era stato tolto il nastro su cui era ricamato il suo nome.

III.
«Bianca, sigillo di neve»

Passarono giorni e settimane, e il castello di Agliano viveva sonnolento la grande estate del Monferrato. Fiori ed erbe scolorivano nelle vigne e sotto i cipressi, mentre la cicala dominava con il suo frinire esasperato l'aria ferma del meriggio. Solo al tramonto si risvegliava la vita sonora e capricciosa degli ucelli.

Allora i boschi diventavano il rifugio delle attese di Bianca, dei suoi pensieri, e amava sostarvi a spiare il tramonto. Una notte fece un sogno strano. Le pareva di essersi inoltrata in un folto di giovani allori cespugliosi, dai quali si sentí a un tratto impigliare e circondare, sí che ne fu imprigionata. Debolmente cercava di allontanare le fronde che si richiudevano su di lei, ma i suoi tentativi erano vani, né lei impiegava in essi tutte le sue forze. Si lasciò avvolgere e avviluppare, le sue braccia ricaddero inerti e il corpo indifeso si abbandonò alle molli carezze del giovane fogliame.

Quando si destò, le rimaneva nelle membra la spossatezza languida di chi ha vissuto un episodio d'amore.

Bianca sapeva di quale volto il suo sogno era messaggero.

Dopo che erano partiti gli ospiti di maggio nessun evento aveva mutato la vita del castello di Agliano. Non sapeva chi fosse il cavaliere biondo incontrato nel bosco, e a nessuno aveva raccontato del suo incontro. Viveva il suo ingresso nella vita dei sentimenti, sola, con l'immagine del cavaliere coronato di anemoni azzurri, la testa volta all'indietro sul cavallo bianco, per salutarla, al margine della radura.

Fu in uno di quei caldi pomeriggi d'estate che giunse al castello un cavaliere, senza altro seguito che il suo scudiero. Portava le insegne imperiali e il sigillo di Federico Imperatore. Non era sconosciuto in casa dei conti Lancia, perché già v'era stato in primavera quando Federico di Svevia aveva fatto sosta in quel castello con tutto il suo seguito, e aveva accolto il patto di fedeltà di quei signori ghibellini: allora l'imperatore percorreva l'Italia per accertarsi di persona della fedeltà di quelli che erano della sua parte, e proprio intorno alla guelfa e nemica Alessandria andava stringendo la sua rete di alleanze.

Questa volta il cavaliere giungeva in veste di messo del suo signore e portava una lettera di amicizia per i conti di Agliano, e un messaggio segreto per la contessa Bianca.

Chiese di lei dopo aver conferito con i signori, e la sua domanda destò lo stupore di tutti.

– Avete detto la contessa Bianca? – chiese il conte meravigliato. – Di questo nome nella nostra casa non c'è che una fanciulla.

– Sí, – rispose il cavaliere. – Deve essere una giovane fanciulla, come disse il mio signore.

Increduli i conti di Agliano fecero chiamare Bianca e la presentarono al cavaliere. Egli si inchinò davanti a lei e le porse un rotolo di pergamena legato con un nastro rosso.

– Il mio signore, – disse, – Federico imperatore, vi manda questo scritto, e vi prega che solo voi ne leggiate il contenuto, e a nessuno facciate parte di quanto dentro sta scritto.

La fanciulla prese il rotolo e il cavaliere si congedò.

I conti di Agliano rispettarono la volontà dell'imperatore, né chiesero mai a Bianca che cosa contenesse il messaggio. Lei, d'altra parte, serbò il segreto gelosamente, e lo seppellí nel suo cuore, ma il nastro di seta che legava i suoi capelli si ornò da allora di uno spillo d'oro con un ceruleo zaffiro.

Quello spillo tratteneva nella pergamena il nastrino che il cavaliere aveva sottratto al falcone di Bianca, e ora lo rimandava come segnale di riconoscimento. E lo scritto erano pochi versi in italiano, che cominciavano con quelle parole che ella aveva già udito.

Bianca, sigillo di neve,
a voi il saluto del cuore.
Bianca, falcone d'amore,
a voi la mia vita, a voi il mio onore.

Bianca lesse in segreto le parole del messaggio, le rilesse piú volte, e benché non avesse esperienza di messaggi d'amore, ne capí il senso e l'impegno anche dallo stupito silenzio dei suoi familiari, che avrebbero rispettato la volontà dell'imperatore.

Ne fu felice e spaurita, anche se non le era ben chiaro che cosa le sarebbe accaduto. Ma chiari nel ricordo erano gli occhi azzurri del cavaliere, la luce d'imperio e di dolcezza che ne emanava, la richiesta contenuta nei versi, ordine e preghiera nello stesso tempo.

Ad entrambi i falchi prediletti legò un nastro d'oro alla zampina sinistra: su quello dello straniero era scritto «Federico», su quello di Folgore stava scritto «Bianca». E aveva cura che sempre volassero insieme, e quelli insieme s'alzavano in cielo, vi compievano le loro aeree volute e insieme ridiscendevano, quando lei li chiamava, a posarsi sulla sua mano guantata. E mai era tra i due né odio né bisticcio, ma come legati da grande affetto, sempre volentieri stavano insieme.

Guardandoli, Bianca immaginava per sé la stessa dolce confidenza, una lunga stagione d'affetto, un dolce dilagar del sentimento in un tempo senza confini, senza richiami di trombe né scalpitare di cavalli impazienti.

E venne, un giorno, l'imperatore. Venne improvviso come la folgore. E rapido, come la folgore.

Fu lo sconvolgimento di ogni attesa, di ogni desiderio lungamente nutrito in segreto. Fu il crollo di ogni difesa, il rapimento di ogni certa misura. Tutto si compí come in un vortice inarrestabile.

E sullo spiazzo davanti al castello i cavalli già scalpitavano impazienti.

L'attesa di Bianca si era compiuta, ma il desiderio

era rimasto. Per molti lunghissimi giorni, per anni, il suo desiderio si alimentò del ricordo di quell'incontro, breve, in cui tutto si era compiuto. Quando si recava sulla torre del suo castello, al tramonto, per incontrare con lo sguardo gli occhi del suo imperatore, Bianca riviveva del loro incontro ogni momento, ogni gesto, e spesso il ricordo si fondeva col sogno del cespuglio di allori, col loro messaggio d'amore.

Se la malinconia si insinuava nel suo animo, Bianca ne allontanava la dolorosa puntura, che tentava di farle contare i giorni, gli anni...

IV.

Il cavaliere di Tannhaus

– Verrò a prenderti, – aveva detto l'imperatore, – o manderò qualcuno che ti conduca a me.

Passarono molti anni, e un giorno mandò un cavaliere a prenderla. Federico era rimasto vedovo della seconda moglie ed ora chiamava a sé Bianca e il figlio Manfredi. Li chiamava da Castel del Monte, dove era trattenuto dai continui disordini di quei baroni meridionali e siciliani che creavano scompiglio anche quando gli erano troppo fedeli.

L'imperatore cominciava ad essere vecchio e stanco. Vecchio di una vita troppo intensamente vissuta, stanco di un tempo che per lui trascorreva troppo veloce, e non gli lasciava spazio per indugiare negli studi che gli erano piú cari. Il suo grande trattato sulla falconeria e la caccia con gli uccelli rapaci procedeva cosí lentamente che spesso la polvere si posava sulle carte aperte sullo scrittoio, e che lui a nessuno permetteva di toccare. A quelle carte sognava di poter dedicare interi giorni, ascoltando accanto a sé il respiro quieto della giovane Bianca, che ora doveva diventare sua sposa.

Ma una stanchezza insolita gli impediva di percorrere tutta l'Italia per andare a prenderla, con uno di quei suoi viaggi fulminei e rapinosi, in cui passava giorni e notti a cavallo, senza fermarsi né per mangiare né per dormire, come faceva suo nonno, il grande Federico Barbarossa, nelle sue campagne in Italia. Ma quelle del Barbarossa erano campagne di guerra. Non avrebbe mai, Federico I, attraversato l'Italia per amore. Non si concedeva follie il grande nonno, di cui rinnovava il nome e la gloria.

Ma lui, sí. Lui, Federico II, aveva attraversato piú volte l'Italia, o aveva allungato i suoi viaggi, per veder comparire tra le colline del Monferrato il castello dei conti Lancia, i suoi vassalli fedeli, e per rinnovare a Bianca una promessa che da lungo tempo richiedeva di essere onorata. E per vedere, soprattutto, quella luce d'amore che splendeva negli occhi di lei, e pareva non scolorarsi mai, né per la distanza che li separava, né per il tempo che passava.

E ora, ora che il momento tanto atteso era giunto, ora che il destino aveva reso a lui la libertà dal vincolo coniugale, e tra una contesa e l'altra poteva concedersi un varco al suo viaggio d'amore, ora le forze gli venivano meno. L'imperatore era stanco, e guardava triste dagli spalti del suo castello piú amato, dove tutto era pronto per ricevere la novella sposa. Lui, Federico, le sarebbe andato incontro a un giorno di strada, forse, o ai confini del regno, se le forze lo assistevano.

Eppure non era vecchio, anche se i capelli ingrigivano precocemente diradandosi, quei capelli biondo rossi che aveva ereditato dagli antenati normanni, da sua madre Costanza d'Altavilla, insieme al regno di Sicilia, la terra tanto amata, che lo aveva tenuto lontano dalla Germania, dai suoi principi e dai suoi doveri, come andavano ripetendo i signori tedeschi.

E avevano ragione, certamente; ma alla sua vita, a

se stesso, aveva concesso cosí poco, lui che era l'imperatore, la somma potenza di Occidente. Che cosa gli era venuto da tanto potere? l'odio del papa, l'invidia dei principi, le rivolte dei baroni, e lo scrupolo, perché no? di non aver fatto mai abbastanza il suo dovere.

Il tempo per sé, il tempo dell'amore, degli studi, delle danze e delle cacce, aveva dovuto rubarlo ai suoi doveri, come un ladro, come uno scolaro che si nasconde ai maestri.

E ora gli mancavano le forze per andare a incontrare la sposa.

– Maestro, sono forse malato? – chiese al vecchio imam che aveva fatto chiamare nella sala della torre volta a settentrione. – Una grande stanchezza appesantisce le mie membra, e mi trattiene dal partire per questo viaggio da tanti anni atteso.

Il vecchio Ben Zargan lo guardò a lungo negli occhi tenendogli una mano paternamente sulla spalla.

– Federico, io non sono un medico, lo sai. La mia scienza può solo decifrare i segni del tuo animo. Ed ora vedo che gioia e timore vi si fondono insieme, come è giusto. Chi ama non può non provar timore al momento di realizzare ciò che ha desiderato per tanto tempo.

– Non è la prima volta che amo e mi accingo a sposare la donna amata. Né ho mai provato un tale timore.

– Forse è la prima volta che il tuo cuore si impegna a fondo. Non a caso sei ricorso persino alla magia per tenere legata a te la donna lontana, contro il mio parere, ricordi?

– Sí, lo so. Ma è una blanda magia di sole formule sacre, affidata a pochi versi appresi dalle donne siciliane, che ho trasposto in lingua per farne dono alla contessa Bianca. Un gioco, piú che altro.

– Sí, ricordo quei versi, belli, non so se per merito tuo o delle maghe siciliane:

Passa per gli occhi il dardo che va al cuore.
Finché si incontrano gli sguardi degli amanti,
oltre pianure, colli e monti,
nessuno potrà sciogliere il nodo dell'amore.

Poesia, Federico. Questa è la tua magia. Per questo non te ne ho mai rimproverato. E se ora provi timore, vuol dire che sei uomo prima che imperatore. Forse sei stanco. Manda uno dei cavalieri piú fidi a prendere la sposa, come d'altra parte è uso dei re.

Fece chiamare il cavaliere di Tannhaus, e quando l'ebbe di fronte lo guardò a lungo in silenzio. Guardava i folti capelli neri dell'uomo che gli stava inginocchiato davanti, e i grandi occhi scuri che tacevano in atto di domanda.

– Sai perché ti ho fatto chiamare? – chiese l'imperatore.

– No, signore, – rispose l'uomo.

– Alzati e siediti là, di fronte a me. Cavaliere di Tannhaus, il tuo imperatore ha bisogno di te. Ma non ti manda in battaglia, – aggiunse sorridendo, poiché aveva visto il gesto con cui il cavaliere aveva posto la destra sull'impugnatura della spada. – Ha bisogno di te perché è stanco, forse vecchio e forse malato, e non può assolvere personalmente un compito che l'onore gli impone... e l'amore.

Il cavaliere guardava il suo imperatore con grandi

occhi stupiti, domandandosi che mai gli avrebbe chiesto il suo signore, e poiché questi alquanto taceva, disse:

– Disponete di me e della mia vita signore, poiché entrambi vi apparteniamo.

L'imperatore riprese a parlare con lo sguardo perso oltre la finestra, oltre i monti, verso settentrione.

– Tu dovrai lasciare questa terra di Puglia che tanto ami per un lungo viaggio: ma sarà per breve tempo. Qui tornerai, e non da solo. In terra di Monferrato mi attende una donna, la piú cara al mio cuore che sia al mondo, e mio figlio, il giovane Manfredi. Là dovrai andare e condurli qui, dove io legittimerò con le nozze la madre e il figlio.

Tacque a lungo pensoso. Poi riprese come parlando a se stesso:

– Per tanto tempo avevo atteso questo momento, sognato la mia cavalcata di gioia verso l'amore, io che tante volte ho percorso l'Italia per far guerra, riportare l'ordine e la pace. Tante volte ho fatto questo viaggio rivolgendo nella mente come sorprendere i miei nemici, colpirli nel vivo, vendicare le offese e riconquistare ciò che mi era stato tolto. E mi arrovellavo notte e giorno in questi pensieri, pur cavalcando per dossi e per pianure, senza mai sosta, senza riposo. Ma un giorno, pensavo, farò questo viaggio in nome dell'amore, andrò dove mi attende la mia contessa, e vedrò splendere nei suoi occhi la luce dell'amore.

Si volse verso il cavaliere, e continuò:

– La vita invidiosa mi ha negato questa gioia, ora che il mio tempo futuro si affolla di ombre, e il mio orizzonte si stringe in cerchio sempre piú piccolo: e io nulla posso fare, nulla, io che sono l'uomo piú potente del mondo. Vedi, Tannhäuser, a questa debolezza che mi insidia le membra, io devo sottomettermi, come un uomo qualsiasi, come ogni povero contadino di questi che coltivano le mie terre.

E poiché il cavaliere faceva mostra di voler dire qualcosa di rassicurante, Federico con un gesto gli troncò la parola in bocca, e continuò:

– So che mi sei fedele, e per questo affido a te il compito di condurre in Puglia la mia donna. Non è una battaglia questa a cui ti mando, ma è una grande prova di onore. E non mancheranno pericoli ed agguati. Partirai per il Monferrato con un solo scudiero, affinché i miei nemici non sospettino nulla. Dal castello di Agliano ti spiccherai quando vorrà madonna Bianca, ma il piú presto possibile, io ne prego te e lei. Di lí vi ridurrete, con il mio figliuolo e con tutto il seguito che la mia donna vorrà, sulla spiaggia di Lavagna, in terra dei Genovesi, e proseguirete per via di mare per rendere il viaggio meno gravoso. Tu conosci già il cammino verso Lavagna, e le genti del Monferrato conoscono quei luoghi.

Dopo una pausa l'imperatore riprese:

– Tu vedrai, Tannhäuser, una bella spiaggia intatta, spoglia di case e di castelli, dove solo pochi pescatori gettano le reti. S'apre su quella riva lunga e sabbiosa un fiume profondo e largo, tra sponde verdi di pioppi e saliceti. Qui troverete all'ancora un vascello, al comando di Stefano, pirata genovese, che fedele mi è da molto tempo e, benché giovane, esperto di condurre navigli per acque note. Costeggerete la riviera dei Genovesi fino alle foci del Magra, e poi giú verso meridione. Se dovrete prendere terra, potrete farlo alle foci di questo fiume o presso di Sarzana: ma tutta questa costa è pericolosa per le paludi che nutrono le febbri, e allora, se non è necessario, non scendete a terra, riparatevi nei porti, o nelle rade, solo se vi è tempesta di mare. Ma dopo il lido di Carrara è malfido ogni porto, ogni insenatura può essere un agguato. Stefano il Genovese conosce queste coste e vi sarà guida sicura. Ma poiché voglio che anche tu sappia, Tannhäuser, quali sono i rischi del viaggio soprattutto quando condurrai carico a me sí prezioso, bada di evitare tutte le coste e i porti delle terre del papa, che nulla avrebbe sí caro come prendere in ostaggio persone della mia famiglia. Solo dopo aver passata Gaeta troverete ancora approdi sicuri.

L'imperatore tacque stringendo sí convulsamente le mani che le nocche apparivano esangui. Poi, scuotendo la testa, continuò:

– Né sarebbe piú sicuro il viaggio per terra: troppi sono i castelli guelfi nella terra d'Umbria e di Toscana, e le città che obbediscono al papa, palesemente o celatamente. Se vi occorrerà toccar terra per tempesta o altra cosa, preferite le coste di Sardegna, dove ho piú amici e meno nemici. Stefano il Genovese, che è buon pirata, e fedele, come solo i pirati sanno essere, vi sarà guida sicura fino a che toccherete riva in terra di Napoli, e lí vi manderò incontro i miei uomini, e se potrò, verrò io stesso.

Tacque e rivolse il viso a guardar fuori della finestra, poi si voltò e disse bruscamente:

– Dio protegga te e chi ti ho affidato, – e fece un cenno di congedo al cavaliere.

Si volse di nuovo alla finestra, da cui entravano le ombre della sera, e la tristezza dilagò negli occhi chiari.

v.

La mala jattura

Perché aveva preso con sé l'arpa se non poteva piú suonare? L'arpa, che era diventata inutile orpello da quando la mala jattura l'aveva colpito nella mano destra, sí che le dita non potevano piú muoversi libere sulle corde dello strumento? L'aveva forse dimenticato?

Tannhäuser non l'aveva dimenticato: sapeva che non avrebbe piú suonato. E i canti che gli nascevano nel cuore, nel cuore stesso morivano senza trovare la via della voce e della musica. E a poco a poco, canti, nel suo cuore, non ne nascevano piú, ed egli si andava abituando al suo silenzio, che era il silenzio della sua anima.

– Perché avete preso con voi l'arpa, signore? – chiese Nicco, lo scudiero che gli cavalcava a fianco verso le pianure dell'Ofanto.

– Cosí, – rispose Tannhäuser, – portata dietro le spalle non mi dà alcun impaccio.

La portava appesa dietro le spalle infatti, e non gli dava fastidio. Ma la vera ragione, quella che non voleva confessare neppure a se stesso, era che non poteva separarsene. L'amava troppo, e l'odiava. L'amava come si ama qualcosa che è necessario alla vita. La odiava come si odia chi tradisce.

Ma Tannhäuser sapeva bene che non l'arpa l'aveva tradito, ma la sua mano, quella sua mano destra, che a tutto era abile e pronta, persino alla spada, ma che rimaneva inerte sulle corde dell'arpa, come morta, tutte le volte che tentava di suonare.

Era la mala jattura, che una sera una vecchia, uscita da una capanna, una vecchia che non conosceva e di cui non aveva neppure visto il volto, gli aveva gettato, facendo l'atto di lanciargli contro qualcosa con la mano vuota, pronunciando parole che non aveva capito.

Quel gesto e quelle parole avevano tolto la vita alla sua mano, la vita che sapeva trarre dalla musica delle corde. E senza quella musica Tannhäuser non poteva vivere.

Con il silenzio dei suoni si era spenta in lui ogni gioia, e se versi talvolta gli salivano dal cuore alle labbra, forse dal cuore offeso, versi di pianto e di dolore, li scacciava dalla mente, li disperdeva nel vento, perché solo nel suono essi potevano realizzarsi.

Ma ora non odiava piú la sua arpa; aveva capito che non l'arpa era colpevole, neppure la mano, ma qualche cosa che sfuggiva alla sua comprensione, la causa di quella maledizione lanciata dalla vecchia, con la mano vuota.

Vuota? Piena di odio. Ma perché? E con quale potere? Quale magia possedeva la vecchia, quella figura piccola e curva, che il cavaliere aveva solo sfiorato con lo sguardo, senza darle alcuna importanza? Aveva riso, anzi, insieme agli altri signori della bella brigata, che tornavano dalla caccia nell'oro del tramonto striato di luci violette, mentre il sole accendeva la pietra bianca delle capanne sparse sulla montagna, e lui, Tannhäuser scorreva con gli occhi i colori del mondo, e versi gli salivano alle labbra come da una fonte inesauribile.

– Tu non sonerai piú, maledetto! – Si era voltato senza capire che quelle parole erano gettate contro di lui, e aveva visto il gesto della mano adunca e vuota.

Si erano guardati un attimo sorpresi, i cavalieri, poi erano scoppiati a ridere.

– Era per te la jattura, Tannhäuser! Con te ce l'aveva la strega! – Tannhäuser aveva riso con loro.

– E perché con me? Io non la conosco. Non ho mai visto quella vecchia.

– Ma lei conosce te, – replicò un cavaliere sempre ridendo.

Non aveva piú pensato all'incontro con la strega, fino a quel giorno infelice in cui nella corte riunita alla presenza dell'imperatore, quando tutti improvvisavano una strofa a turno, come era l'usanza, la sua mano era ricaduta in grembo senza poter trarre dall'arpa nessun suono.

Ed ora cavalcava verso settentrione, in compagnia del suo scudiero, il giovane Nicco, nato su quei monti di Puglia pieni di misteri, vissuto come un selvaggio sulle rive del mare, finché lui gli aveva mostrato di lontano una moneta d'oro e gli aveva chiesto se voleva divenire suo servo e scudiero.

Andava a prendere la sposa dell'imperatore per condurla a lui, e l'imperatore era stanco, forse perché aveva vissuto troppo in fretta i suoi giorni, e troppi pesi erano caduti sulle sue spalle.

E lui? dopo aver lasciato per sempre le contrade di Germania e il servizio dei signori di Baviera, si era rifugiato in Puglia, ignoto agli antichi compagni, cavalieri e cantori, e lí viveva sconosciuto al suo mondo d'un tempo. E quel mondo l'aveva dimenticato.

Aveva ottenuto la fiducia dell'imperatore e ne aveva condiviso fatiche e piaceri, come un amico fedele piú che un servo. Tannhäuser amava l'imperatore, e aveva ritrovato accanto a lui la sua giovinezza. Piú volte, battendosi nelle mischie, con la spada nella destra, con il soffio della morte sul viso, si era detto che anche la morte sarebbe stata un prezzo giusto per ciò che gli aveva dato il suo imperatore. Di lui tutto ammirava, lo splendore, la potenza, e la poesia. Piú di tutto amava le cacce, le cavalcate rapinose sugli altipiani al seguito di una preda fuggente, l'irrompere impetuoso nelle radure tra i boschi, dove la brigata si riuniva dopo essersi divisa sui sentieri, dove ognuno era solo col suo cavallo e il rumore delle frasche spezzate nella corsa sfrenata.

E poi il fuoco nella radura, dove il cinghiale arrostiva lentamente al calore dei tronchi di rosmarino selvatico, e intanto si saziava la fame alle grandi ceste di noci e olive, e si dissetava la sete col vino nero e vellutato. Poi giungevano le donne, con cesti di pane ancor caldo posati sul capo, le belle donne di Puglia nate per le danze e l'amore.

Chi distingueva allora l'imperatore dai suoi servi, i suoi fedeli scudieri? Federico amava confondersi con loro, scambiare con loro le vesti e le insegne, e sotto identici mantelli spesso giostravano l'imperatore e lo scudiero le loro giostre amorose.

«Quanto tempo è passato!» pensava Tannhäuser, e gli pareva che dalla giovinezza fossero giunti, improvvisamente, alla vecchiaia, tutti e due, lui e l'imperatore.

Ma non era vero. Anni, sí, ne erano passati, ma non tanti da separare le due età dell'uomo. Quei ricordi parevano lontani perché entrambi, signore e servo, erano stati colpiti da qualche cosa contro cui nessun rimedio valeva. Lui, il servo, dalla mala jattura che aveva sottratto alla sua mano il dono della musica; l'imperatore da una oscura debolezza che gli minava il corpo e gli precludeva ogni gioia. Come una malattia nascosta che lo consumava giorno dopo giorno.

Che senso aveva, ora, questo viaggio d'amore? Tannhäuser guardava le gemme di marzo pronte a schiudersi sui rami dei mandorli, l'erba nuova sul ciglio del sentiero, e pensava che nella vita dell'imperatore l'autunno cedeva all'inverno.

E nella sua? Nella sua vita il tempo si era fermato. Nella sua anima non accadeva piú nulla, né gioia né disperazione, nessuna emozione, nulla. Da quel giorno che l'avevano maledetto, viveva come in un limbo.

«Nessuno è piú triste dell'uomo che non sa essere né felice né infelice, – pensava; – nessuno è piú infelice dell'uomo a cui negato è con il riso anche il pianto». Guardava l'erba del sentiero che il suo cavallo calpestava, ascoltava il fruscio delle frasche smosse ai margini del sentiero. «Nessuno è piú triste del musico a cui la musica è stata negata».

Nel lungo viaggio verso il Monferrato gli accadeva che i pensieri ricorrenti nella mente si ordinassero in parole, e le parole in versi; accadeva per una abitudine antica e dimenticata, contro la sua volontà. Allora il cavaliere li ricacciava indietro, con rabbia e con dolore, perché sapeva che la musica gli era negata.

Lo avevano maledetto affinché fosse morto, e morto doveva essere, un morto che cavalcava alla volta di un castello lontano per portare la sposa all'imperatore.

E una sera apparve, contro il sole al tramonto, la torre del castello di Agliano.

VI.

«La vostra mano, contessa»

Celò l'emozione, negli occhi chiari di gioia, Bianca di Agliano, quando il messo dell'imperatore si inginocchiò, davanti a lei. Lo aveva atteso per giorni, aguzzando lo sguardo tra i merli della torre, là dove per anni, fedelmente, si era recata al convegno d'amore con Federico, al tramonto, quel convegno in cui solo il desiderio li univa attraverso la grande distanza.

E una sera li vide, in una nuvola di polvere, i due cavalieri che giungevano dal meridione, e il piú giovane, quello che doveva essere lo scudiero, aveva suonato la tromba. Mentre cigolavano le catene del ponte levatoio, Bianca correva a precipizio giú per la scala della torre, dimenticando che non era piú la fanciulla di tanti anni prima, e che correre cosí, forse, non era dignitoso. Giunse ansante nella sala proprio mentre entrava il cavaliere.

Perché Tannhäuser riconobbe subito in lei la sposa dell'imperatore? forse perché aveva gli occhi chiari di gioia?

Si inginocchiò ai suoi piedi e chinò il capo scoperto, folto di riccioli bruni. Rimase immobile a lungo, poi senza alzare il capo, tese una mano e disse:

– La vostra mano, contessa, per Federico Imperatore.

E Bianca gli tese la mano, tremante.

Allora il cavaliere alzò il capo e la guardò. Occhi neri senza fondo, pieni di luci oscure, misteriosi messaggi che Bianca non capí, e raccolse con lieve spavento.

Lui, il cavaliere, era smarrito nella gioia che emanava dalla sposa. Dimenticò quello che doveva dire, dimenticò la mano che teneva nella sua, quella sua mano che era stata maledetta.

– Alzatevi, signore, – disse Bianca, e vincendo il primo turbamento, gli sorrise.

Né allora, né dopo Bianca gli chiese perché portasse l'arpa sulle spalle, come una cosa dimenticata. Solo, aveva notato che la mano dell'uomo tremava mentre teneva la sua.

– Noi andremo laggiú, – diceva Tannhäuser indicando le colline verso meridione, – dove il mio signore vi attende. Molti impegni lo trattengono in Puglia, e con grande dolore ha dovuto rinunciare a venirvi a prendere di persona. Per questo ha affidato a me il compito di condurvi a lui, il piú presto possibile, perché vi attende con grande impazienza.

Tannhäuser non guardava negli occhi la contessa mentre parlava, ma un vago punto lontano, perduto nel verde dei boschi.

– Non faremo tutto il viaggio per terra, ma ci imbarcheremo in un luogo riposto della costa dei Genovesi, dove una nave ci attende: io conosco il suo pilota. Partiremo quando voi vorrete.

Bianca rispose semplicemente: – Partiamo domani.

E partirono, in piccola schiera a cavallo, la contessa e Manfredi, Tannhäuser, cavalieri dei signori di Agliano e, in una portantina, la nutrice di Bianca. Accanto alla portantina cavalcava lo scudiero di Tannhäuser, che aveva il compito di proteggere alle spalle la piccola schiera e di non lasciare mai sola la donna.

La portantina procedeva lenta, traballando sulla strada sassosa, e spesso veniva distanziata dalla schiera a cavallo che trottava allegramente nell'aria frizzante del mattino. La donna allora spiava preoccupata tra le tendine e un poco si confortava vedendo che non era sola; ma nello stesso tempo si preoccupava vedendo quel cavaliere zazzeruto e nero, che frenava il cavallo per tenere il passo con la portantina. Chi era? forse un tedesco? ce n'erano tanti in giro. Anche lo sposo, l'imperatore, era mezzo tedesco.

Uno scossone piú forte le fece gettare un grido. Lo scudiero zazzeruto si avvicinò premurosamente alla portantina e mise dentro la testa:

– Niente di male, signora?

«Fortuna che parla italiano», disse tra sé la nutrice; e poi a voce alta:

– No, grazie. Ma di questa via arriverò con le ossa rotte.

– Non vi proccupate signora. A sera, o domani mattina al piú tardi, arriveremo sulla costa dei Genovesi e saliremo sulla nave. Lí potrete riposarvi.

– Sulla nave? o corpo di un cane! o che me lo avevano detto che avrei dovuto andare per mare? Oh misera me, che ora mi sopraggiunge anche il navigare!

– Ma il mare è bello, signora! E poi ci stanno i pesci, tanti pesci! E io getterò le reti mentre la nave andrà dolcemente sulle onde e friggerò pesci per tutta la compagnia.

– Che tu lo conosci il mare? – chiese ancora titubante la donna.

– Se lo conosco? è un vecchio amico, signora. Ci ho vissuto dentro la mia giovinezza, non dico sopra, ma proprio dentro, coi piedi e con le gambe e tutto il corpo.

– Nel mare? e che tu facevi là a mollo?

– Facevo il pescatore, signora. Tutti facevamo i pescatori là nella mia terra. Si nasceva sui monti, come ho fatto io, ma poi per campare la vita si andava a fare i pescatori. E quello ho fatto fino al giorno beato che ho incontrato il signore di Tannhaus, questo signore qui, che è venuto a prendere la sposa per l'imperatore, un buon signore, sapete, anche se ora è sempre triste. E quando lui mi ha chiesto se volevo entrare al suo servizio, ho mollato le reti e son corso via con lui, e da allora, guardatemi, paio un signore anch'io.

La nutrice gli diede un rapido sguardo, e mormorò:

– Sarà –. Poi parlando a voce piú alta:

– E non t'è rincresciuto di lasciare il tuo paese, i parenti e gli amici?

– Molto, signora. Ma la fame è buona consigliera. Il mio paese lo rivedo ogni tanto. C'è una cattedrale di marmo sulla riva del mare, bellissima, tutta rosa al tramonto, e cosí grande che il vostro castello ci starebbe dentro tutto quanto, e anche un pezzo di collina, con la vigna e le mura e la scuderia.

– Frasconaro, – brontolò la donna, – tu mi vendi cucche. Ho sempre sentito dire che da voi, laggiú, le case sono piccolissime, e ci state dentro con le pecore e i porci e le galline.

– No, signora –. Lo zazzeruto si rizzò sulla groppa del cavallo e si mise l'indice destro verticale davanti al viso: – No, signora, non confondiamo. Le pecore e le galline sí, ma i porci no. Farebbero troppa confusione. Li conoscete voi i porci, signora? non stanno mai fermi, buttano tutto per aria, distruggerebbero persino tavole e panche. Noi, signora, i porci li teniamo fuori, in un chiuso.

– Dicevo cosí per dire, – fece la donna scrollando le spalle, – per dire che non ci credo che quella chiesa è cosí grande...

– La vedrete, signora, la vedrete...

– Come la vedrò? o che vuoi dire, figliolo, che s'ha da andare fin laggiú?

– Sí, ma per mare, che è un viaggiare comodo. Poi avremo ancora qualche giorno di viaggio a cavallo...

– O me tapina! in che guaio son capitata! ma che le venne in capo a quella ragazza d'andarsi a prendere un imperatore cosí lontano? non ce n'era di piú vicini? che poi pare che sia mezzo tedesco. Io proprio non so che dire.

– Ma è l'imperatore piú importante del mondo! Un gran signore. Vedrete che castello ci ha, dei vostri ce ne stanno dentro dieci. E non è mica il solo... E vesti di seta e corone d'oro... porta sempre guanti e calze di seta rossa. Forse anche a voi vi regalerà dei guanti di seta rossa.

– Dio ti ascolti, figliolo. Ma ho paura che laggiú ci arriverò molto male acconciata, se pur ci arrivo...

Intanto la portantina aveva raggiunto il gruppo dei cavalieri, che si era fermato a sostare in una radura. Fu stesa sull'erba una bianca tovaglia e si trassero i cesti delle provviste. Lo zazzeruto levò la nutrice dalla portantina, con molta cautela e tra molti lamenti, soprattutto quando Pelone, cane assai affettuoso, saltò giú dal cavallo di Manfredi, su cui viaggiava, e balzò festoso addosso alla donna. Non l'aveva vista per tutto il viaggio, ed era molto contento di scoprire che c'era anche lei.

Dalla portantina uscí anche una voliera, in cui stavano rinserrati i due falchi prediletti di Bianca: gli unici da cui non aveva voluto separarsi. La contessa diede loro libero volo nel cielo, dopo averli accarezzati sul dorso, come era solita fare.

– Tornate presto, – disse loro in segreto, – che dobbiamo ripartire.

E tornarono infatti, non appena li chiamò con la sua voce.

VII.

La nave del pirata

Era limpida l'aria del mattino, e la brezza accelerava la corsa dei cavalli verso il mare. Scendevano l'Appennino nell'alba lucente, di valle in valle come portati dal vento. Bianca era in testa alla schiera e spronava il cavallo tra i meli in fiore, gli ulivi biancastri e le grandi eriche dall'amaro profumo. Davanti a lei cresceva la luce riflessa dal mare, quel mare che avrebbe veduto tra poco, per la prima volta nella sua vita. Un'ultima collina ne impediva la vista, e tutta la schiera spronava a gara su per la salita, mentre il chiarore cresceva davanti ai cavalieri e riempiva il cielo di bianchissima luce.

Giunse per prima sulla sommità del colle e tirò le redini del cavallo. Il mare, in basso, era un manto di seta increspato dal vento. Tutti guardavano in silenzio. Chi già lo conosceva guardava come fosse cosa nuova e mai veduta, con lo stupore di cui riempie gli occhi, sempre, la grande bellezza. Bianca, lo sguardo perso sul mare, rivedeva nell'azzurro altro azzurro, altra luce, altro splendore. Gli occhi del suo imperatore.

Anche la nutrice guardava in silenzio, dimenticandosi di brontolare per le ossa ammaccate e l'aria pungente del mattino, anche Pelone taceva accoccolato sul cavallo di Manfredi trascurando le allodole che volavano sui rami dei meli.

Poi scesero alla spiaggia e la percorsero sul limitare tra l'acqua e la sabbia, dove il suolo è piú sodo. Andavano piano, come chi è prossimo al termine del viaggio e gusta la dolcezza della via piana e bella.

Giunsero a un largo fiume dalle rive boscose di salici, che a volte quasi si richiudevano sull'acqua. Ormeggiato alla riva e nascosto tra il verde, li attendeva un piccolo legno a due alberi. Dalla prua salutava un giovane dai capelli biondi.

– Qui dobbiamo lasciare i cavalli, – disse Tannhäuser. – Sulla costa di Salerno troveremo altri cavalli e un'altra portantina.

Tutti smontarono e salirono a bordo, dove Stefano il Genovese si inchinò alla contessa e abbracciò Tannhäuser come un vecchio amico.

Salparono subito, prima che la brezza di terra perdesse vigore, e furono presto in alto mare.

Bianca sedeva a poppa e guardava la riva slontanare nella limpida mattina, ascoltava lo sciacquio delle onde contro la chiglia sonora, sopraffatto a tratti dallo sbattere di una vela che accoglieva un colpo di vento vagabondo. Era rimasta sola, poiché tutti erano impegnati in faccende varie: la nutrice sistemava in cabina le vesti e le suppellettili per il viaggio, Nicco si occupava delle provviste, Stefano e i marinai delle manovre, Manfredi e Pelone esploravano la nave.

Giunse silenziosamente Tannhäuser e si fermò a qualche distanza. Fu solo a un sorriso di Bianca che si decise a parlare.

– Sentite nostalgia, contessa, per quel che lasciate?

– Un poco. E solo ora me ne accorgo. Fino a questo momento non ne avevo avuto il tempo.

– È l'effetto del mare, signora. Il mare desta sempre nostalgia per quel che lasciamo, ma una nostalgia piena di dolcezza.

– Sí, è una nostalgia che non fa male, – mormorò Bianca, e si meravigliò delle sue parole, si meravigliò di aver confessato i suoi sentimenti a uno sconosciuto.

– Vi attendono cose meravigliose laggiú dove andiamo, madonna, e la cosa piú mirabile è la persona del mio signore.

– Lo so, Tannhäuser, l'ho sempre saputo, – rispose Bianca sorridendo.

– Ma vedrete anche una terra bellissima per boschi e pianure e colore di cielo. Arriverete nel cuore della primavera, e io vi auguro, signora, che sbocci laggiú l'estate della vostra vita.

– Voi siete un poeta, cavaliere.

– Lo fui. Ora non piú.

Bianca voltò lentamente il capo a guardarlo. Incontrò i suoi occhi e vide in essi una grande tristezza.

– Perché ora non piú? – chiese.

– Mi è stato interdetto da una mala jattura, che mi ha fatto una vecchia, e non so perché. Da allora la mia mano non riesce a far vibrare le corde dell'arpa, e senza musica non si può far poesia.

Allora Bianca capí perché gli occhi del cavaliere erano tristi. Capí perché l'arpa stava appesa alle spalle del musico, oggetto inutile che ci si porta appresso come per dimenticanza. Il cavaliere vide il suo sguardo e disse:

– Dalla mia arpa tuttavia non posso separarmi, e

non perch'io speri di tornare a suonare mai piú. Ma perché fa parte di me, quasi del mio corpo.

Giunsero a poppa Manfredi e Pelone, il primo spettinato dal vento, il secondo col pelo arruffato.

– Abbiamo visitato tutto, madre, ogni buco della nave. Tutto è piccolo su questa barca. Vedeste la cucina, madre! La nutrice non riesce neppure ad avvicinarsi al fuoco per far da mangiare.

– Tutte le navi sono cosí. Piú o meno, – disse una voce alle sue spalle. Era il pirata Stefano, in piedi accanto alla murata aggrappato con una mano ad una sartia tesa. Si era legato i lunghi capelli biondi con una funicella, come spesso fanno i pirati, perché il vento non glieli gettasse negli occhi.

– C'è poco spazio su una nave, signore, e quel poco bisogna utilizzarlo nel modo migliore.

Manfredi lo guardava incuriosito.

– Vivete sempre sulla nave? – gli chiese.

– Quasi sempre. È raro che io dorma a terra, in una casa, in un vero letto. La mia casa è questa nave.

– Ditemi, – chiese Manfredi, – perché sulla prua c'è scolpito un Gesú crocifisso vestito da donna?

Stefano sorrise scoprendo i denti bianchi sulla pelle abbronzata del viso.

– Perché non è un Gesú, e non è neppure un uomo. È una santa e si chiama Giulia. Morí crocifissa. A lei è affidata la mia nave. Santa Giulia ci proteggerà in questo viaggio.

– Tutte le navi hanno un santo che le protegge? – chiese ancora Manfredi.

– Sí, perché il mare è pericoloso. È un grande amico, fedele a chi lo ama e lo conosce bene. Ma insidiosi sono i venti che lo sommuovono, a volte, fino al fondo. Allora la nave e il navigante diventano piccoli e fragili se nessuno li protegge, e sono soli.

Manfredi taceva pensieroso, poi si volse alla madre e chiese:

– Anche io, madre, potrei fare il pirata un giorno?

Bianca sorrise al figlio, e disse:

– Non si può mai sapere che cosa ci serba la sorte. A volte qualche cosa a cui non si è mai pensato, e che non ci aspetteremmo mai.

– Ma se io voglio, posso fare il pirata? Non è vero? – e si rivolse a Stefano per avere da lui quella conferma che la madre non gli aveva dato.

– Per fare il pirata occorre nascere poveri, altrimenti non ha senso, – rispose Stefano con volto serio. Ma poi vedendo lo sguardo deluso del ragazzo, sorrise e disse allegramente:

– Sentite, signori? Il profumo che viene dalla cucina? Il vostro Nicco ha veramente messo le reti e pescato dei pesci. Ed ora, ecco che ce li porta fritti e caldi.

Saliva infatti su da una scaletta il riccioluto Nicco reggendo con le due mani un canestro pieno di pesci fumanti. Dietro di lui la nutrice trotterellava affannata.

– Cotesto diavolo, – e accennava a Nicco, – ha voluto fare tutto lui; non mi ha lasciato avvicinare al fuoco, non mi ha lasciato neppure entrare nella cucina.

– Non ci sareste potuta entrare, madonna, – disse Nicco inchinandosi esageratamente di fronte alla nutrice, – la cucina è troppo piccola per voi –. Allora tutti ridendo misero mano alla cesta e mangiarono di quei pesci fritti cosparsi di sale.

Scendeva la sera e la nave procedeva silenziosa nell'ultima luce del tramonto. Un vento leggero e costante gonfiava le vele e il pilota sognava appoggiato al timone. Il mare perdeva rapidamente i suoi colori e tutto era immobile tranne lo scivolare della nave sulle onde.

Allora s'udí dalla prua levarsi il canto d'una bella voce ben intonata:

L'inverno è fuggito,
lo vedo dal colore dell'erba:
ovunque muovo i miei passi
l'occhio si nutre di gioia.

– È Stefano che canta, – disse Tannhäuser, – e quella canzone l'ho composta io, tanto tempo fa.

Terminata la prima strofa, Stefano si staccò dalla murata a cui era appoggiato e venne a poppa, dove sedevano la contessa e il cavaliere.

– Hai una bella voce, Stefano, – disse Tannhäuser, – e canti molto bene.

– Maestro, – disse il pirata, – perché non mi accompagnate sulla vostra arpa?

– Non hai bisogno di accompagnamento, – rispose bruscamente il cavaliere distogliendo lo sguardo e figgendolo nell'acqua già incupita.

Poi, dopo qualche momento, risollevando gli occhi e guardandolo tristemente, aggiunse:

– Stefano, io non posso piú suonare. La mala jattura ha colpito la mia mano destra, che tutto può fare tranne toccare le corde dell'arpa.

– Chi ha fatto questo, signore? – chiese vivacemente il pirata.

– Una vecchia che non conosco, qualche anno fa, mentre si tornava dalla caccia in brigata di amici. E non so perché.

– Una fattura si può disfare, signore.

– Non questa. Sono tornato in quel luogo, nella terra di Trani, e ho cercato la vecchia. Nessuno la conosce, nessuno l'ha mai vista. Sembra sparita nel nulla. Solo noi cacciatori l'abbiamo vista. La capanna era vuota e pareva disabitata da molto tempo.

Il cavaliere tacque. Tacevano tutti assorti nel pensiero di quella mala jattura che aveva colpito Tannhäuser.

VIII.

La mano di Tannhäuser

– Voi? Volete aiutarmi a pulire il pesce, signora? – Nicco era sinceramente stupito e non riusciva a nascondere la sua sorpresa.

– Non sono una signora, ragazzo, e lo sai benissimo. Sono la nutrice della contessa, e per questo le devo stare accanto finché campo, per aiutarla con i miei consigli, assisterla quando sta male, e tutte coteste cose. E per me, se proprio voglio dire la verità, è come una figlia. Certo, – aggiunse sospirando, – avrei preferito una figlietta piú quieta.

– Di che vi lamentate? Va sposa all'imperatore, – disse Nicco.

– Ma è un imperatore cosí lontano! Non poteva sceglierseme uno piú vicino?

– Forse c'è solo lui, di imperatore, almeno in questa parte del mondo, – rifletté Nicco.

– Allora è davvero importante. Tu vedi? Io non ho nulla contro cotesto imperatore: sarà anche un brav'uomo. Ma è il viaggio che mi preoccupa, il mare... o che non senti come balla la nave? e se scoppia una tempesta? Ho udito raccontare di certe cose...

– Se scoppia una tempesta ci rifugiamo in qualche insenatura della costa, dove il mare è calmo che sembra un lago. Non abbiate paura: Stefanazzo conosce il mare meglio di chiunque altro. È il navigante piú bravo di tutta la costa.

– E quell'altro? Quel cavaliere dall'aria triste? Ha certi occhi cosí scuri che pare uscito dall'inferno. Sai, figliuolo, mi mette un certo disagio.

– È un gran cavaliere e un gran signore, – rispose Nicco rizzandosi sulla schiena, – ha un castello in Svevia ed è fedelissimo all'imperatore. State tranquilla, signora, che quando l'imperatore ha affidato a lui la sua sposa, sapeva quello che faceva. La contessa è in mani sicure, ed anche il suo figliuolo, che l'imperatore ama moltissimo.

– Sí, sí, ti voglio credere. Ma in quel cavaliere c'è qualcosa di strano. Per esempio, – e cosí dicendo la nutrice si accostava allo scudiero per abbassare convenientemente la voce, – che è quella storia della mano destra? eh? mi pare che sia una mano come l'altre: non è neppure un poco attratta. La adopera benissimo in ogni cosa.

– In ogni cosa, sí. Tranne suonare l'arpa. O che voi non sapete che cosa è una maledizione? Può far tutto, tranne suonare l'arpa, che è la cosa piú importante per un musico e un cantore.

Lo scudiero rimase alquanto in silenzio, poi guardandosi attorno per vedere che nessuno fosse lí ad udire, aggiunse sottovoce:

– Ed era un grande cantore, sapete? Quando cantava i suoi poemi o quelli di altri alla corte di Federico, anche io, che non capisco niente di poesia, stavo ad ascoltarlo a bocca aperta. Una bella voce calda profonda, un po' come i suoi occhi, capite? e un tocco di dita sulle corde che pareva una carezza. Solo che allora i suoi occhi ridevano ed era il cavaliere piú bello di tutta la corte.

– Cosí nero? ehm, non ci credo. Ma poi, che è successo alla sua mano? che è quella storia della vecchia che gli ha gettato la jattura? Ieri sera udii raccontare qualcosa, senza volere, mentre mi preparavo ad andare a letto.

– Ah, quella è una storia misteriosa, di quei misteri delle nostre terre di Puglia, dove molte donne sono maghe e fanno sortilegi, ma poi nessuno le riconosce, perché cambiano panni e volti e si trasformano in donne come tutte le altre.

– Ma perché la vecchia ha fatto la jattura proprio a quel cavaliere, come si chiama, sí, quello tedesco con un nome strano, proprio alla mano destra?

– Perché è un grande musico e senza la mano destra non può suonare l'arpa.

– Ma perché proprio a lui?

– Perché era il musico piú bravo e il piú gran cavaliere della schiera. Gli altri non erano nulla in confronto a lui. Quella vecchia non voleva punire lui in particolare, voleva punire tutta la schiera, o forse tutta la cavalleria tedesca, che cavalca per boschi, e villaggi e seduce le ragazze senza amarle. Ma la colpa è anche delle ragazze che si lasciano incantare dai pennacchi e dalle armature lucenti, e dovrebbero sapere, perché lo sanno tutti, che quei cavalieri poi se ne vanno e di loro nemmeno si ricordano.

La nutrice lo guardava con gli occhi sgranati.

– Vuoi dire che su di lui ha vendicato le colpe di tutti, non solo le sue?

– Proprio cosí, nutrice, le sue e quelle degli altri come lui. Le baldorie e gli amorazzi di quella brigata di cavalieri, tra i quali lui non era certo il peggiore. Qualcuno geloso, probabilmente, le ha dato l'incarico di gettare il malocchio su di loro, l'ha pagata, e lei lo ha gettato su quello che appariva il capo della bella schiera, il signore di Tannhaus, che tutti conoscevano per il suo gran prestigio. Poi, eseguito il suo compito, è scomparsa.

– Oh che storia, che storia da non crederci. Ma il cavaliere lo sa perché è stato maledetto, o non sa niente?

– Forse lo sa, perché tutti ne parlano tra il popolino, ma non serve a niente. Una fattura è difficile da disfare, e lui certamente non sa molto di magia. Certo che da allora nessuno lo ha piú visto sorridere. Né piú in gaia compagnia... sempre solo, e sempre per sentieri desolati.

– Povero cavaliere, – disse la nutrice scuotendo la testa. – Cosí bello e cosí sfortunato. Ecco che cosa succede a frequentare le cattive compagnie. Eh lo dico sempre io...

– Ecco, vedete nutrice, è lí appoggiato alla murata, con lo sguardo all'acqua, e il suo cuore è grigio come il mare di oggi, grigio e pesante.

– E perché quella benedetta ragazza gli va cosí vicino? perché gli prende la mano, proprio la mano destra?

– Che male c'è, signora? – disse Nicco risentito. – Mica è appestata quella mano.

– O che gli dice ora? – continuò la nutrice senza dargli retta. – Lui la guarda negli occhi... Ohi, ohi, questo non mi par bello, no no. Non vorrà mica scordarsi che è la sposa dell'imperatore?

Il cavaliere non si era accorto che la contessa gli si era avvicinata. Ma quando lei gli prese la mano, riconobbe il suo tocco, anche se era la prima volta che lo sentiva. Volse lo sguardo su di lei e lo fermò nei suoi occhi.

Bianca non sapeva perché gli aveva preso la mano. Per compassione forse? Perché lo vedeva triste?

La premette leggermente con la sua e disse:

– Come è triste, signore, questo mare!

Lui la guardò a lungo negli occhi, e rispose:

– Sí, madonna. È triste –. E Bianca rabbrividí, come se qualcosa la avesse ferita profondamente. Ritirò la sua mano e distolse gli occhi volgendoli al mare gonfio e scuro. Anche il cavaliere volse al mare i suoi occhi, mentre la sera scendeva come una grande nube grigia.

IX.

La tempesta

La maretta grigia che aveva spinto la nave verso meridione lungo le coste dei Pisani si mutò a poco a poco col progredire del giorno. Senza che quasi si avvertisse, le onde s'erano fatte piú lunghe e profonde, e il vento, che prima era scirocco umido e caldo, aveva mutato registro. Ora soffiava da oriente, scendeva dalle valli d'Appennino con soffi forti e ineguali, spazzando il cielo della caligine, aprendo squarci d'azzurro e accumulando le nuvole in nembi scuri e spessi.

– Guardate, cavaliere, che bella luce ci manda il vento, – disse la contessa guardando il cielo.

– È bella, signora, ma è luce di tempesta. Il vento spazza la caligine e la tristezza che l'accompagna. Ma di una tempesta non si può mai conoscere la fine –. Rispose Tannhäuser guardando le onde, e poi, come sorpreso da una idea, le chiese:

– Non avete paura, contessa?

– No, non ho paura. Ho sempre saputo che il mare riserva tra i suoi pericoli anche le tempeste –. Rispose lei guardando le onde che cominciavano ad accavallarsi confusamente e a coprirsi di ricci spumosi; e aggiunse:

– Il mare è come la vita. Può essere quieto e sereno come quando siamo partiti, grigio e senza speranza come questa mattina... poi viene la tempesta e sconvolge tutto.

Lui alzò gli occhi pensosi su di lei e disse:

– Solo chi non ha nulla da perdere non teme la tempesta.

Tacquero entrambi. Ascoltavano il rombo dell'acqua che si era fatto minaccioso, e seguivano i loro pensieri. Poi la contessa disse:

– Nessuno può sapere che cosa ci serba il domani, nemmeno chi crede che per lui la vita abbia già vuotato il suo canestro di doni.

Un'ondata piú forte fece beccheggiare la nave, e in quel punto Stefano, che osservava di lontano i due giovani appoggiati alla murata, si avvicinò loro e disse:

– Signori, restare qui può essere pericoloso. Vi prego di scendere sotto coperta: il ponte della nave ora appartiene ai marinai.

Sotto coperta trovarono la nutrice piena di spavento e di malore, assistita da Nicco, che cercava di rassicurarla con buone parole.

– Queste tempeste succedono spesso, nutrice, ma poi passano senza far danno. Ne ho viste a centinaia, io, di tempeste come questa, si balla un po', e tutto finisce lí –. Ma la sua faccia, di bruna diventata grigia, contraddiceva le sue parole.

Pelone era scomparso sotto un letto e lo si sentiva guaire penosamente: soffriva il mal di mare, come assai spesso soffrono i cani. La nutrice si lamentava debolmente accusando la sorte che la aveva scaraventata in quel finimondo:

– Chi l'avrebbe mai detto che dovevo finire i miei

giorni in mare, con tanta terra che c'è... vedere tutti questi orribili mostri marini...

– Non sono mostri, – la correggeva senza convinzione Nicco, – sono solo onde di acqua.

– O che non son mostri anche quelle, – la povera donna parlava ormai con voce morente, – mostri le sono, come no...

Poi il mal di mare vinse la paura. La stesero su un letto e la confortarono con aceto forte su una pezzuola. Anche Nicco taceva. Non soffriva il mal di mare, lui, taceva per la paura. Dal ponte giungevano come scoppi gli ordini di Stefano ai marinai, le grida di risposta.

A un tratto scese sotto coperta il timoniere bagnato e intirizzito:

– Il capo ha preso lui il timone, – disse come a spiegare la sua presenza sotto coperta.

x.
Il racconto di Tannhäuser

I movimenti convulsi della chiglia giungevano attutiti nella cabina centrale, dove la contessa sedeva col cavaliere.

– Vi ammiro ogni istante di piú contessa, – disse il cavaliere. – Non avevo mai incontrato una donna coraggiosa come voi.

– La vita mi ha insegnato ad avere coraggio, – disse Bianca alzando gli occhi in viso al cavaliere. – E il coraggio non occorre soltanto nelle tempeste di mare. Occorre anche nelle quiete colline del Monferrato.

– Lo so, – rispose il cavaliere. – Avete saputo attendere, sola, tutti questi anni.

– Non ho mai dubitato di Federico. Ma non è stato facile ugualmente –. Sorrise, e scrollando la testa aggiunse: – Ma raccontatemi di voi, cavaliere, della vostra vita.

– Della mia vita? Posso dirvi soltanto che è stata l'opposto della vostra. Voi, salda come roccia, nel vostro castello, ad attendere l'imperatore. Io, trascinato qua e là come una foglia dal vento, senza mai sapere il perché. Sono stato anche in Terra Santa, per cercare di dare uno scopo alla mia vita, ancorarla alla fede di Cristo, diventare suo cavaliere –. Scosse amaramente la testa: – Vi ho perso quanto di fede ancora avevo, anche la speranza della fede, anche il desiderio, e sono tornato piú povero e disancorato di prima. Da allora ho trascinato la vita al servizio di molti padroni, come fanno i cavalieri disperati. Sono stato ricco qualche volta, ma la mia follia ha fatto sí che tutto mi sfuggisse di mano come acqua di fiume. Ecco, la mia vita è la storia del mio fallimento.

– Ma voi siete poeta, e un poeta ha sempre in mano una cima a cui aggrapparsi per trovare salvezza.

– Anche quella cima è sfuggita alle mie mani, signora, e voi lo sapete. Mi è sfuggita proprio quando credevo di aver raggiunto un porto sicuro, la pace della mia vita: quando avevo trovato rifugio presso un signore potente e giusto, e una terra meravigliosa da amare.

– Avete mai amato, cavaliere? – chiese Bianca improvvisamente. Poi, quasi spaurita dalla sua domanda, aggiunse arrossendo: – Non alludo a una terra.

– Una donna, volete dire? Sí, molte volte –. E la guardò sorpreso, come chi sia condotto a parlare di cosa estranea al discorso.

– Tante donne diverse? – chiese ancora la contessa.

– Sí. E alcune le ho amate appassionatamente soffrendo della loro lontananza, o della loro freddezza. Alcuni amori furono felici, e lasciarono nel mio cuore il sapore del miele.

– Sapore di miele... – sorrise Bianca. – Miele di tiglio, di rosmarino, o miele di caprifoglio. Tanti fiori diversi...

– Che intendete dire, contessa? – chiese Tannhäuser sorpreso, – che il mio giardino ha troppi fiori diversi? questo forse volete dire, – continuava come parlando a se stesso, – che troppi fiori ho colto nella mia vita, e nessuno ho saputo coltivare... – guardò Bianca negli occhi, – per questo forse sono stato punito...

Bianca lo guardava seria, senza dir nulla. Il cavaliere continuò:

– Questo voi volete dire, e forse avete ragione. Non ho mai amato veramente.

– Saliamo in coperta, – disse Bianca, – mi par che il moto delle onde si sia calmato –. Gli tese la mano: – Vediamo che cosa ci offre il giorno che già si annuncia.

Era l'aurora e il colore dell'aria incerto tra il grigio e l'azzurro era attraversato in alto da un raggio rosato di sole: vi passò rapido il volo di una rondine, diafano messaggio di luce.

XI.

La costa di Gallura

La tempesta continuò per tre giorni, pur scemando a tratti, ma sempre rinforzando nelle ore notturne. Il pirata Stefano aveva portato la nave, spinta dal vento verso occidente, in una insenatura profonda della costa di Gallura, riparata dai venti e dalle onde, a ridosso di un promontorio di bianchissima pietra.

– Siamo sulla costa settentrionale di quell'isola che chiamano Sardegna, – spiegò ai signori suoi ospiti. – E qui rimarremo, nascosti e protetti, finché mare e vento non si siano calmati. Approfitteremo per far provviste a terra di acqua e di vivande. E voi, signori, se volete, potete scendere a terra: questo promontorio è deserto, solo vi sosta talvolta qualche pastore di porci, che qui si pascono di quelle erbe grasse che vedete fiorite, e dei germogli dei rosmarini.

Cosí dicendo indicava certe macchie verdi quasi interamente coperte di fiori rosso scuro, grandi come una piccola mano, nei quali una fittissima corona di petali sottili circondava un grosso cuore giallo. Piú in alto la macchia verde assumeva un colore piú scuro e vi comparivano a sprazzi i piccoli pennacchi violetti dei rosmarini selvatici.

Già Manfredi con il suo cane se ne andava a terra su una barchetta che Nicco guidava tra gli scogli con esperti colpi di remo. Quando la barchetta tornò alla nave, vi scesero la contessa con il cavaliere e la nutrice, che voleva, disse, provare ancora un volta il piacere della terra sotto i piedi prima di affidare nuovamente le sue ossa a quell'inferno liquido che l'aveva fatta tanto soffrire.

Mentre la nutrice, al braccio di Nicco, raggiungeva una radura tra i fiori in cui voleva sedersi, Bianca e il cavaliere si avviarono a passeggiare lungo la riva, un sottile orlo sabbioso tra il mare e certe rocce bianche e levigate che parevano di marmo.

L'acqua vi era trasparente e lasciava vedere il fondo pure esso di sabbia bianca. Solo piú al largo, dove l'acqua era profonda, diventava di un pallido azzurro che rifletteva il cielo velato di vapori biancastri.

«Il colore dei suoi occhi quando guarda nel sole», pensò Bianca, e si sorprese di non aver pensato mai, da quando avevano preso il mare, agli occhi dell'imperatore. Si sorprese anche, con lieve spavento, di aver mancato all'appuntamento quotidiano del tramonto con il suo amante, quell'appuntamento a cui non aveva mancato mai, in tanti anni, neppure una volta.

«È stata colpa della tempesta, – pensò. – Ci ha sconvolti talmente che abbiamo dimenticato i nostri gesti abituali. Non si capiva neppure se era giorno o notte».

Era vero: quel giorno non c'era stato un tramonto, e in quell'ora certamente Bianca era sotto coperta con gli altri ospiti della nave. Tuttavia provava un certo disagio, forse la dolorosa impressione che qualcosa l'avesse distratta da quell'impegno di fedeltà amorosa che per tanti anni, nella solitudine del suo castello, era stata la ragione della sua esistenza.

Ora camminava in silenzio, assorta in questi pensieri, col viso volto ora al cielo ora al mare. Tannhäuser camminava accanto a lei con lo sguardo fisso al suolo. «Che cosa pensa, – si chiese Bianca, – forse alla sua arpa muta?» In quel momento Tannhäuser levò la testa e, guardandola negli occhi, disse:

– Ora, contessa, se potessi suonare, improvviserei una strofa per voi.

Si udí all'improvviso un rumore di frasche smosse e spezzate sulla costa dove verdeggiavano i rosmarini, e piccoli corpi grigi si videro saltare e quasi rotolare con grandi strida verso il basso. I maiali selvatici si precipitavano dall'alto inseguendo l'incauto Pelone che in una sua sciagurata caccia li aveva destati dal sonno che pacifici dormivano tra i cespugli. Pelone stesso fuggiva con la lingua penzoloni verso il mare, conoscendo forse per istinto atavico le zanne corte e dure di quelle bestie quando sono irritate. Davanti a Pelone fuggiva, non meno velocemente, Manfredi, che raggiunta la riva si gettava in acqua e nuotava verso la nave.

La contessa e il cavaliere videro tutto questo di lontano, essendosi alquanto discostati lungo la riva: ma sulla corsa dei maiali stavano Nicco e la nutrice.

Ignari e sorpresi, costoro udirono il rombo della cavalcata, il rumore delle frasche spezzate sulle loro teste, gli stridi e il grido di Manfredi «salvatevi, salvatevi!» Allora la contessa e il cavaliere videro Nicco alzarsi di scatto, sollevare tra le braccia la nutrice e correre alla barca, in cui quasi la scaraventò piú che non la depose, e saltatovi dentro egli stesso, dar di piglio ai remi e vogare in direzione della nave. Qualche maiale, piú audace e pertinace degli altri, si gettò in acqua con intenti battaglieri, ma per evidenti carenze natatorie tornò tosto indietro e si fermò a squittire con gli altri sulla spiaggia. Poi, vista inutile ogni attesa di possibili battaglie, tutti i porci risalirono la china sparpagliandosi tra i rosmarini.

Allora, lento e pacifico, colla bisaccia a tracolla, comparve il pastore vestito di pelli. Si accosciò sulla sabbia e, tratto il suo cibo, si mise a mangiare.

XII.

Il pastore di porci

Il tramonto scendeva dolcissimo accendendo il cielo di colori sereni. Persino la sabbia della spiaggia appariva rosata. E lí, su quella sabbia lavata e rilavata dal mare, il pastore aveva steso su un letto di rami di rosmarino un giovane porco. A qualche passo di distanza la legna di rosmarino ardeva sopra vento, in modo che il calore cuocesse la carne ma il fumo non l'annerisse. Già da tempo quel rogo profumato arrostiva il maiale selvatico.

Sulla nave signori e marinai si preparavano a scendere a riva per partecipare al banchetto offerto dal pastore. Era stato necessario l'intervento di Nicco per capire che i segnali provenienti dalla spiaggia erano un invito agli ospiti sconosciuti. Quel modo di cucinare le carni, lungo e paziente, adatto ai pastori che dispongono di tante ore solitarie, Nicco già lo conosceva, perché era in uso anche nelle sue montagne. E sapeva quanto poteva durare la blanda lenta cottura.

Quindi solo a un suo cenno tutti gli ospiti della nave si accinsero a scendere a terra. Si udiva, proveniente dalla riva, un suono strano, che il pastore faceva tenendo stretta tra i denti una foglia robusta, come potrebbe essere di castagno, e manovrando davanti alla bocca con entrambe le mani. Ne nasceva un suono modulato ad arte, che egli guidava secondo insolite e dolci melodie.

Cosí, suonando, li accolse, in piedi, sulla riva.

Senza spostare l'animale dal suo luogo, ne tagliò con un coltello affilatissimo alcune piccole parti sporgenti: la coda corta e arricciata che offrí, posta sopra una foglia di fico, alla contessa, e le zampe che, allo stesso modo, offrí agli altri cominciando dalla nutrice, e passando poi al cavaliere, a Manfredi e allo scudiero.

E mentre questi assaggiavano, omaggio rituale, le parti saporitissime e croccanti per la lunga dimora accanto al fuoco, il pastore con perizia scalcava il porcello, tagliando larghe fette di carne rosea e profumata, che andava ponendo in un canestro il cui fondo era coperto di rami di alloro e rosmarino. E a mano a mano che poneva le fette nel canestro le cospargeva misuratamente di sale.

Poi, mentre il canestro veniva portato in giro da Nicco in modo che tutti, compresi i marinai, se ne servissero, il pastore trasse dalla sua bisaccia un pane fragile e sottile che spezzò distribuendone a tutti in giro, e un mazzo di rape lunghe e bianche, che con un coltello pelò accuratamente e depose nel medesimo canestro perché gli ospiti a loro gradimento se ne servissero. Indi, accosciatosi insieme alla brigata che tutta sedeva per terra, anch'egli mangiò, non avendo trascurato di porre prima un orciuolo di vino in mezzo al cerchio dei commensali.

Saziata la prima fame, incominciarono i discorsi a correre animati, sollecitati anche dal vino violaceo e robusto che veloce scorreva richiamato dal forte sapore delle carni e da quello acutamente piccante delle rape.

Finita la cena, la calda notte di primavera trattenne tutti seduti sulla spiaggia a conversare e guardare il cielo, il mare e le bianchissime rocce sparse sulla riva e nell'acqua.

A un tratto il pirata Stefano intonò una canzone che parlava di mare e d'amore, e il pastore adattò il suo rustico strumento alla bocca e, colta la melodia, accompagnò il canto del marinaio.

Il cielo senza luna pareva velluto nero velato di viola su cui un buon pittore avesse dipinto infinite lucentissime stelle.

Bianca guardava affascinata quel cielo intenso e misterioso, che si incurvava magico sulla terra.

Tannhäuser, chinato il capo tra le mani, piangeva.

L'indomani il veliero salpava. Nella bianca luce dell'alba i marinai armavano il velaggio e tra grida e rumori dominava la voce chiara del pirata che dava comandi ai suoi uomini. Il vento del mattino tentava invano di gettargli in faccia i biondi capelli che lui aveva legati con un laccio dietro la nuca. Tutto era pronto per salpare l'ancora.

Tannhäuser, appoggiato alla murata, guardava la terra che stavano per lasciare, la terra che li aveva accolti durante la tempesta, aveva offerto loro il volo di una rondine nel primo sereno del mattino e una notte stellata piena di mistero.

E le prime lacrime di un uomo che credeva di non saper piangere piú.

Fu distolto dai suoi pensieri, Tannhäuser, quando vide che Stefano dava ordine di ammainare una barchetta e, solo, scendeva a terra. Che cosa richiamava il pirata a quella riva che stavano per lasciare? La barchetta si dirigeva verso il punto della spiaggia dove la sera prima avevano cenato, tutti insieme, seduti sulla sabbia. E là, in piedi, c'era il pastore, che doveva aver richiamato con dei segnali l'attenzione di Stefano. Egli infatti sbarcava a si avvicinava a lui.

Tannhäuser vide che il pastore consegnava un oggetto al pirata e gli faceva un cenno indicando il cavaliere. Quando la barchetta ebbe fatto ritorno alla nave, Stefano consegnò al cavaliere qualcosa che pareva un pezzo di corteccia di quelle querce che si trovano frequenti nell'isola.

Tannhäuser guardò interrogativamente il pirata, ma quello allargò le braccia quasi a dirgli che non sapeva nulla. Allora, rigirando tra le mani il pezzo di corteccia, il cavaliere vide che presentava un taglio da una parte, vi infilò le unghie e aprí un piccolo astuccio. Dentro era adagiata una foglia di castagno.

Tannhäuser sorrise. Guardò verso la riva e vide il pastore in piedi sulla spiaggia. Lo salutò agitando la foglia di castagno e il pastore alzò la mano destra aperta e tesa, quasi a benedire.

Un'onda di luce dorata attraversò lo sguardo del cavaliere. Erano i capelli della contessa scompigliati dal vento.

XIII.

Il sorriso della contessa

Aveva forse paura? Gli pareva di essere al margine di una soglia oltre la quale lo attendeva un mistero. Qualcosa lo attirava con la promessa che si sarebbe riaperto per lui... il libro della vita? Sí, forse era la vita che lo chiamava oltre quel passo.

Quando ogni gioia era spenta nel suo cuore, Tannhäuser, non sapeva che cosa fosse la paura. La sua tristezza lo proteggeva come una corazza dal bene e dal male. Era invulnerabile.

Girò il capo dove sapeva che stava la contessa.

– Voi non avete mai paura, contessa? – chiese guardandola negli occhi.

Bianca non rispose. E distolse lo sguardo incerto e fuggitivo. Non sapeva se era paura quel senso di straniamento che provava dalla sera prima, quando aveva visto, lei sola, il cavaliere piangere in silenzio nel buio.

Ma non era paura. Era la sensazione, bella e terribile, di non essere piú padrona di sé.

Cercò nell'azzurro del mare gli occhi dell'imperatore, ma l'acqua le rispondeva lieta e cangiante, rotta dal movimento della nave che procedeva verso il largo.

Cercò nel cielo, piú azzurro che mai, e trovò audaci voli di gabbiani, strisce leggere di vapori trascinati dal vento del mattino.

– Non lo so, cavaliere –. Rispose Bianca alla domanda dell'uomo, che ancora attendeva la sua voce.

Ma non era paura. Guardava l'acqua trascorrere lungo la chiglia in piccole onde rotte, e sentiva che cosí era la sua vita. Cosí doveva essere.

Una forza piú grande del suo volere la trascinava, piccola nave sull'onde, verso qualcosa di ignoto.

E gli occhi dell'imperatore tacevano.

– Dimmi, figliuolo, che vai spiando tra le sartie nella notte ventosa?

– Zitta, nutrice. Mi par di sentire un suono d'arpa, – rispose Nicco in un sussurro.

– Tu se' matto in testa. Chi vuoi che stia a sonare in quel sibilo di vento, che uno nemmeno la sua voce sentirebbe?

– Eppure mi pare... ma sarà il vento, come dite voi, nutrice, o l'orecchio mio che sente quel che tace. Pensate, nutrice, mi ero fitto in capo che fosse il mio signore con la sua arpa, che sonava nel vento e nella notte perché nessuno di noi l'udisse e fosse egli solo padrone del suono suo. Forse, signora, lo speravo. Perché so bene, e non mi inganno, che se non torna a sonare, il signor mio, egli si more.

– Ovvia, non dir scempiate. Io non sòno, eppur non moro. Conosco assai persone che non sonano, e non si morono. E poi non mi rifar la mia parlata, mariuolo, che so ben che tu mi burli.

– O che vi rifacevo la parlata? Giuro che neppure me ne accorsi; forse è la gran simpatia che me la fa fare.

– E non piú mi corbellare, che ti do di questa caviglia sulla zucca, sí che doman vedranno tutti il risultato.

Nicco sorrise sornione nel buio, e tornò a strisciare tra le corde figgendo gli occhi nell'oscurità.

– Sarò ignorante e povero pescatore, – mormorava, – ma il mio signore lo conosco bene, e so che tanto soffre di non poter sonare che gli vorrei dare la mia mano destra, che me la tagliassero addirittura – e intanto agitava in aria la mano destra – purché la sua fosse risanata.

– E che faresti poi senza la mano destra? – chiese alle sue spalle la voce della nutrice, che andava tirandolo per il farsetto verso la imboccatura della cabina. – Vien dentro che fa freddo, e costà non c'è altro da acchiappar che un raffreddore.

E Nicco, intirizzito, stava per obbedire alla nutrice e tornare a gustare il caldo della cabina, quando il vento gli portò ben distinto un suono d'arpa.

– Zitta, nutrice! questi è proprio il signor mio che suona. Non può esser che lui! Non ci sono altri al mondo che suonano come lui!

– Sarà il vento, figliuolo, o la tua fantasia che ti tradisce. Me ne torno in cabina e ti lascio costí coi tuoi fantasmi.

Ma non erano fantasmi. Nicco strisciò tra i rotoli di corda per avvicinarsi a prua, dove piú forte era l'urlo del vento e di dove pareva che nascesse quel suono ch'egli aveva udito. E allora vide il pirata Stefano in piedi, aggrappato a una sartia, coi capelli che risplendevano al lume della luna, e accanto a lui il cavaliere di Tannhaus che aveva tolto dalle spalle la sua arpa incantata, e ne toccava le corde con la mano destra.

Stefano cantava, ma il vento che soffiava da poppa si portava via con la voce tutte le sue parole. Si portava via anche il suono dell'arpa, tranne qualche nota, quando il vento posava.

Nicco, nascosto tra i rotoli di corda, cercava di cogliere voce e suono. Gli parve di udire «Puglia, mia terra d'incanto...», la bella canzone di Tannhäuser, che il suo signore cantava alla corte dell'imperatore, quando era giovane e felice, e la vita teneva aperta davanti a lui la sua porta.

«Sí, è la sua canzone, e il mio signore suona l'arpa...» mormorava Nicco rabbrividendo tra le corde, non piú per freddo, ora, ma per la grande emozione che gli scuoteva il cuore. E mentre strisciava all'indietro silenzioso come un serpente, per andare in cabina a dar la notizia alla nutrice, vide un'ombra stagliarsi accanto a lui nella luce della luna. Era la contessa, in piedi alle sue spalle, immobile, e teneva gli occhi fissi sul suonatore.

Girando un poco la testa, Nicco vide il suo volto, e sulle sua labbra un sorriso fermo e dolcissimo, quale dicono sia il sorriso degli dei quando sono innamorati.

Non s'era ingannato, quel giovane scudiero. In una pausa del vento gli giunsero alle orecchie le parole di Stefano che cantava la «Canzone di Puglia», e il suono dell'arpa su cui le dita del musico si muovevano come mosse da magia. Poi il vento rinforzò, e si portò via musica e parole.

Beato colui che va a cacciare
col falcone in terra di Puglia

Nicco cercava nella memoria il suono e le parole della canzone che ben conosceva, e non sentiva piú il freddo del vento nella schiena; raggomitolato tra le corde, era un grumo di gioia che saliva dall'anima agli occhi in forma di pianto dolce e consolante.

Il veliero correva sull'onda, fragile, spinto da un vento secondo, e tutte le notti, mentre dormivano gli ospiti e i marinai, e Stefano il pirata reggeva il timone, il suono dell'arpa si alternava sottile al rumore del mare e del vento. La mano del musico si muoveva sulle corde come per forza di magia, e il suono si fondeva con la voce dell'acqua, suono d'acqua esso stesso, liquido e trasparente, come volesse celarsi nel grande respiro del mare, nel sibilo teso del vento, nel palpitare degli astri nel cielo notturno. Ed era suono, invece, prodotto dalla mano dell'uomo.

Non vista da alcuno, la contessa vegliava silenziosa su quel suono, sulla mano che agile toccava le corde, sulla figura bruna del poeta. Neppure lui sapeva che lei era lí, tutte le notti, nell'ombra del velaggio. Se si fosse voltato, l'avrebbe scorta.

Ma non si voltò perché troppo temeva che fosse un'illusione del suo cuore, e troppo avrebbe sofferto di sapere che la sua mano era guarita per forza di magia, e non di amore.

XIV.
L'arpa di Tannhäuser

C'era anche un altro che spiava il miracolo del suono e del suonatore, talvolta, quando meno fredda era la notte, e stava raggomitolato tra le corde, avvolto nel suo mantello, finché per grande stanchezza si addormentava. E dormendo sognava il suono dell'arpa, o lo udiva nel sonno, dolce come acqua scorrente sotto la chiglia. Sentiva che l'aria si faceva ogni notte piú tiepida e molle, aria del meridione, aria di paesi dove gli alberi non si spaccano per gelo né rabbrividiscono gli uccelli nei nidi. Nicco dormiva, sognava e vegliava nello stesso tempo, e quando l'albore gli feriva le pupille ed egli apriva gli occhi sul ponte deserto, sentiva il cuore farsi piccolo e stretto come se una mano lo strizzasse, perché dubitava di quello che gli aveva offerto la notte.

«E se avessi sognato? – si chiedeva stiracchiando le membra indolenzite prima di scendere zoppicando sotto coperta, – e se il cavaliere non suonasse affatto, la notte, come io mi credo?» Una mattina prese in disparte la nutrice:

– Nutrice, voi dovete stanotte dormire con me tra i rotoli della corde.

La nutrice lo misurò con lo sguardo, poi si allontanò brontolando:

– O che non bastava che io facessi questo viaggio in mezzo all'acqua su quattro pezzi di legno? o non bastava andar fuggendo dall'assalto de' porci e l'altre cose che mi sono accadute? ora vien fòri questo pirolino a farmi delle profferte, a me, che son donna per bene, e timorata di tutto, anche di Dio.

Nicco l'afferrò per il bordo dello scialle cercando di trattenerla. Ma fu peggio.

– Giú le mani, villano! o che ti sei fitto in capo? che voglia far l'amore con te, che oltre d'esser piccolo e sgarbio, mi potresti per età essere figliuolo?

– Che avete capito, nutrice? Mai non mi sarei permesso, ché io, oltre d'essere cristiano, sono buon figliuolo! Volevo pregarvi, e di questo molto vi prego, che trascorrere vogliate con me una notte sul ponte della nave...

– E a qual fine, di grazia? – lo interruppe sarcastica la nutrice. – Per contar le lucciole o le stelle?

– Per vedere se sogno o son desto quando il mio signore tocca l'arpa e suona come fosse un angelo musicante.

La nutrice si fece improvvisamente seria e lo guardò negli occhi:

– Che vuoi tu dire? Che il signor cavaliere s'è tolta l'arpa dalle spalle?

– Io credo che se la sia tolta, ma a voi, mia signora, chiedo conferma. La notte sto tra le corde a spiare il mio signore, ma per freddo e per stanchezza il torpore mi assale, e mi par sentire un suono d'angelo, ma non ne son sicuro. Voi che siete saggia, molto piú di me, vi prego, signora, passate una notte sul ponte, e datemi conferma che quel che odo, vaneggiamento non è della mia mente.

La nutrice lo guardava perplessa ed angosciata. Come avrebbe potuto tollerare la fredda aria notturna e l'umidore del mare?

– Figliuolo, – disse, – ben vorrei accontentarti, ma la notte è umida e fredda, e tutti gli scialli del mondo non basterebbero a riparare le mie ossa.

– Che dite, madonna? Siamo quasi in terra d'Amalfi, e le notti son tiepide e vellutate. Non c'è Borea nei nostri cieli, né di giorno né di notte, ma il soffio caldo degli alisei che spirano d'Africa. E poi, se volete, vi porterò Pelone per tenervi calda.

La nutrice lo guardò interdetta. E voltatagli la schiena, disse sdegnosamente:

– Quel sacco di pulci? giammai.

Ma la notte, quando tutti dormivano, o parevano dormire nei loro letti, la nutrice seguí Nicco sul ponte, si nascose con lui tra i rotoli di corde, e mentre lei si avviluppava nei suoi scialli, Nicco, che rapidamente era sceso sotto coperta, tornò e le posò in grembo il buon Pelone, grande e caldo come un pane or ora uscito dal forno. Un poco riconfortata, la buona donna ficcò gli occhi nel buio, là dove Nicco le indicava, e pur nulla vedendo, quieta attendeva che qualcosa accadesse.

Ed ecco nel silenzioso sciacquio del mare levarsi un suono d'arpa che assecondando il beccheggio della nave accompagnava il canto del poeta. Tannhäuser cantava con la sua voce profonda mentre la mano traeva dall'arpa i giusti accordi, che ora accompagnavano, ora soverchiavano il canto.

Cantava del mare e del magico viaggio di un uomo il quale, superata la soglia che divide vita e morte, torna alla vita dopo essere stato prigioniero della morte. Era la storia di Orfeo che riemerge dall'Ade, era la storia di tutti quelli che conoscono in vita la morte, e hanno cuore di strapparsi al pigro non essere, per approdare alla riva della gioia e del dolore, del cercare e del trovare.

Cantò a lungo e a lungo suonò, mentre il pilota immoto teneva il timone sul mare striato d'argento.

Nicco e la nutrice ascoltavano in silenzio, mentre Pelone sospirava sognando.

Quando, stanco, tacque il cantore e la mano ricadde dalle corde, videro la figura della contessa uscire dal buio, e baciare a lungo la mano che aveva suonato.

Quella notte Bianca sognò. O era il ricordo di un sogno che veniva a visitarla verso il mattino, quando i sogni si confondono con i pensieri? Non avrebbe mai saputo dirlo. Ma quando si destò una immagine antica occupava la sua mente, l'immagine del cespuglio di alloro che in sogno, un tempo, aveva avviluppato lei fanciulla. Sentiva il forte profumo del lauro e il contatto fresco sulla sua pelle, e mentre indugiava ad assaporare quella gioia dei sensi l'immagine di un volto si imponeva alla sua mente.

Ma non era il volto dell'imperatore.

XV.

Nel regno di Sicilia

Infine un mattino i viaggiatori del veliero, abituati al beccheggio della nave in corsa sulle onde, si svegliarono tardi, come da un sonno non piú conosciuto, un sonno quieto di bambini.

La nave era ferma in una baia arcuata e profonda, e il sole era già alto. Il velaggio ancor tutto teso risplendeva nell'aria azzurra, e un paese bellissimo si scorgeva sulle pendici del monte di fronte al porto. Infinite strade e gradinate salivano su dalla banchina, e molte genti le percorrevano a piedi o a cavallo.

Nel coloratissimo muoversi di uomini e d'animali, immobile si ergeva l'immensa mole del duomo, splendido di marmi bianchi e verdi e di molti loggiati sovrapposti.

Bianca, uscita sul ponte per prima, guardava abbagliata il monte verde di ulivi e di cipressi, la lucente mole della cattedrale, la grande città in movimento. Stefano il pirata, fu sollecito al suo fianco, si inchinò e stendendo la mano destra ad indicare la città, disse:

– Madonna, siamo nel regno di Sicilia, e questa è Amalfi.

Bianca sorrise e rivide nel cielo azzurro gli occhi del suo imperatore.

Sullà banchina del porto era schierato un grande apparato di cavalli e cavalieri, e quando Bianca apparve sul ponte della nave, trombe d'argento squillarono il benvenuto alla nuova regina mentre molte colombe bianche venivano liberate dalle ceste in cui stavano rinchiuse. Cavalli e cavalieri erano coperti di porpora e d'oro.

Tra di essi gli occhi di Bianca andavano cercando incerti tra speranza e delusione. Dove era l'imperatore? Perché non era alla testa dei suoi uomini, ad accogliere la sposa?

Mentre la nave, ammainate le vele, si avvicinava lenta alla riva sospinta dai remi, e la folla che si accalcava attorno agli armigeri si faceva sempre piú fitta e chiassosa, il sorriso scompariva dal volto di Bianca, perché i suoi occhi, in tutta quella folla festante, non avevano scorto l'imperatore.

Una barchetta intanto si staccava dalla riva e andava ad abbordare la nave: recava le insegne imperiali nelle mani di un vecchio gentiluomo che, salito a bordo, si inginocchiava ai piedi di Bianca.

– Il mio signore, Contessa, vi saluta e vi dà il benvenuto nel suo e nel vostro regno. L'imperatore è molto dolente di non essere potuto venire ad accoglervi di persona, e vi prega di scusarlo.

– Alzatevi, signore, e ditemi: è forse malato? – chiese Bianca sollecita. Il vecchio, che era un cancelliere della corte di Federico, tacque un istante, poi rispose col tono di chi vuol dissipare angoscia e preoccupazioni:

– Tranquillizzatevi, signora, nulla minaccia la vita dell'imperatore. Troppo lunghe e intense fatiche sopportate sulle strade del regno hanno indotto i medici a sconsigliare questo viaggio. Tra pochi giorni lo vedrete e potrete rassicurarvi.

Egli stesso guidò la contessa nella barca, dove presero posto anche Manfredi e Tannhäuser. Altre barche intanto s'erano avvicinate alla nave e tutti gli ospiti vi presero posto.

Giunta sulla riva, Bianca si volse a guardare la nave, e un'ombra di tristezza coprí i suoi occhi e il sorriso. Stefano il Pirata era in piedi sul ponte coi suoi bei capelli nel sole del mattino, e salutava agitando una mano. Bianca rispose al saluto sventolando il velo che si tolse dal capo.

Dopo la cerimonia di ringraziamento nella cattedrale tutta la schiera, guidata e protetta dai cavalieri dell'imperatore, prese la via di Puglia attraverso le montagne. Una nuova portantina ospitava la nutrice, e procedeva ondeggiando sulla strada sassosa del monte. Accanto a lei cavalcava Nicco, a cui la donna sporgendo il capo tra le cortine, lamentava gli urti e gli scossoni di quel viaggio sciagurato.

– Ma non vi siete abbastanza riposata, nutrice, durante il viaggio per mare? – chiedeva Nicco.

– E ti par buona ragione perché ora si ricominci a ballottarmi su queste strade sconnesse? E poi, Nicco mio, perché l'imperatore non c'era?

Nicco tacque. Anche lui era stato colpito da quell'assenza e ne era rattristato.

– Perché non c'era? – insisteva la nutrice. – Forse non eravamo degni della sua presenza?

– Oh no, questo proprio no. Se l'imperatore sposa la contessa è perché la ritiene degna di innalzarla al suo trono. Non crederete che sposi tutte le donne che ha amato.

– Di questo non ho dubbio. Ma allora? che cosa gli ha impedito di venire ad accoglierci?

– Non lo so nutrice, – rispose Nicco scuotendo la testa. – Forse qualche impegno di governo, o le solite ribellioni dei baroni normanni, o chissà...

Nicco non volle dire quello che in fondo al cuore temeva, cioè che l'imperatore fosse malato.

– Siete triste, signora? – chiese il cavaliere a Bianca, che cavalcava silenziosa accanto a lui.

– Triste no, cavaliere; ma molti pensieri si affollano nella mia mente. E l'imperatore non c'era.

– Era stanco quando l'ho lasciato per venire nella vostra terra. Ha avuto molte questioni difficili da risolvere, ha dovuto anche comandare spedizioni contro i baroni ribelli. Il papa sobilla i baroni contro l'imperatore, sempre con la speranza di separare il regno di Sicilia dalla corona imperiale. Eppure i signori normanni amano lui come hanno amato suo padre, – disse Tannhäuser scuotendo la testa.

– Ho saputo che anche all'interno della corte qualcuno l'ha tradito, e lui ha punito senza pietà.

– Non so, signora, se di vero tradimento si trattasse. È molto difficile separare il vero dal falso negli intrighi delle corti. E non tutti i signori hanno il cuore trasparente come i conti Lancia. Se la punizione fu molto severa, tanto da poter sembrare eccessiva, vi posso assicurare, contessa, che egli ne sofferse molto, e questo fatto non è estraneo al grande abbattimento che offende ora le sue forze e il suo animo.

– Vi ringrazio, cavaliere. Ma non pensiamo, ora, a queste cose tristi, – disse Bianca, e volse al cavaliere il viso sorridente.

XVI.
La corsa dei baroni

Tannhäuser colse quel sorriso e lo fece suo. Allora scorse i germogli che rinverdivano le querce lungo il sentiero tra i monti e le sue orecchie udirono il canto delle allodole e il frusciare della brezza tra le fronde.

Senza dir nulla si tolse l'arpa dalla spalla e, abbandonate le briglie, la tenne con la sinistra mentre con la destra tentava le corde. Poi il suono prese forma e il canto salí alle sue labbra:

C'è qui accanto una foresta
che io sto per traversare.
Ad accogliermi li ho uditi
gli uccelletti là tra i rami:
e ricambio il loro saluto
con la stessa cortesia.

Parve a tutti che la mente si sgombrasse d'ogni triste pensiero che l'assenza dell'imperatore vi aveva indotto. Bianca sorrideva, il cavaliere cantava accompagnandosi sull'arpa con impareggiabile maestria, e tutta la schiera si accorgeva in quel momento che sbocciava la primavera sui monti d'Appennino.

Ma a un tratto, all'aprirsi di un profondo vallone, si udí il rombo concitato di cavalieri al galoppo che scendevano dall'alto con clamori di guerra. La contessa fu svelta a ordinare a Manfredi di seguirla col suo cavallo, e s'imboscò con lui nella foresta. Raggiunse un folto di carpini e salí col figlio su un piccolo poggio: smontati da cavallo, lí rimasero silenziosi a spiare quel che avveniva sul sentiero in fondo alla valle.

Bianca non si era sbagliata: era una cavalcata di baroni ribelli che, viste le insegne dell'imperatore, le assaltavano con grande forza di armati. E forse sapevano quale prezioso bottino si celava sotto le insegne di Federico.

In un attimo cavalli e cavalieri furono avvolti in una nuvola di polvere sovrastata dal cozzare delle spade. Nella gran confusione madre e figlio videro un gruppo di baroni ribelli far ressa attorno alla portantina, convinti che lí viaggiasse la contessa. Videro Nicco battersi a lato della portantina, mentre Tannhäuser con i cavalieri imperiali e quelli dei Lancia affrontava il grosso della schiera normanna.

– La nutrice! – gridò Manfredi con apprensione. Sua madre gli fece cenno di tacere. Poi, per evitare che i cavalli tradissero in qualche modo il loro rifugio, diede loro un colpo di mano sul posteriore e quelli fuggirono nel folto del bosco confondendo la lor fuga nel fragore della battaglia.

L'immoto silenzio che circondava madre e figlio contrastava con quanto avveniva in fondo alla valle, dove si videro alcuni cavalieri normanni allontanarsi con la portantina mentre ancora erano incerte le sorti della battaglia. Nicco giaceva a terra, immobile.

– Madre, – sussurrò Manfredi, – Nicco è caduto. Forse è ferito.

– Lo vedo, figliuolo, ma noi non possiamo far nulla.

– Neanche io? – chiese Manfredi. – Io so battermi.

La madre lo guardò con sguardo d'affetto, poi disse:

– Lo so, ma sei troppo giovane e prezioso. Metteresti in difficoltà i nostri cavalieri con la tua presenza.

– E la nutrice? – chiese con apprensione Manfredi.

– Non preoccuparti. Quando i nostri avranno vinto i nemici, la cercheranno e la metteranno in salvo. Non era lei che volevano rapire.

In quel momento si udí un rumore di frasche smosse e spezzate e un ansimare frequente che saliva dal pendio. Improvvisamente una massa calda e pelosa si abbatté su madre e figlio leccando loro le mani e il volto.

– Zitto, Pelone! – disse Manfredi mettendogli una mano sul muso, – comportati da uomo.

Distratti dall'arrivo del cane, non avevano osservato che Nicco, scomparsi i cavalieri con la portantina, si guardava d'attorno, e vedendosi solo sul sentiero, balzava in piedi, raggiungeva il folto della mischia e ricominciava a battersi accanto a Tannhäuser. Ormai le sorti della battaglia erano chiare. I baroni normanni, convinti di aver ottenuto il loro scopo con il rapimento della portantina, fuggivano verso la pianura abbandonando la battaglia.

Allora si videro i cavalieri dell'imperatore e quelli dei Lancia riunirsi per un attimo a consiglio, evidentemente preoccupati per la scomparsa della contessa e di Manfredi. Poi, senza indugio, si divisero in due schiere, una che scendeva verso la pianura alla ricerca della portantina, l'altra, guidata da

Tannhäuser, che saliva a spron battuto per l'erta del sentiero. Nessuno immaginò che la contessa si fosse rifugiata sull'impervia costa del monte ed ella non ebbe il tempo di richiamare la loro attenzione. In breve il sentiero rimase deserto.

I due fuggiaschi, silenziosamente e con circospezione, scesero a piedi verso il basso, sempre tenendosi nascosti per timore di incontrare qualche nemico sbandato, come spesso accadeva dopo gli scontri. Giunti in prossimità del sentiero, si fermarono a pochi passi da esso, sempre celati nella folta vegetazione, e attesero.

A un tratto udirono il galoppare di un cavallo che scendeva lungo il sentiero, uno solo, a gran corsa. Giunto sul luogo dove erano evidenti i segni della battaglia, si fermò giostrando su se stesso e il cavaliere volgeva intorno grandi occhi smarriti.

– Tannhäuser! – gridò la contessa.

Lui balzò col cavallo in direzione del grido e fu in un tratto ai piedi della contessa stringendoli in un abbraccio.

Bianca, postagli una mano sul capo, gli carezzava i capelli chinandosi su di lui.

In quel momento tornavano gli altri cavalieri che erano andati a recuperare la portantina. L'avevano trovata senza fatica, abbandonata sul sentiero dai rapitori quando s'erano accorti che conteneva solo una servente rissosa. Il cavallo era sparito e la portantina col suo contenuto era stata malamente gettata per terra.

La donna era piú irata che mai. Il malaccorto

Nicco, che le si era avvicinato tutto premuroso, fu investito a male parole:

– O che non eri morto, figlio di un cane? Dunque fingevi, per non batterti, mariuolo!

– Che dite, nutrice? era un strategia di battaglia, la mia! O non sono forse volato a cercarvi appena mi è stato possibile?

– A cercarmi, sicuro, quando potevo essere già stata ammazzata! – e cosí dicendo cercava di dargli in testa con un ramo che aveva strappato da un albero.

– Cosí feci, nutrice, per non farmi ammazzare inutilmente, – spiegava Nicco cercando di sottrarsi ai colpi di bastone, – vi dico che è una strategia!

Ma l'alterco si placò solo quando apparve la contessa con il figlio e con Tannhäuser, e tutti gridarono il loro evviva e l'alfiere suonò la tromba per radunare la schiera.

XVII.

Le nevi del Vulture

Era faticosa la marcia per i monti di Appennino, da un mare all'altro, lungo strade che meglio meritavano il nome di sentieri. La primavera, a mano a mano che salivano le pendici dei monti, si faceva piú povera, piú avara di doni. Scomparvero gli uliveti, diradarono noci e aranceti, e i grandi pini della costa mediterranea, ombra sorella del sole, si persero in radi querceti, mentre le capanne divenivano sempre piú rare e piccole e quasi sepolte nel suolo.

La primavera, per essere troppo giovane e fragile, si ritraeva dalle inospiti alture, mentre il vento di tramontana sibilava nelle forre. I prati magri, sui pendii ripidi dei monti, mostravano il volto invernale di erbe scolorite dal gelo.

La piccola schiera si inerpicava lenta sui fianchi dei monti, trovando raro riposo in capanne di pastori o casupole abbandonate, piú raramente nel freddo castello di qualche signore, di cui si temeva la malfida ospitalità.

Bianca viveva quei giorni come un'avventura. La fatica della cavalcata, la sollecitudine di fronte a pericoli, rumori sospetti, improvvisi fruscii o suoni lontani, occupavano interamente il suo pensiero. Non c'erano tramonti in cui cercare gli occhi dell'imperatore, soste in cui lasciar vagare l'immaginazione, non c'erano in quell'affannoso percorso momenti di quiete in cui rientrare in se stessi e riflettere su quello che stava accadendo. Non avrebbe neppure saputo dire, cavalcando per quei tortuosi sentieri dei monti, dove era il meridione. Coraggio e fiducia le venivano da un altro polo, a cui come per forza magnetica si volgevano i suoi occhi, una figura che sempre piú spesso cercava tra la folla dei cavalieri, sicura di trovarla in testa alla schiera.

E gli occhi di Tannhäuser si volgevano ai suoi, e i loro sguardi si incontravano senza ostacolo di monti e distanze incalcolabili, e non per forza di immaginazione.

Chi da quella impresa traeva gioco e piacere era il giovane Manfredi, che correva a cavallo dalla madre alla nutrice per rincuorare entrambe, anche se sapeva, conoscendola assai bene, che la madre non ne aveva bisogno. Ne aveva bisogno invece la nutrice, sballottata nella sua portatina ad ogni urtar del cavallo nei sassi, che faceva sobbalzare il suo carico rischiando di rovesciarlo sulla strada. Di qui le proteste e il vocio della nutrice, che di tutto questo accusava il cavallo, «privo di buon senso e cortesia, figlio degenere di qualche cavallaccia, pronta ai piaceri di qualsiasi puledraccio da strada».

Anche Pelone si sarebbe divertito a correre su e giú per il sentiero con Manfredi, il suo signore; ma era stato requisito da Nicco perché scaldasse la nutrice, che aveva trovato nel grosso corpo peloso l'unica fonte di calore capace di impedire, come ella stessa diceva, la sua morte per gelamento.

Nicco, che cavalcava sempre a fianco della portantina, come gli era stato ordinato, si prendeva dalla nutrice una bacchettata in testa tutte le volte che le capitava a tiro. Non gli era stato perdonato, né gli sarebbe mai perdonato, di essersi finto morto durante l'assalto dei baroni, anche se perorava la sua causa con dovizia di argomenti ed esemplificazioni. La sua testa per la verità non soffriva che in minima misura di quelle bacchettate, ma se ne fingeva offeso e indolorito per darle qualche divertimento nel faticoso andare, e per aver modo di meglio esplicare la sua propria difesa.

– A che vi serviva, nutrice, che io fossi morto? Che cosa potevo mai piú fare per voi se ero morto?

La nutrice non intendeva ragioni, e tutte le volte che poteva lo colpiva con la sua verga di nocciolo, quella stessa con cui diceva che aveva tenuto a bada i baroni normanni che attentavano, come ella raccontava, al suo onore. E dove era allora il fedele servitore? disteso nella polvere, che si fingeva morto, l'infame.

– Non avrò mai piú bisogno di te, – gli disse l'unica volta che gli rivolse la parola. – Come seppi difendermi da sola dai cani normanni, mi difenderei anche dai saraceni. Sparisci!

E Nicco spariva, per ricomparire di lí a poco, strizzando l'occhio verso una fessura che vedeva muoversi nelle cortine.

Fosse per l'effetto di quel viaggio in terre desolate, fosse per il bisogno di vedere di tanto in tanto il volto ridente di Nicco, quella fessura si fece a poco a poco piú larga. E infine ne uscí anche la voce della nutrice, non piú stizzosa come soleva.

– Ah, Nicco mio! Arriveremo mai al termine di questo viaggio?

– Certo signora. Potete dubitarne?

– Eh, ne dubito, ne dubito.

– Non dovete, signora.

E la nutrice, forse un poco rassicurata, ritirava il viso dalla apertura che si richiudeva silenziosa. Ma tosto tornava ad affacciarlo per chiedere:

– E quando, Nicco? Quando?

– Lo sa Iddio, signora –. E Nicco approfittava per insinuare uno sguardo indiscreto nell'apertura delle cortine. E gli pareva che lí dovesse regnare un certo tepore, da qualche parte, a cui avrebbe potuto scaldarsi le mani gelate sulle briglie. A un certo punto la fessura si allargò talmente che apparve tutta la faccia chiara e grassottella della nutrice, coi ricci graziosamente spettinati che le facevano corona.

– Senti un poco, Nicco, – disse la donna facendo cenno allo scudiero di avvicinarsi, ché voleva parlargli in confidenza. – Tu credi che sono innamorati la mia contessa e quel cavaliere con l'arpa?

– Da certi sguardi che colgo, penso proprio di sí...

– Li colgo anch'io quegli sguardi. Ma tu che pensi, che si prendano qualche piacere insieme?

– Mai no, signora. Sono troppo fedeli all'imperatore, tutti e due. Non si fanno corna all'imperatore!

– Allora vuol dire che soffrono molto, di nascosto, povera contessa mia! Ma pensi proprio che non si prendano neppure un poco di piacere, poi che il dispiacere ci viene dato ogni dí col pane, e anche senza pane?

– Eh, voi avete ragione, signora mia. Col pane e senza pane... Ma son storie di signori. Mica son gente come noi. Io, se v'ho da dire la verità, un poco di piacere me lo prenderei, non fosse altro che per scaldarmi il cuore... – Stava per dire le mani, ma si era corretto in tempo. E la donna, dopo averlo guardato alquanto in silenzio, disse:

– Nicco, sai che ti voglio dire? che se s'ha da morire, che si moia almeno col core contento. Mi intendi? – e la voce della donna si era fatta piú cupa. – Mi intendi che voglio dire?

– Signora sí, ho capito. Eh sí che vengo. Foss'anche in cima a un arbore!

– No... In cima a un arbore non vorrei, ma da qualche parte sarà, questa notte. Dove Dio vuole –. E fattasi il segno di croce, la donna si ritrasse dietro le cortine.

Nessuno vide nulla, né quella sera né le seguenti. Ma tutti s'accorsero con gran meraviglia che la nutrice era meno stizzosa, con tutti. E la si udiva assai meno borbottare in quel suo parlare aspirato e un po' sdrucito.

Ma l'ira della nutrice riacquistò vigore una mattina, dopo una fredda notte di tramontana nevosa che le donne trascorsero in una capannuccia di fango abbandonata, in cui un gran fuoco ardeva nel centro gettando il suo fumo abbondante da un foro rotondo del tetto, e gli uomini, compreso Manfredi, passarono all'addiaccio avvolti in pelli di pecora o di lupo. La tramontana aveva portato la neve, poca, fredda, gelata.

Quando la nutrice mise la faccia fuori dalla piccola porta, e fu investita da una ventata di neve ghiaccia, non trovò di meglio che inveire contro il malnato Nicco, causa di tutte le sue disgrazie. Il quale accorse, tutto intirizzito, col viso pieno di ghiaccioli attaccati ad ogni pelo della barba, un viso ristretto dal freddo che cercava di sparire nelle fauci aperte di un lupo scuoiato, comprato a caro prezzo da un montanaro, e che puzzava ancora di carogna malgrado il gran freddo. Quando la nutrice lo vide accorrere sulle gambe intorpidite e traballanti, gettò un grido e chiamò a soccorso tutti i santi del cielo.

– Ma nutrice! – impetrava invano il poveraccio infreddolito e affamato. – O che mi accogliete in codesto modo? o che sono io che faccio il caldo e il gelo? Mi attendevo un sorso d'acqua calda, o di latte, meglio ancora. E voi mi accogliete come un infame.

– Scellerato! – fu la risposta sibilata da un fessura della porta. Allora Nicco perse la pazienza:

– O signora! – gridò, – egli è il buon Dio che manda caldo e gelo, e io non ci ho nessuna colpa. Lasciate che vi dica, signora, che voi siete oltremodo ingiusta!

Bianca sorrise a quella scena affacciandosi all'usciolo della capanna:

– Nicco, – disse, – non dovevi vestirti da lupo con questa neve. Per questo spaventasti la nutrice. Ma ora, coraggio, scaldiamoci tutti al fuoco nella capanna, e poi scendiamo verso il mare d'oriente, e tornerà ad apparire primavera.

Cosí dicendo prendeva tra le mani il volto di Tannhäuser, ancor piú gelato e brinato poi che il solo cappuccio di lana aveva sul capo, e lo soffregava dolcemente tra le mani riportando sangue e calore nelle vene azzurrastre.

– Partiamo, signore, – gli disse, – e speriamo che questo fosse il passo piú alto di Appennino che dovevamo attraversare, altrimenti qualcuno dei nostri potrebbe morire per via.

– L'inclemenza del tempo ci è compagna, signora, – rispose il cavaliere i cui occhi lucevano stranamente, – ma la neve di primavera porta acqua e fiori. Ed ora scenderemo verso il mare, come dicono le nostra guide.

E partirono sui sentieri nevosi nel grande silenzio del mattino di montagna.

– Questo malo tempo, signora, tiene lontani i baroni, – diceva Tannhäuser: – il bosco spoglio non può nascondere agguati, e il silenzio della neve non copre il galoppo dei cavalli. Tra poco saremo in terra di Puglia, dove ogni cavaliere è fedele al mio signore.

Ma Bianca restava pensosa e senza sorriso mentre scendevano lo stretto sentiero nevoso verso la valle dell'Ofanto, e Tannhäuser sapeva la causa di quella tristezza. Per distoglierla dalla sua pena disse:

– E là, contessa, troveremo ad attenderci l'imperatore.

– Dio lo voglia, Tannhäuser. Ma temo qualcosa, e non penso ai baroni normanni, e neppure al papa.

Tannhäuser tacque alquanto, poi disse a voce bassa, quasi in un soffio:

– Per la prima volta, signora, desidero che vi inganniate, e lo desidero con tutto il cuore.

Tannhäuser aveva interpretato solo una parte del turbamento della contessa, e lo sapeva. Quando fosse apparso il mare d'Adria, il termine tanto desiderato e sospirato di quella lunga fatica, la loro avventura sarebbe finita. Avventura vissuta nella mente e nel desiderio, ma sempre grande avventura che aveva riempito di attese ed emozioni i loro animi. A mano a mano che si avvicinavano al termine del viaggio, la realtà si insediava sempre piú pesantemente al posto della fantasia, e con lei nascevano ripensamenti e incertezze.

XVIII.
La valle dell'Ofanto

I cavalli salivano a fatica nella neve fitta, adagio e quasi accecati, per il sentiero stretto e sdrucciolevole. I cavalieri dell'imperatore s'erano divisi in due schiere: una precedeva gli ospiti, l'altra li seguiva. In mezzo stava Tannhäuser seguito dalla contessa e da Manfredi, poi la portatina con la nutrice seguita da Nicco.

Nessuno parlava, né la nutrice protestava per gli scossoni cui era sottoposta: la paura l'aveva resa muta. Solo, ogni tanto sbirciava tra le cortine per assicurarsi che Nicco fosse lí, dietro di lei. E Nicco, quando s'accorgeva del suo sbirciare e la neve glielo permetteva, le strizzava un occhio.

Salivano nel gran silenzio lungo la parete rocciosa d'una ripida montagna, e ognuno pensava in cuor suo quale gioia sarebbe vedere il sentiero allargarsi e aprirsi infine uno squarcio di cielo sopra il loro capo. E a un tratto la roccia che avevano al fianco si abbassò fino a sparire, e il sentiero si distese su un crinale lungo e compatto, oltre il quale la montanga digradava in piú morbido pendio.

Tutta la schiera si fermò su quello spartiacque e tutti figgevano gli occhi attraverso la neve per vedere la terra che si apriva loro davanti. Allora Tannhäuser alzò il braccio e additando la regione che la neve velava, disse:

– La terra di Puglia, contessa.

Rimasero tutti fermi, alcun tempo, in silenzio, cercando di immaginare quel paesaggio nascosto ai loro occhi, la meta tanto attesa del loro lungo viaggio.

– Quella che s'apre ai vostri piedi, – continuò Tannhäuser, – e che per la neve non potete vedere, è la valle dell'Ofanto, verde di vigne e d'uliveti. Laggiú i mandorli sono già fioriti.

La contessa sorrise, e Tannhäuser, pur non vedendolo, sentí quel sorriso su di sé.

E improvvisamente provò una stretta al cuore.

Scesero adagio per il largo pendio mentre il cielo si schiariva e una luce biancastra faceva presagire la forza calda del sole.

Era l'ora del giorno in cui il sole brilla piú alto nel cielo e piú direttamente scalda la terra. Non fecero sosta né per mangiare né per dar ristoro ai cavalli, ma scesero per il pendio verso la valle che cominciava ad apparire nella luce bianca del meriggio di marzo, e sotto gli zoccoli la neve si sfaceva qua e là, e mostrava l'erba, sotto, verdeggiante.

In breve volgere di tempo altro biancore apparve alla luce del sole, il tenue biancore dei mandorli fioriti.

Cavalcarono lieti fra i tronchi bruni, sempre scendendo lungo la riva di un torrente che gonfio correva tra i campi. Il suo scrosciare sonoro riempiva l'aria di lieto rumore e i cavalli nitrivano galoppando nelle lame di sole sull'erba bagnata. Alcuni cavalieri intonarono un canto di primavera, e la stanchezza dai corpi scomparve, e avrebbero cavalcato fino a sera se non li avesse fermati a un tratto il bisogno di ristorare uomini e cavalcature.

– Perché non suonate, Tannhäuser? – chiese la contessa mentre attizzava il fuoco in un grande camino. Le scintille che si levavano dalle braci smosse salivano scoppiettando nella cappa nera.

Erano stati ospitati nel castelluzzo di un barone, quasi un casolare tra campi e frutteti, e i signori si riscaldavano al fuoco dei ceppi dopo avere saziato la fame. Olive e noci ancora si ammucchiavano in grandi ceste, mentre in altre giacevano tondi pani di montagna, neri di polpa e di crosta lucente. Su un vasto asse di olivo stavano salsicce, quali scure e quali rosse, e caci di varia stagionatura.

– Perché non ci suonate qualcosa sull'arpa? – chiese ancora la contessa.

Tannhäuser era triste. Passata la gioia della cavalcata nei prati di primavera, l'inverno era ridisceso nel suo cuore. Il suo compito stava per finire, quel grande compito che gli aveva assegnato l'imperatore e che lo aveva portato attraverso tutta l'Italia fino alle colline del Monferrato, al castello dei conti Lancia. Ai piedi di Bianca Lancia.

E ai suoi piedi, alla luce del suo sorriso, egli era rinato alla vita. Lo testimoniava quella sua mano destra, che aveva ricominciato a muoversi sulle corde dell'arpa, e non con la maestria antica, ma con la ricchezza di una esperienza nuova e grande. La piú grande che la sua anima potesse conoscere.

Ma ora, cessato ogni pericolo, la sua missione era finita, ora la sposa stava per raggiungere l'imperatore.

– Non posso, signora. Perdonatemi, – rispose Tannhäuser alzandosi bruscamente e allontanandosi dalla compagnia.

Mentre tutti lo seguivano con gli occhi domandandosi perché il cavaliere fosse cosí scortese, Bianca chinò il capo in silenzio.

Potevo confondere alba e tramonto,
autunno con primavera,
e caldo e gelo e gioia con dolore,
potevo cavalcar nella neve
come fosse un'erba verde,
e sfidar la tramontana
come zefiro di maggio.

La luna illuminava a tratti gli orli delle nuvole e rivelava la figura del cantore seduto su una pietra ai margini del campo. Era avvolto nel suo mantello e toccava l'arpa con la mano intirizzita. Il suono usciva velato di sotto il mantello, e velata era la voce che cantava.

Tannhäuser cantava la sua tristezza.

Ora soffro e caldo e gelo,
e la stanchezza del corpo
con la tristezza dell'anima mia,
e il cuore è freddo
come al soffiar di tramontana.

Una figura sottile, avvolta nel lungo mantello, si avvicinò a lui, silenziosamente.

– La mia anima è triste, contessa –. Queste parole uscirono come un grido dalle labbra del poeta, voce d'ira e di lamento.

Bianca gli pose una mano sulla spalla, e lui la prese e la strinse, nel buio. Dopo un lungo silenzio, Bianca disse:

– Tannhäuser, la nostra vita non la facciamo noi. Come ci viene data dobbiamo prenderla. Ma in tutte le cose possiamo cercare un poco di bene da riporre nel fardello dei ricordi, o nel magazzino dell'anima come piccola messe di frutti. Anch'io sono triste, e voi sapete perché.

Tacque. Tannhäuser aveva posato la guancia sulla mano di lei che si andava raffreddando nel gelo della notte.

– E in questa vicenda, – continuò Bianca, – voi avete raccolto una messe non piccola, anzi ricchissima. Avete imparato che anche il dolore è vita quando lo si accetta. Voi che siete poeta, potete trasformarlo in poesia. La vostra mano non è piú muta.

Un debole biancore di luna rivelò nelle tenebre il viso del poeta, mentre Bianca diceva piano, quasi impercettibili, queste parole:

– La vita può serbare ancora delle gioie, a voi e a me, forse piccole, forse piccolissime, e noi dobbiamo essere sempre vigili per saperle cogliere. Nessuno conosce le risorse della vita.

Scendeva la bella cavalcata per le piane dell'Ofanto verso il mare, tra campi verdi di grano e vecchi olivi dal tronco tormentato, tra tavolati rocciosi dove fiorivano ginestre ed asfodeli.

Si potevano scorgere qua e là grandi ruote alte sul suolo, connesse a due a due da un asse sostenuto da pilastri di pietra. Manfredi si fermò a guardarle incuriosito e Tannhäuser, che se ne accorse, gli spiegò:

– Sono norie, Manfredi. Sono macchine che gli arabi hanno inventato per trarre l'acqua dal sottosuolo. Qui, come accade piú spesso in Arabia, l'acqua scorre sotto la crosta della terra, in grande abbondanza. Ma bisogna farla salire. E queste ruote, mosse dal vento, che sugli altipiani non cessa mai, fan muovere pale sotterranee che spingono l'acqua ad affiorare e la incanalano in quei ruscelli che vedi laggiú. È acqua buonissima, e noi corriamo a berne!

Cosí dicendo smontava da cavallo, imitato subito da Manfredi, e correva per il verde verso il piú vicino ruscello. La contessa, ferma sul suo cavallo bianco, li guardava sorridendo.

XIX.
La riva d'Adria

– Mi hai chiamato, signore? – chiese Ben Zargan inchinandosi davanti al suo imperatore, che sedeva nello sguancio di una finestra, in una delle sale piú alte di Castel del Monte.

– Non inchinarti, maestro. Quando siamo soli il cerimoniale può non esistere. Chi ti ha chiamato è solo un uomo, cui le forze vengono meno, lentamente, ma inesorabilmente –. Federico volse il capo a guardare fuori della finestra, e aggiunse: – Un uomo che teme di morire anzitempo.

– La vita e la morte sono nelle mani di Dio, figlio.

– Lo so. È la prima cosa che mi insegnasti quando, orfano di padre e di madre, venni alla tua scuola. E l'unico affetto che conobbi fanciullo, fu il tuo. Ma non è per questo che ti ho chiamato. Siedi qui, di fronte a me.

Quando il vecchio imam si fu seduto sul sedile di pietra ricoperto di cuscini, Federico continuò:

– Quanto tempo è passato da allora, quando sfuggivo alle tue lezioni per correre nei giardini di Palermo, come un pazzo, lungo i viali fioriti...

– Il profumo dei fiori ha sempre eccitato il tuo sangue, Federico, anche quando non eri piú fanciullo, ma uomo fatto, e portavi già sulle spalle il peso di un impero.

– Ora non accade piú, e tu lo sai. Ora per tener

vivo il mio sguardo affinché giunga nel cuore di chi deve accoglierlo, ricorro alla magia. Tu non l'hai mai approvato.

– Credo che non serva, figlio. Tuttavia non è che l'opinione di un vecchio arabo che crede in molte cose ma non nella magia.

L'imperatore tacque pensieroso con la sguardo perso tra i monti che digradavano nella pianura. Poi volse il capo al vecchio imam:

– Ho guardato il mio volto nello specchio d'argento, – disse, – e ho visto i miei occhi offuscarsi. Tu sai quel che significa.

– Sí, per chi crede nella magia. Il potere del tuo sguardo si indebolisce.

– Ho paura, padre mio, che la persona a cui è rivolto e che sta per raggiungermi per diventare mia sposa, non mi ami piú.

– Nessuna magia può legare il cuore di un uomo, figlio. Ma se l'incantesimo è rotto, tanto meglio. La persona che tu ami è libera, e se ti ama, ti ama veramente.

– Temo questo incontro, padre. Sono passati molti anni da quando vidi Bianca per l'ultima volta, e io non sono piú lo stesso. Troverà un vecchio anziché l'oggetto del suo amore.

Ben Zargan sorrise scuotendo il capo:

– Questo proprio non sono mai riuscito ad insegnartelo. Non son solo bellezza e giovinezza che posson destare amore, in un uomo come in una donna. Ci sono molte altre cose, e di queste non poche tu possiedi. Ma ora lasciami andare, che è l'ora della mia preghiera, ed io sono un vecchio musulmano credente. Però ricorda: è meglio anche solo una lacrima d'amore, o un sorriso, che liberamente ti siano dati, che una grande passione ottenuta per incantamento. L'animo umano è la miniera piú ricca della terra: da esso deriva ogni nostro bene e ogni nostro male. Perché, come tutte le miniere, può contenere metalli utili, nobili, pietre preziose, come oscuri tranelli ed esalazioni mortali. All'animo della tua sposa, figlio, devi guardare.

Federico rimase solo, con lo sguardo perduto sui declivi di quel monte, aspri e brulli, battuti dal vento, cui lontano, ai limiti della pianura, faceva riscontro l'argenteo veleggiare degli ulivi, segno di vita quieta, e forse felice.

Perché negli ultimi anni prediligeva quel castello freddo e cupo, arroccato su quel monte selvaggio che lo rendeva piú simile a una fortezza che a una dimora di piacere? Lui che aveva ancora negli occhi i viali fioriti di rose, le valli bianche di mandorli, i pescheti e gli aranceti di quella Sicilia araba che era stata la sua prima vera patria? Lui che aveva imparato a conoscere le stagioni dal profumo dei ciliegi, dei gelsomini e delle zagare?

«Forse, – pensò Federico, – perché la felicità della mia vita è stata consumata dal tempo, ed ora cerco luoghi piú adatti alla mia tristezza». Poi scosse il capo alzandosi in piedi, e sempre con lo sguardo perso lontano, aggiunse: «No, non dal tempo è stata consumata la mia vita, ma dalle cose che ho dovuto fare, dai pesi che la sorte ha gettato sulle mie spalle, guerre, intrighi, tutto quell'ammasso di inutili offese fatte e ricevute, che mi hanno rubato la vita, per cui ora, che la donna amata sta per raggiungermi con il mio figlio piú amato, io, l'imperatore, non ho piú la forza di andarla ad incontrare, né, ahimè, di credere nel suo amore».

Giunse infine la schiera della contessa sulla riva del mare d'Adria. Era un mezzogiorno di sole, e tutti smontarono da cavallo per ristorarsi in riva al mare. L'azzurro immenso che ne sorgeva invadeva l'aria sopra la terra fino al cielo del sole, che quasi sopraffatto ne accoglieva il bel colore.

Sparsi per la riva sabbiosa, dove il mare invernale aveva ammucchiato alghe odorose di salso, si apprestavano a saziarsi di quanto rimaneva dei viveri portati nel viaggio, pane nero di montagna, cacio e salsicce seccate nel fumo del camino, quando una cavalcata si annunciò levando nubi di sabbia lungo il percorso.

– Non temete, signora. Siamo nella terra dell'imperatore, – disse Tannhäuser avvicinandosi alla contessa.

Ma Bianca non aveva paura: aveva riconosciuto l'azzurro dei gigli svevi su un leggero stendardo di seta sventolante alto al di sopra dei cavalieri. Infatti si spiccarono dalla schiera due messaggeri che, subito indirizzatisi verso la contessa, s'inginocchiarono sulla sabbia innanzi a lei e tendendole un plico legato con nastro azzurro, dissero:

– Signora, l'imperatore vi attende al tramonto nella cattedrale di Trani, dove tutto è pronto per la vostra incoronazione.

La contessa impallidí, ma nel pallore sorrise. Facendo loro cenno di alzarsi, disse:

– Dunque l'imperatore gode buona salute? Ditemi della salute dell'imperatore, per cui il mio cuore è stato in ansia. Ditemi, vi prego.

– L'imperatore vi attende e vi rassicura sulla sua salute, ma ancor piú si rallegra della vostra salvezza, poiché siete qui giunta attraverso pericoli non piccoli. Egli si scusa con voi per non essere venuto a incontrarvi ad Amalfi: ne fu impedito da un malessere che già è passato. Signora, egli vi attende a Trani.

Svaní il pallore dal volto della contessa e un colore rosato testimoniò la sua gioia.

– Dite al mio signore che sono pronta a partire sul momento per raggiungerlo a Trani.

Il messaggero, che era un cavaliere saggio e cortese, sorrise e disse:

– No, signora. Egli vi prega che qui vi ristoriate, voi e la vostra schiera, con i cibi che noi vi serviremo. L'imperatore vi supplica di perdonarlo se non vi può concedere piú comodo riposo.

– Dite all'imperatore che non poteva prepararmi palazzo piú bello di questo, fatto d'aria e di luce sulla riva del suo mare. Ditegli che gradirò questa sosta poi che lui me la comanda.

Frattanto dai muli erano state scaricate ceste colme di rossi crostacei e caldi involti di pane ripieni di ricotta e salsiccia. Giunsero valve di grandi molluschi, vaste come le palma d'una mano, in cui la polpa dell'animale era stata cotta sulle braci cosparsa di zenzaro ed aglio. Né mancavano le sapide olive e nere e verdi, e pane fresco di farina di grano e pasticcini addolciti col miele delle ginestre che fiorivano a ridosso della costa.

Alte e sottili le giare del vino versavano in calici d'oro il profumato succo dei vigneti delle Murge, a tutti quelli che, stanchi ed assetati, porgevano la mano a chiedere da bere.

Bianca, passeggiando tra le ginestre, guardava la sua schiera sparsa sulla spiaggia, intenta a mangiare e bere allegramente, infine, dopo tante fatiche e pericoli. Pensava che era giunta al termine del suo viaggio, e la grande avventura stava per concludersi tra le braccia dell'imperatore, il cui amore aveva resistito ai vacillamenti del suo animo. Guardò il mare cercandovi gli occhi dell'imperatore.

XX.
L'incontro di Trani

Quando la schiera si ricompose per l'ultimo tratto di viaggio, Bianca cercò invano con gli occhi Tannhäuser. Vide i messi dell'imperatore in testa alla cavalcata, vide i cavalieri dei Lancia e quelli dell'imperatore, Manfredi e la lettiga della nutrice scortata da Nicco, vide tutti i suoi compagni di viaggio, anche Pelone, che correva su e giú come se a lui spettasse il compito di controllare che tutto fosse in ordine e non mancasse nessuno.

Ma Tannhäuser non c'era. Ed ella non ebbe animo di chiedere a nessuno dove fosse, e perché nessuno si preoccupasse della sua assenza. Nemmeno a suo figlio lo chiese, sebbene fosse sicura che lui sapeva, che da lui il cavaliere aveva preso commiato. Ed anche i messi sapevano, ed anche i Lancia, perché lui doveva condurla all'imperatore, a lui era stata affidata.

Una strana timidezza, s'era impadronita di lei, o pudore, e una grande tristezza.

Cavalcò in silenzio nella bella schiera avviata lungo il mare verso la cattedrale di Trani. Il mare era increspato e il sole inclinando dietro i monti investiva le piccole onde di pallida luce rosata, e la superficie appariva come una gran pietra di cristallo intagliata da abile maestro.

Bianca sapeva perché Tannhäuser non c'era, e temeva che forse non ci sarebbe stato mai piú.

In quel momento l'imperatore, che era rimasto a lungo inginocchiato ai piedi dell'altare, si alzava e cercava con gli occhi il vecchio imam che sapeva accanto a sé.

– Padre, il mio cuore trema.

– Vuol dire che è ancora giovane, Federico. Se non tremasse saresti solo un imperatore, – rispose sorridendo Ben Zargan.

– Ho paura di quello che leggerò nei suoi occhi.

– Federico, – disse l'imam costringendolo a sedersi sui gradini dell'altare, – ogni uomo che ama in un simile momento ha paura. Anche lei, Bianca, certo nasconde sotto il sorriso il tremito del cuore. I sentimenti, figlio, sono la parte piú misteriosa dell'essere umano. Nel loro nascere, nel perseverare, e anche nello spegnersi, piccola è la parte della nostra volontà, grande l'intervento di Dio, come nella vita e nella morte, come in tutte le cose piú importanti che circondano l'uomo. Tu ama, e se Dio vorrà, sarai riamato.

Bianca calvalcava in silenzio. Sorridendo perché sapeva che doveva sorridere. Quando la schiera giunse in vista del promontorio su cui si ergeva la cattedrale rosata nell'ultimo sole, Bianca aprí la cesta che portava sul dorso del cavallo e i due falchi d'amore volarono dritti nel cielo verso la cattedrale. Bianca li guardò con sguardo dolce e triste.

L'imperatore attendeva in cima all'alta scalinata

circondato dal suo seguito. Vestiva un manto di seta azzurra come quando lei lo aveva visto per la prima volta nel bosco di Agliano, e teneva sul polso sinistro i due falchi liberati da Bianca. Ma il volto era pallido e la corona copriva tutta la fronte.

La contessa fu smontata da cavallo dai suoi scudieri e si inginocchiò ai piedi della scalinata. L'imperatore scendeva lentamente, due valletti gli reggevano il manto pesante. Giunse fino a lei, la prese per mano e la rialzò.

– Benvenuta, contessa. Spero che il viaggio non vi abbia troppo stancata –. Bianca lo guardava con occhi pallidi e grandi.

– No, signore, – rispose, – non sono stanca –. Cercava nel suo volto lo sguardo dolce e imperioso che la aveva conquistata, quello che aveva incontrato, per tanto tempo, tutte le sere nella sua immaginazione. E vedeva uno sguardo dolce e velato.

– Venite, Bianca, – disse l'imperatore, – la cerimonia sarà brevissima. Poi potrete riposare.

La condusse per mano su per la grande scala della cattedrale verso la porta della chiesa. Sulla soglia due valletti tolsero a Bianca il mantello di lana con cui aveva viaggiato e le posero sulle spalle un lunghissimo manto di seta azzurra. Cosí abbigliata entrò nella cattedrale.

Quando ne uscí la corona del regno di Sicilia splendeva sul suo capo. L'ultimo raggio del tramonto sfolgorò sulla seta e sull'oro avvolgendo Bianca in un fascio di luce. Ella stessa ne fu abbagliata. Fu un momento. Quando lo sfolgorio si spense ed ella recuperò la vista, scorse una figura inginocchiata ai piedi della scala, e già sentiva che l'imperatore, sempre tenendola per mano scendeva la scala e si avvicinava al cavaliere.

– Benvenuto, signore di Tannhaus. Vi ringrazio per la vostra devozione. Ma ditemi, non vedo l'arpa sulle vostre spalle.

Allora il cavaliere, lentamente, scostò con la mano sinistra il lembo del mantello e mostrò la piccola arpa posata sul cuore.

XXI.
L'ultimo sorriso dell'imperatore

– Hai ritrovato la musica della tua mano, Tannhäuser, hai ritrovato la vita, – disse Federico al suo cavaliere che, in piedi nella grande sala di marmo, teneva gli occhi fissi negli occhi dell'imperatore.

Federico lo prese per mano e si avviò con lui verso una stretta finestra che guardava nella valle. Si sedette nello sguancio della finestra e accennò a Tannhäuser il sedile di fronte.

– Non vuoi cantarmi qualcosa, amico mio? Delle tue canzoni di un tempo, o qualcosa di nuovo, se ce l'hai.

– Ho una canzone nuova, signore. Ma dice cose che si possono credere solo quando si è felici. E io, ora, non riesco e crederle.

– Cantala, ti prego. E sentirò, cosí, come è guarita dal suo male misterioso la mano del mio poeta.

Tannhäuser accordò l'arpa e cantò:

Quando, come e dove
pagherò il debito alla vita?
Quando, come e dove?

Molto m'ha dato, molto m'ha tolto,
troppo per quello ch'io sono,
troppo, per quello ch'io posso.
Molto m'ha tolto, molto m'ha dato.

Alla vita son debitore,
e sempre sarò debitore,

anche se ad ogni passo
con la bocca baciassi
la terra su cui cammino.
Sempre alla vita sarò debitore
del bene e del male che ho avuto,
della gioia e del dolore.
Del mio riso e del pianto
sempre sarò debitore.

– Tannhäuser, hai imparato che della vita bisogna amare tutto, quello che ci rallegra e quello che ci amareggia. Hai imparato il vero senso della vita, amico mio. E questa non è piccola cosa.

– Ma non sempre riesco ad amare tutto questo, signore. Sono un uomo troppo debole, e spesso la tristezza mi vince fino alla disperazione.

– Tu sei un poeta, Tannhäuser, e tutto, amore, gioia, dolore, puoi tradurre nel tuo canto. E quando riesci a farlo, sei molto piú potente del tuo povero imperatore. La mia mano non è morta per poter tornare alla vita –. E dopo una pausa aggiunse: – Tu sai che solo i prediletti della sorte hanno il dono di conoscere la morte per poter rinascere.

Tannhäuser lo guardò, e vide che l'imperatore sorrideva.

Fu l'ultimo sorriso dell'imperatore.

XXII.
Castel del Monte

La primavera tardava a penetrare le spesse mura del castello, in cui ancora si annidava il freddo dell'inverno, con le sue ombre e le sue tristezze. Intorno al castello stridevano i venti, amici delle cornacchie, degli sterpi e dei rovi rinsecchiti sotto cui si nascondevano, tra le foglie morte, i primi pallidi fiori. Il sole passava alto nel cielo, e non penetrava le strette finestre, profonde nella pietra dei muri, né riscaldava le immense stanze affidate al fuoco del camino, ricco di fiamme e avaro di calore.

L'imperatore era malato. Giaceva quasi tutto il giorno nella sua buia stanza, assistito da medici arabi e astrologi. Raramente, quando le sofferenze glielo permettevano, lavorava al suo trattato sulla caccia coi falchi; ma la penna era diventata pesante a quella mano che tante volte aveva impugnato la spada senza sentirne il peso.

Allora chiamava Tannhäuser perché gli cantasse una canzone, e sempre si rallegrava con lui per la guarigione della sua mano. Tannhäuser a quelle parole teneva il capo basso sfuggendo al suo sguardo.

– No, Tannhäuser, – gli disse una volta, – la tua gioia non deve vergognarsi di fronte al dolore. Io muoio, Tannhäuser, lo so. I medici mentono quando parlano di guarigione.

Allora Tannhäuser alzò gli occhi e incontrò quelli

di Federico, che lo guardavano intensamente, penetrando nei suoi pensieri.

– Non c'è nessuna colpa in te, – aggiunse Federico, – nessuna colpa, mio cavaliere fedele.

Quando Tannhäuser era dall'imperatore, Bianca, che altrimenti sedeva accanto al letto del marito, soleva uscire dal castello a passeggiare intorno alle mura; avvolta in un mantello di lana, misurava coi suoi passi le massicce torri ottagonali, e pensava ai tempi in cui si sporgeva dai merli del suo castello di Agliano per incontrare gli occhi dell'imperatore attraverso i monti di tutta Italia.

Allora la primavera rideva sui colli prima ancora che spuntassero i germogli dei salici, rideva per lei anche nei rigori dell'inverno, anche nelle nebbie di novembre. Ora che la stagione conclamava la primavera a gran diritto e in riva al mare fiorivano le ginestre, l'inverno indugiava su Castel del Monte. E soprattutto nel suo cuore.

E gli occhi dell'imperatore si stavano spegnendo.

Federico volle ancora di persona armare cavaliere suo figlio Manfredi. Trovò la forza di alzare con il braccio divenuto debole la lunga spada dall'impugnatura d'oro per toccargli la spalla. E intanto lo guardava compiaciuto.

– Figlio, – disse, – nella giovinezza che brilla nei tuoi occhi mi pare di rivedere la mia. Difendi il regno di Sicilia come l'ho difeso io, e amalo per mio amore.

Lo guardava negli occhi quasi avesse voluto trarne forza per la sua vita.

– Manfredi, – disse ancora, – ti auguro che la vita

non ti chieda prove troppo dure, e ti lasci spazio per amare quelle cose che tutti gli uomini amano. Ti auguro che questo scettro che ti affido non pesi troppo alla tua mano.

E, dopo una pausa a cui parve chiedere riposo, aggiunse:

– Ancor ti sia raccomandato il mio libro sulla falconeria: che tu voglia portarlo a termine se non potrò farlo io.

Fu l'ultima cerimonia pubblica dell'imperatore. Si sottrasse alla vista dei sudditi e della corte perché non assistessero alla sua morte. Solo Bianca e Tannhäuser, i medici e i valletti erano ammessi alle sue stanze. A Tannhäuser, quando le forze glielo permettevano, dettava alcune righe del suo trattato. A Bianca chiedeva talvolta che gli portasse i due falconi del loro primo incontro, e lui li guardava quasi cercando in essi il ricordo della giovinezza, e ne accarezzava il dorso con le dita esangui.

– Padre, io sto morendo.

– Lo so, figlio, – rispose il vecchio imam prendendo la mano di Federico. – Se potessi darti la mia vita, te la darei. Ma questo non è concesso agli uomini.

– Muoio nel momento in cui potrei essere felice. Bianca mi ama e Tannhäuser mi è fedele. E io devo morire.

– Figlio, c'è una cosa ancora che puoi fare, e la devi fare. Concedi a loro la felicità che a te è tolta. Basta una tua parola, e vivrai nella loro vita. Anche un imperatore ha bisogno di essere amato dopo la morte.

XXIII.

La morte dell'imperatore

– Perché piangi? – chiese la nutrice a Nicco che stava rannicchiato sulla pietra del camino spento.

– O donna mia, me lo chiedete? L'imperatore sta morendo.

– E tanto ti tocca la morte di un re? Noi siamo povera gente, e ragioni per piangere ne abbiamo già tante... Cosí gran signori fan parte di un altro mondo... son tanto lontani che non paiono neppur veri.

Ma poiché Nicco continuava a scuotere la testa piangendo, la nutrice gli mise una mano sul capo e continuò:

– Capisco, Nicco, per te fu un buon signore. Ma che ci vuoi fare? La vita bisogna prenderla come viene. Noi, non possiamo farci nulla. E i signori, forse perché l'hanno avuta sempre facile, la prendono dalla parte sbagliata. Guarda la mia contessa, Nicco. Son tre giorni che non parla, e da quando è giunta qui, in questo gran castello che pare che ci si debba stare sempre allegri e contenti, non ha piú fatto un sorriso.

– Perché l'imperatore sta morendo, e la contessa ama l'imperatore.

– O che non ama anche il cavaliere tedesco, quello dell'arpa? Allora, poi che l'imperatore muore e lei non ci ha nulla da poter fare, tanto per consolarsi, non potrebbe prendersi un poco di buon tempo col cavaliere, che anche lui pare disperato? Con discrezione, si capisce, mica alla faccia di tutti.

– Eh, donna mia! Questi sono ragionamenti da gente semplice, come siam noi, che cerchiamo di consolarci come possiamo, e di campare la vita meno peggio che si può. Ma quelli son signori! Non ragionan mica come noi. Quando han da essere tristi vogliono esserlo fino a spezzarsi il cuore. E non vogliono consolarsi in nessun modo. Credetemi.

– Sarà, – disse la nutrice con aria dubitosa. – Forse il buon Dio li ha fatti cosí per fargli pagare la ventura d'esser nati nel morbido. E sai che ti dico, Nicco mio? che siamo fatti meglio noi, che cosí alla buona ci prendiamo un poco di piacere dove lo troviamo, che tanto il dispiacere ci vien dato senza cercarlo.

– Sí, – rispose Nicco, – ma la nostra vita passa come acqua sotto i ponti senza lasciar nessun segno. La loro, quando hanno nell'animo tanta forza, diventa una leggenda.

– Siete sempre piú bella regina, – disse Federico guardando il viso di Bianca pieno di dolore.

– Sono una donna d'età, signore, e nel volto non mi sono rimasti che i sentimenti del cuore.

– Per questo siete sempre piú bella. Vi prego, asciugate quel pianto, e chiamate qui Tannhäuser, che mi canti una canzone, ancora una volta.

Tannhäuser venne, e si inginocchiò accanto al letto dell'imperatore, in silenzio. Ed egli disse ancora rivolto a Bianca e al cavaliere:

– Vi prego, non dimenticatemi. Fate che io viva con la vostra vita, partecipe della vostra gioia, compagno nella tristezza. Finché mi amerete, non sarò del tutto morto. Regina, tenetemi la mano, e donatemi un sorriso, che mi serva di viatico. E voi, Tannhäuser, cantate la canzone piú bella che sapete, che io mi parta di qui confortato dalla vostra musica. E ricordate, entrambi, che al di là della morte, resta sempre la vita.

Postilla.

Non ho mai pensato che si possa veramente scrivere un romanzo storico, per la contraddizione insita nei termini stessi. Il romanzo è un discorso fatto, anzitutto, con se stessi. Poi lo si può proiettare in un tempo storico definito, su uno sfondo storico, e persino usare personaggi storici come interpreti delle proprie esperienze. Come ho fatto io in questo racconto, nel quale ho cercato tuttavia di rispettare la personalità dei personaggi storici, anche perché sono personaggi che amo profondamente. Maggior libertà mi sono presa con la loro biografia e con vicende accessorie che in fondo hanno, anche nella storia, un valore prevalentemente circostanziale.

Se poi qualcuno si sorprendesse di scorgere nei personaggi un carattere diverso da quello che si attendeva, si ricordi che questo è un romanzo e non un libro di storia.

Indice

I dodici abati di Challant

Il miracolo di santa Odilia

Gli occhi dell'imperatore

Stampato per conto della Casa editrice Einaudi
presso Mondadori Printing S.p.A., Stabilimento N.S.M., Cles (Trento)

C.L. 17358

Edizione

19 20 21 22 23

Anno

2012 2013 2014 2015